Malcolm J. Bosse
Ganesh oder eine neue Welt

Dieser Band ist auf 100% Recyclingpapier gedruckt. Bei der Herstellung des Papiers wird keine Chlorbleiche verwendet.

Der Autor:

Malcolm J. Bosse, geboren in Detroit, ist heute ordentlicher Professor für englische und amerikanische Literatur an der City University of New York. Ausgedehnte Vortragsreisen führten ihn auch nach Indien. Er hat zahlreiche Erzählungen, Romane und Jugendbücher geschrieben, die mit vielen Preisen ausgezeichnet wurden. Große Beachtung fanden seine Jugendbücher ›Die Traumhöhle‹, dtv pocket 7853 (Auswahlliste zum Deutschen Jugendliteraturpreis 1984) und ›Ein Garten so groß wie die Welt‹, dtv pocket 7841.

Malcolm J. Bosse

Ganesh
oder eine neue Welt

Aus dem Amerikanischen von Wolf Harranth

Deutscher
Taschenbuch
Verlag

dtv

Titel der Originalausgabe: ›Ganesh‹, erschienen 1981 bei
Thomas Y. Cromwell Junior Books New York

Von Malcolm J. Bosse sind außerdem bei dtv junior lieferbar:
Die Traumhöhle, dtv pocket 7853
Ein Garten so groß wie die Welt, dtv pocket 7871

Ungekürzte Ausgabe
Mai 1985
6. Auflage März 1992
Deutscher Taschenbuch Verlag GmbH & Co. KG, München

ISBN 3-545-33096-6
Umschlaggestaltung: Celestino Piatti
Umschlagbild: Haidrun Gschwind
Gesetzt aus der Aldus 10/11·
Gesamtherstellung: Ebner Ulm
Printed in Germany · ISBN 3-423-07850-2

Für C. G. Vasudevan, meinen Schüler,
Lehrer und Freund.
Om Shri Ganeshaya Namah

ERSTER TEIL

Im Hof der Missionsschule blieb er stehen und wand einen langen Stoffstreifen zu einem Turban um seine blonden Haare. Obwohl Jeffrey seit vierzehn Jahren, von Geburt an, in Indien lebte, durfte er seine helle Haut noch immer nicht der prallen Sonne aussetzen. Ohne Kopfbedeckung bekam er nur allzuleicht einen Sonnenstich. Jetzt, in der heißen Jahreszeit, schützte sich jeder auf irgendeine Weise: mit einem Turban, einem Regenschirm, einem Taschentuch oder auch nur mit einer über den Kopf gebreiteten Zeitung. Die Missionsschule befand sich außerhalb der Stadt an der Hauptstraße. Die Stadt war klein, aber wichtig, weil hier die Busse hielten, weil es hier ein Postamt gab. Die Stadt war mit einem Kranz von Dörfern umgeben. In einem dieser Dörfer, mehrere Kilometer von der Missionsschule entfernt, lebte Jeffrey. Wo das Dorf aufhörte und die Stadt begann – oder umgekehrt –, hätte Jeffrey nicht sagen können; für ihn war alles »das Dorf«, sein Dorf . . .

Jeffrey machte sich auf den Weg. Die Schulbücher hatte er mit einem alten Lederriemen zusammengebunden und ließ sie von der Schulter baumeln. Die Hitze flirrte in Wellen vom Straßenbelag auf; das grelle Sonnenlicht blendete schmerzhaft. Obwohl er Sandalen trug, begannen die Fußsohlen bald so zu brennen, daß er im Schatten eines rissigen alten Feigenbaums Kühlung suchte. Ein paar Schritte weiter, auf dürren Beinen, bewegungslos, stand eine Schar weißer Reiher am Rand eines Reisfeldes. Die Tiere hatten gewiß Appetit auf die jungen Sprossen, aber sie wagten sich nicht an die Setzlinge heran, weil mitten im Feld eine zerlumpte Vogelscheuche Wache hielt.

Jeffrey lehnte den Rücken an den Stamm und starrte

minutenlang in die träge Strömung des kleinen Flusses, an dem die Straße entlangführte. Das Wasser war mit Lotosknospen gesprenkelt; bald würden sie aufbrechen zu weißer und kupferfarbener Blütenpracht, ein schwimmender Garten im Sonnenglast . . . Dann rückte er den Turban zurecht, setzte seinen Weg fort und erreichte bald den Rand des Dorfes. Hier säumten bereits roh verputzte, niedrige strohgedeckte Häuser die Straße. Im Dämmerdunkel der Läden schlürften Männer Tee, reparierten Fahrräder oder boten Gewürzpulver zum Verkauf an. Unter einem Überdach saßen vier Männer mit gekreuzten Beinen auf einer Bambusmatte und spielten Karten; aus dem Radio im Laden dröhnte Filmmusik. Einer der Männer winkte Jeffrey lächelnd zu, und er winkte zurück. »Liest du denn jemals in diesen Büchern, Ganesh?« fragte der Mann und grinste. »Ganesh« war Jeffreys indischer Rufname.

»Du spielst aus!« mahnte der Sitznachbar ungeduldig und legte eine Karte ab. Sie unterhielten sich in Tamil, einer Sprache, die Jeffrey ebensogut beherrschte wie Englisch.

Als er das Dorfzentrum erreichte, geriet Jeffrey in den Strudel des Verkehrs, der die Hauptstraße zu verstopfen drohte. Überall war Bewegung: Fahrräder, Motor-Rikschas, Kühe, Hunde, Ziegen und Menschen drängten aneinander vorbei. Und überall war Lärm: das Knirschen der Radnaben, Meckern und Muhen und Bellen, die schrillen Rufe eines fahrenden Messerschleifers.

Bald verließ Jeffrey die geteerte Straße und bog in eine staubige Seitengasse ein. Hier standen zu beiden Seiten des Weges Pisang-Bäume und Palmen. Niedrige Mauern grenzten die Vorhöfe der Häuser ab. Vor einem Gittertor blieb er stehen, schob den Riegel zur Seite, öffnete und trat ein. Die Fassade des einstöckigen Hauses war einmal gelb gewesen, aber unablässiger Monsunregen hatte sie mit der Zeit grau und schlammig werden lassen. Im Vorgarten stand ein halbes Dutzend Mango-Bäume; um diese Jahreszeit warfen sie ihr Laub und die klebrigen gelben Blütenblätter ab. Der Boden war damit übersät. Jeffrey seufzte: Heute würde er wieder viel Arbeit haben. Als er seine Bücher auf die Veranda legte, hörte er, wie im Haus eine Stimme knappe Anweisungen gab: »Höher! Höher! Jetzt den Atem anhalten. Höher! Und jetzt – in dieser Position bleiben!«

An der Hauswand lehnte ein Besen – ein indischer Besen, ohne Stiel: ein Bündel Bambuszweige, das an einem Ende zusammengebunden war. Jeffrey nahm ihn, bückte sich tief und begann den Boden zu säubern. Er fegte mit raschen, weitausholenden kräftigen Bewegungen; ein zufälliger Beobachter hätte meinen müssen, daß Jeffrey seine Arbeit mit Freude und Hingebung verrichtete. Das war der Eindruck, den er zu erwecken hoffte, denn vielleicht beobachtete der Meister ihn vom Fenster aus. Für eine nachlässige, halbherzige Arbeit würde er sich dann mit einer nachlässigen, halbherzigen Yogalektion rächen. Das war schon einmal geschehen, etwa vor einem Jahr, kurz nachdem der Meister sich bereit erklärt hatte, Jeffrey als Gegenleistung für dessen Hilfe im Haus zu unterrichten. Damals war Jeffrey faul gewesen und hatte den Hof rasch und gleichgültig gefegt. Daraufhin hatte sich der Meister mit einer lustlosen Lektion begnügt und ihn schon nach wenigen Minuten wieder nach Hause geschickt.

Als er endlich fertig war, wischte sich Jeffrey den Schweiß aus den Augen. Er hörte, wie der Meister dem Schüler weitere Anordnungen zurief. Jeffrey mußte lächeln. Um diese Tageszeit, am späten Nachmittag, war der Schüler da drinnen wahrscheinlich ein Regierungsbeamter, ein übergewichtiger Schreibtischhengst, der vor ein paar Monaten auf Anordnung seines Arztes mit Yoga begonnen hatte.

Jeffrey kehrte das Laubwerk und die Blütenblätter in einen geflochtenen Korb und betrachtete noch einmal zufrieden sein Werk. Der Besen hatte breite Bögen in den Lehmboden gezeichnet. Hoffentlich fielen nicht neue Blätter vom Baum, ehe der Meister die saubere Arbeit begutachtet hatte. Jeffrey trug den gefüllten Korb hinter das Haus und leerte ihn auf einen Abfallhaufen. Dann füllte er am Brunnen einen Tonkrug mit Wasser, trug ihn in den Schuppen, zog sich aus und wusch sich sorgfältig. Es wäre unangebracht gewesen, verschwitzt und schmutzig zum Unterricht zu erscheinen. Um sich nach der Arbeit neu kleiden zu können, hielt Jeffrey im Schuppen stets einige Leinenshorts bereit. Er wählte ein Paar aus, zog sie an, ging barfuß zur Veranda hinüber, setzte sich mit gekreuzten Beinen in den Schatten und bereitete sich mit einer Meditationsübung auf die Stunde vor. Konzentriert, mit gedämpfter Stimme intonierte er ein Mantra: Om Namah Shivaya – gepriesen sei Lord Shiva –, immer und immer wieder. Indem er sich in jede Silbe dieser drei Worte versenkte, gelang es ihm allmählich, seine Alltagsgedanken auszuschalten. Zum Beispiel, daß er heute bei einer Prüfung in Geschichte nur mittelmäßig abgeschnitten hatte; daß sein Freund Rama einen Kricketschläger zerbrochen hatte; daß der Direktor an einer Sommergrippe laborierte und deshalb schlecht gelaunt war. Om Namah Shivaya ... Sein Geist sammelte sich, wie ein Boot, dessen Segel den Wind aufnimmt. Om Namah Shivaya ... Sein Atem ging langsamer, gleichmäßig, wie ein dünner Faden. Om Namah Shivaya ... Er war bereit für seine Yoga-Stunde.

Die Dielenbretter knarrten unter schweren Schritten. Ein beleibter Mann in einer weißen Hemdbluse und einem weißen Dhoti, dem traditionellen Lendentuch, trat aus dem Haus. Er schwitzte und keuchte. Jeffrey wandte den Blick ab. Es war ungehörig, den so offenkundig erschöpften Mann anzustarren. Jeffrey wartete, bis der Dicke die Straße erreicht hatte, stand dann langsam auf und klopfte leise dreimal an die Tür.

»Komm herein!«

Jeffrey öffnete, trat ein, fiel, ohne aufzublicken, auf die

Knie und beugte den Oberkörper, bis seine Stirn den Boden berührte.

»Guruji«, begann er, beinahe flüsternd, in Tamil, »ich bin gekommen, in aller Ergebenheit ein wenig von deiner Zeit zu erflehen, obwohl ich nichts getan habe, um deine Großmut zu verdienen.«

Diese Bitte wiederholte er Tag für Tag. Sein Vater hatte ihn die Anrede Wort für Wort gelehrt. Er wartete, wohl wissend, daß der Meister – als müsse er das Ansinnen sorgsam erwägen – einige Augenblicke zögern würde. Auch dies wiederholte sich Tag für Tag.

Jeffrey drückte seine Stirn gegen den Boden, stützte die Hände genau in Kopfhöhe auf und preßte Knie an Knie, Fuß an Fuß. Er wußte, daß der Meister seine Haltung kritisch prüfte.

»Komm, Ganesh!« Ein Kommando, so scharf wie ein Peitschenknall.

Jeffrey gehorchte und sprang unverzüglich auf. Der Meister, ein kleiner, drahtiger Mann in Leinenshorts, schlürfte ein Glas Wasser und fächelte sich mit einer Zeitung Luft zu. In dem dämmrigen Raum war es kühler als draußen, aber immer noch drückend heiß.

Nun gingen der Schüler und der Lehrer in den Trainingsraum, der mit Schilfmatten ausgelegt war. Der Meister hockte sich in eine Ecke; Jeffrey verbeugte sich vor ihm und begann mit ein paar Aufwärmübungen. Dann führte er auf Anweisung im Stehen und im Sitzen Asanas durch, Yoga-Positionen. Noch vor einem Jahr hatten sie ihm Mühe bereitet, seine Körperbeherrschung beinahe überfordert; nun gelangen sie mit Leichtigkeit. Trotzdem war Jeffrey etwas unruhig, denn heute sollte er eine besonders schwierige neue Asana zeigen, die Vrishchikasana. Vrishchik war der Skorpion, der seinen Hinterleib beim Angriff über und vor den Kopf schnellt, um mit dem tödlichen Stachel zuzustoßen. Diese Haltung galt es nachzuahmen: die Unterarme parallel zum Körper auf die Matte gestützt, den

Körper aufgerichtet, die Beine so weit nach hinten gebogen, daß die Fußspitzen den Hinterkopf berührten. In dieser Position wurden die Brust, das Rückgrat und der Unterleib so gestreckt, daß man nur noch mit Mühe, stoßweise, atmen konnte. Jeffrey begann unter den wachsamen Blicken des Meisters mit Parvitta, Trikonasana, Paschimottasana, Halsana, Parasavaikapada, Sarvangasana und Salamba Sirsasana und gehorchte den korrigierenden Anweisungen seines Gurus: »Hände weiter vor! – Die linke Ferse zurück!«

Dann kam das Kommando: »Und jetzt die Vrishchikasana!«

Beim ersten Versuch verlor Jeffrey das Gleichgewicht und fiel auf die Matte. Ein rascher Blick zum Meister gab ihm die Gewißheit, daß der Fehlschlag unbedeutend war. Wenn er sich ehrlich bemühte, gab es nie Tadel – nur wenn der Meister merkte, daß Jeffrey sich nicht richtig anstrengte.

Jeffrey versuchte es noch einmal. Diesmal balancierte er den Körper so lange auf den Unterarmen, bis es ihm gelang, die Beine nach vorne zu bringen, bis die Füße den Kopf berührten. Er verharrte mehrere Sekunden in dieser Pose, ehe er sie wieder aufgeben mußte. Obwohl die Ausführung nicht voll gelungen war, hatte sie ihm beinahe den Atem geraubt.

»Entspann dich!« sagte der Meister.

Sofort legte Jeffrey sich in der Sawasana auf den Rücken, voll ausgestreckt, reglos, wie tot, die Arme in Hüfthöhe gewinkelt, die Handflächen nach oben, die Beine gestreckt, die Augen geschlossen. Er bemühte sich, jeden Muskel seines Körpers zu lockern. Durch häufige Übung konnte er sich innerhalb weniger Sekunden total entspannen; wenn er so dalag, hatte er das Gefühl, sein ganzer Körper dehne sich aus, als wolle er eine neue Gestalt annehmen.

Er wartete auf die Anweisung, eine andere Asana auszuführen, als plötzlich eine schrille Stimme in die heiße Stille drang: »Ganesh! Ganesh! Dein Vater!«

Jeffrey öffnete die Augen und sah einen Jungen aus der Nachbarschaft im Türrahmen stehen, den Blick ängstlich auf den Meister und dann wieder auf ihn gerichtet.

»Ganesh!« rief der Junge. »Dein Vater ist krank! Der Arzt ist bei ihm!«

Jeffrey wußte nicht, wie er den Raum verlassen hatte – hatte er sich überhaupt zum Abschied vor dem Guru verneigt? – und wie er auf die Straße gekommen war. Er wußte nur, daß ihn die Beine wie im Traum, wie gegen seinen Willen, trugen, daß sich Leute überrascht nach ihm umwandten, als er so durch die sengende Nachmittagshitze rannte. Und vor allem wußte er, daß er Angst hatte.

Am Ende einer staubigen Seitenstraße bog er in die Einfahrt eines von einer Mauer umgebenen Vorgartens und stieß dort mit einem großen, schlanken Mann zusammen, der beim Zusammenprall einen Schreckensschrei ausstieß: Jeffrey hätte beinahe den Arzt des Dorfes über den Haufen gerannt.

Der Mann stützte sich mit einer Hand gegen die Mauer und schlüpfte mit dem Fuß in die Sandale, aus der er herausgerutscht war, zurück. Jeffrey murmelte: »Entschuldigen Sie!« und hob die schwarze Arzttasche auf, die zu Boden gefallen war.

»Tut – tut mir leid!« Er hielt die Tasche so fest umklammert, daß der Doktor Mühe hatte, sie ihm abzunehmen. »Wie geht es meinem Vater?« fragte Jeffrey atemlos.

Der Doktor wischte den Staub von der Tasche. »Ich bin für eine gründliche Untersuchung nicht ausgerüstet, Ganesh. Aber ich nehme an, dein Vater hatte einen kleinen Herzanfall.«

»Ist es ernst?«

Der Arzt räusperte sich. »Das läßt sich nicht eindeutig sagen, aber ich glaube nicht, daß Grund zur Besorgnis vorliegt. Was dein Vater jetzt vor allem braucht, ist Ruhe, viel Ruhe.« Er verzog den Mund: »Dein Vater verausgabt sich zu sehr!«

»Ich werde dafür sorgen, daß er sich schont!« rief Jeffrey eifrig. »Was kann ich sonst noch tun?«

Der Arzt zuckte mit den Schultern und wischte sich den Schweiß aus den Augenbrauen. »Fürs erste sieh zu, daß er sich mehr Ruhe gönnt.«

»Das werde ich tun, bestimmt! Danke, Doktor, vielen Dank!« Jeffrey fühlte eine Welle der Dankbarkeit in sich aufsteigen, als habe er ein Allheilmittel erhalten. »Nochmals: vielen Dank!« rief er dem Mann nach.

Aus einem Baum schwärmte eine Schar Krähen auf; ihre großen schwarzen Flügel schlugen heftig auf und ab. Jeffrey erschrak für einen Augenblick von nackter Furcht geschüttelt vor dem schwarzen Flügelschlag der Krähen, die in den späten Tag strichen.

Er wandte sich dem Haus zu. Es war ein niedriges Gebäude mit einem Ziegeldach; die Mauern, einst gelb wie das Haus des Gurus, waren nun grau, gezeichnet von den Monsunregen. Im Hof war ein kleines Blumenbeet, aber der brutale Sommer hatte alle Pflanzen welken lassen. Jetzt wirkte das Haus klein, dunkel und häßlich. Jeffrey zögerte, ehe er hineinging. Er atmete tief durch; er durfte sich die Angst nicht anmerken lassen. Zwei Stufen aus bröckeligen Ziegeln führten in das kleine, spärlich möblierte Vorderzimmer; ein einziges Bild an der Wand: seine Mutter, eine kleine, blonde Frau mit feinen Gesichtszügen und einem scheuen Lächeln. Jeffrey ließ das Bündel mit den Büchern auf den Tisch fallen und ging in Vaters Schlafzimmer hinüber.

Sein Vater lag auf dem schmalen Bett, nur ein zerlumptes Kissen unter dem Nacken.

Mr. Moore war schlank, die Augen in seinem Habichtsgesicht von einem noch helleren Blau als die Jeffreys. Sein sandhelles Haar bewegte sich vom Luftzug des großen Ventilators an der Zimmerdecke. Die nackte, fleckige Brust hob und senkte sich unter den kurzen, heftigen Atemzügen. Das Licht aus dem kleinen, geöffneten Fenster spiegelte sich, zwei helle Kreise, in seinen Brillengläsern.

»Was macht die Vrichchikasana?« erkundigte er sich leise – wie stets, wenn sie allein waren, auf englisch.

»Sie ist schwer. Ich habe heute nur wenige Sekunden durchgehalten.«

»Du wirst es schon schaffen!«

Vater hatte ihn ermutigt, Yoga zu lernen.

»Ich – ich habe soeben den Arzt getroffen. Das heißt – ich habe ihn beinahe umgerannt!«

Mr. Moore lächelte schwach. »Was sagt er?«

»Du hast wahrscheinlich – es war wohl ein kleiner Anfall; du weißt ja: dein Herz. Es ist nicht weiter schlimm.«

»Stimmt.«

»Aber er sagt auch, daß du dir zuwenig Ruhe gönnst. Daß du ausspannen mußt.«

Mr. Moore winkte müde mit der Hand ab. »Die Ärzte sagen immer dasselbe: ›Ruhen Sie sich aus und nehmen Sie Ihre Medizin ein!‹ Auf der ganzen Welt machen sie es so.«

»Vielleicht solltest du nach Madras fahren und dich gründlich untersuchen lassen.«

»Vielleicht solltest *du* dich zunächst waschen. Du bist ja klatschnaß und stinkst nach Schweiß.«

Jeffrey wußte, daß sein Vater nicht nach Madras gehen würde, ließ es aber auf einen weiteren Versuch ankommen: »Dad, wenn es ein Herzanfall war, mußt du zu einem guten Arzt gehen!«

»Sind die Ärzte in Madras denn gut? Gibt es überhaupt gute Ärzte? Ich glaube, unser Doktor hat schon recht: ich brauche nur ein wenig Ruhe.«

»Wirst du dich auch danach richten?«

»Geh du dich jetzt waschen, Ganesh, und überlaß alles andere mir – du willst doch meine Ruhe nicht stören!«

Sie lächelten einander zu. Jeffrey ging.

Er sah noch immer das Bild seines Vaters vor sich: das aschfahle Gesicht, die müden Bewegungen. Auf dem Weg in den Waschraum stieg Panik in ihm hoch. Wen konnte er um Hilfe bitten? Vani, ihre ehemalige Haushälterin, hätte

Vater wahrscheinlich dazu überreden können, sich nicht auf den Dorfarzt zu verlassen; aber Vani war seit einem Jahr tot. Blieb nur noch der Swami. Vater würde tun, was der heilige Mann sagte. Aber dem Swami konnte Jeffrey nicht schreiben. Wie sollte er ihn auch bitten, herzukommen? Der Swami hatte längst die Welt hinter sich gelassen. Er hatte sogar an sich selbst den Totenritus vollzogen, denn er betrachtete sich als einen bereits Gestorbenen, der menschlichen Gesellschaft Entrückten, obgleich er ruhelos ganz Indien durchstreifte, von Tempel zu Tempel zog und die Fragen der Anhänger beantwortete, die sich um ihn scharten. Der Swami würde sich nicht mit einem so irdischen Problem abgeben. Vor einem Jahr war einer seiner Schüler schwer erkrankt. Der Swami hatte ihn nie besucht, sondern nur gesagt: »Wenn ich jetzt, in diesem Augenblick, nicht bei ihm bin, wo immer er jetzt auch ist, dann wäre ich ebensowenig bei ihm, wenn ich Hunderte von Kilometern an sein Krankenbett reiste.« Vater und den anderen hatten diese Worte gefallen, aber für Jeffrey klangen sie treulos oder gar gleichgültig. Nein, mit dem Swami konnte er nicht rechnen, aber vielleicht mit dem Hindupriester aus dem Dorf? Auch nicht; Vater hielt nicht viel von ihm. Und der alte irische Pfarrer, der die katholische Missionsschule leitete, würde kaum mit Vater sprechen wollen, hatte der doch, seiner Ansicht nach, sein Christentum verraten. Wen gab es denn? Wer würde helfen? Im Waschraum streifte Jeffrey seine verschwitzten Kleider ab, um zum zweitenmal innerhalb einer Stunde zu baden.

Wer würde ihm helfen? Niemand.

Eine kleine, helle, beinahe durchsichtige Hauseidechse wandte ihm ruckartig das niedliche Köpfchen zu, ehe sie behende in einer Wandritze nahe der Decke verschwand.

Jeffrey Moore hatte seine ersten neun Lebensjahre in der Großstadt zugebracht, in Madras, an der Südostküste Indiens. Ursprünglich hatte eine Geschäftsreise seine Eltern dorthin geführt. Erschüttert von dem Elend, hatten sie sich zum Bleiben entschlossen, um in Hilfsorganisationen für die Erniedrigten mitzuarbeiten. Sie waren in dieser Mission häufig unterwegs, und Jeffrey konnte sich noch lebhaft daran erinnern, wie seine Mutter, eine zarte Frau, mit einem schweren Sack auf dem Rücken in die Dörfer ging; daß sie immer Mühe hatte, mit seinem großen, athletischen Vater Schritt zu halten. Wie beschwerlich der Auftrag auch immer war, Jeffrey durfte seine Eltern stets begleiten. Er lebte in Zelten oder Lehmhütten und aß wie Vater und Mutter die unzulängliche Kost der Kastenlosen. Aber er erinnerte sich mit Freude an diese Zeit; seine Eltern hatten gelacht, miteinander diskutiert und ihn nie aus ihren Gesprächen ausgenommen.

Die Erinnerung an diese ersten neun Jahre war so schön, daß er sich manchmal wünschte, er könne die Zeit zurückdrehen, um alles noch einmal zu erleben. Dann, kurz nach seinem neunten Geburtstag, war seine Mutter gestorben. Sie hatte an einem religiösen Fest teilgenommen, um Tausende von Pilgern gegen Cholera zu impfen. Dabei hatte sie sich eine Gehirnhautentzündung zugezogen und war innerhalb einer Woche gestorben. Dieses tragische Ereignis hatte dazu geführt, daß Vater und er in dieses kleine Dorf im Süden gekommen und hier geblieben waren. Im Laufe der Jahre hatte Vater sich viele landwirtschaftliche Kenntnisse angeeignet; dieses Wissen gab er nun an die Kleinbauern weiter. Eine internationale Hilfsorganisation zahlte ihm für diese Arbeit einen kleinen Lohn – es reichte gerade, einen bescheidenen Hausstand zu führen und eine Wirtschafterin zu bezahlen.

Nach dem Tod seiner Frau hatte sich Mr. Moore der Religion zugewandt. Er studierte die Hinduphilosophie, besuchte Hindutempel, praktizierte Hindurituale, und als er dem Swami begegnete, wurde er ein Anhänger des heiligen Mannes. Er folgte ihm kreuz und quer durch den indischen Subkontinent und blieb oft viele Wochen fort. In solchen Zeiten ließ er Jeffrey in Vanis Obhut zurück; die alte Frau war für ihn wie eine Großmutter. Auf die neuen Haushälterinnen, die nach ihrem Tod kamen, konnte sich Jeffrey nicht mehr verlassen; sie kamen und gingen in rascher Folge. Manchmal stahlen sie das wenige, das es zu entwenden gab, oder sie verschwanden kurz nachdem sie Mr. Moore, dessen Großherzigkeit bis zum Leichtsinn führen konnte, eine Gehaltsaufbesserung abgebettelt hatten. Aber irgendwie brachte Jeffrey sich immer durch, wenn sein Vater unterwegs war. Jeder im Dorf kannte ihn. Aus Achtung vor seinem Vater, der auf Pilgerfahrt ging, kümmerten sich die Dorfbewohner um Jeffrey. Sie luden ihn in ihre Hütten zum Essen ein und führten unaufgefordert kleine Reparaturen am Haus durch.

Jeffrey kam zurecht; er war sicher, daß er immer zurechtkommen würde. Und dann kam sein Vater unvermutet wieder zurück und wußte die seltsamsten Geschichten zu erzählen – wie der Swami mit der Herde seiner Jünger von einem heiligen Tempel zum nächsten zog, von einem heiligen Strom zum anderen; wie sie dabei von einer Handvoll geröstetem Weizen lebten und das Wasser aus den Flüssen tranken...

Nun aber hatte Jeffrey seine Zuversicht verloren. Der Anblick seines Vaters, der innerhalb eines einzigen Tages einen großen Teil seiner Kraft eingebüßt hatte, erschreckte ihn. Ob ihm der Arzt und sein Vater die Wahrheit gesagt hatten?

Am Abend aßen sie in Vaters Schlafzimmer. Sie hielten große runde Blechschüsseln auf den Knien, mischten Reis und stark gewürzten Okra mit den Fingerspitzen der rechten Hand, packten die kleinen Häppchen nach indischer Art zwischen Daumen, Zeige- und Mittelfinger und schoben sie in den Mund.

Unvermittelt begann Jeffrey: »Sag mir die Wahrheit, Dad!«

Mr. Moore, der mit gekreuzten Beinen auf dem Bett saß, lächelte in seiner gewohnten, humorvollen Art.

»Dad, bitte!«

»Meinst du über meine Gesundheit?«

»Die Wahrheit, Dad.«

Mr. Moore blickte ihn lange an, schob dann langsam die Eßschüssel von sich und stellte sie auf das Bett. »Also gut, Ganesh, die Wahrheit. Die Wahrheit ist, daß ich bei meiner letzten Pilgerfahrt die Gelegenheit beim Schopf packte und mich in Madras untersuchen ließ.«

Mr. Moore starrte auf seine Schüssel. Jeffrey wollte ihn nicht drängen. Plötzlich fühlte er, wie ihm der Schweiß über das Gesicht rann.

»Ja, es gibt da ein Problem«, fuhr Mr. Moore leise fort. »Mein Herzmuskel wird zunehmend schwächer.«

»Was bedeutet das? Bist du – bist du jetzt – gefährdet?«

»Überhaupt nicht!« Mr. Moore klang wieder fröhlich und unbekümmert. »Irgendwann einmal wird mein Herz eben nicht mehr kräftig genug sein.«

»Irgendwann einmal? Wann wird das sein?«

»Das läßt sich nicht vorhersagen«, erwiderte Mr. Moore mit einem Lächeln. »Nur tibetanische Mönche wissen genau, wann sie sterben – und das auch nur, weil sie sich bewußt in eine tödliche Trance versetzen. Sie wählen ihre letzte Stunde mit Bedacht.«

»Aber was heißt *irgendwann* einmal?« beharrte Jeffrey ungeduldig.

»Nun, wenn ich ein wenig aufpasse, bleibe ich bei dir, bis du erwachsen bist und dein Studium beendet hast. Das ist die Wahrheit, Ganesh. So gut ich oder irgend jemand sie kennen kann.«

»Du hättest mir gleich von der Untersuchung erzählen sollen!« sagte Jeffrey vorwurfvoll.

»Das wollte ich ja. Allen Ernstes. Aber ich bin doch erst seit einer Woche wieder daheim, Ganesh.« Er lachte leise. »Du darfst nicht so streng zu mir sein.«

Jeffrey wiederholte im stillen, was sein Vater gesagt hatte: »Ich bleibe bei dir, bis du erwachsen bist.« Er fühlte sich ein wenig erleichtert; jetzt erst wurde ihm bewußt, daß er während der ganzen Zeit die Hände zu Fäusten geballt hatte. »Du mußt dich wirklich mehr ausruhen, Vater!« sagte er.

»Das habe ich vor.«

»Du darfst nicht während der Mittagsstunden auf die Felder gehen.«

»Ich werde es nicht mehr tun, du hast recht.«

»Du solltest statt dessen ein Mittagsschläfchen halten.«

»Ja, ich werde es mir vornehmen. Und jetzt laß uns endlich wieder essen.«

Sie beendeten ihre Mahlzeit. Anschließend trug Jeffrey die leeren Schüsseln in die Küche, wo sie ihm die Haushälterin, eine drahtige kleine Frau mit grauen Haaren, voll Mißbilligung abnahm. Sie sah immer mißbilligend drein. Sie lächelte nicht einmal, wenn sie ihren Lohn erhielt.

Als Jeffrey ins Schlafzimmer zurückging, brachte er ein Kissen mit, sein eigenes, um es Vater unter den Kopf zu legen.

Mr. Moore protestierte, fügte sich dann aber mit einem Lächeln. »Sag mir eines, Jeffrey« – sein Vater sprach ihn nur bei seltenen Gelegenheiten mit dem Taufnamen an; meist nannte er ihn Ganesh wie alle anderen –: »Was hast du eigentlich in all den Jahren wirklich gedacht, wenn ich immer wieder dem Swami auf seinen Pilgerfahrten folgte?«

»Daß du getan hast, was du tun mußtest.«

»Wirklich? Warst du mir nie böse?«

»Manchmal war ich einsam«, gab Jeffrey zu.

»Aber nicht böse?«

»Nein. Du mußtest es eben tun.«

»Verstehst du auch, warum?«

»Nein«, sagte Jeffrey stirnrunzelnd. »Ich mag den Swamiji nicht.«

»Und doch warst du mir nicht böse, wenn ich mit ihm ging?«

»Nein. Du verstehst ihn, ich nicht.«

»Jeffrey, laß mich dir eines sagen: Ich fürchte mich nicht vor dem Sterben. Ich klammere mich nicht mehr an mein Leben. Aber ich trage immer noch den Wunsch in mir, dir ein guter Vater zu sein. Verzeih mir, wenn ich dich manchmal vernachlässigt habe! Ich will es nicht mehr tun. Mir ist jetzt vieles klarer geworden, was ich früher nicht wußte.«

»Laß doch, was war«, antwortete Jeffrey. »Es macht mir nichts aus. Ich will nur, daß du dich jetzt ausruhst.«

In der folgenden Woche ging Jeffrey zur Schule und zum Yoga-Unterricht, während sein Vater allmählich die gewohnte Arbeit wiederaufnahm. An den Abenden aßen sie eine einfache Mahlzeit, stark gewürztes Gemüse und Reis, und saßen dann im Freien auf der warmen Erde, um die Sterne zu beobachten. Mr. Moore wußte eine Menge über Astronomie – er wußte überhaupt über vieles Bescheid –, und so saß Jeffrey mit ihm unter dem Orion und dem Großen Bären und hörte zu, wie sein Vater ihm die verschiedensten Theorien über das Universum erläuterte. Über sein Entstehen, seinen möglichen Untergang und seine Wiedergeburt. Es war ganz still im Garten; nur der Ruf einer Eule unterbrach hin und wieder ihr Gespräch, manchmal auch das schrille Pfeifen der Fledermäuse, die mit dem Kopf nach unten vom Pipul-Baum hingen. Draußen im Dorf, jenseits der Mauer, war es nicht so still. Auf der Hauptstraße plärrte aus jedem Tea-Shop und Milchkiosk mit voller Lautstärke Radiomusik; die Motor-Rikschas ratterten unablässig; vor den Läden brabbelten die Händler. In den Dorftempeln sangen die Priester und schlugen Glocken an, um die Götter zu wecken; aus Lautsprechern an den Tempelmauern erklang die Tonbandaufzeichnung religiöser Gesänge. Aber in ihrem engen Hof hatten Jeffrey und sein Vater den hellen Nachthimmel ganz für sich.

Jeffrey mußte seinen Vater nicht anlügen: Er nahm ihm

die langen Fahrten mit dem Swami, seine Suche nach Gott, wirklich nicht übel. Das war etwas, das man einem außergewöhnlichen Menschen zugestehen mußte, und Vater war ein außergewöhnlicher Mensch. Jeffrey war davon überzeugt – im Gegensatz zu manchen anderen Leuten. Vaters Bekannte in Madras, alles Europäer und Amerikaner, hatten sich von ihm zurückgezogen, als er begann, Dhotis zu tragen und, mit einem Wanderstab in der Hand, das helle Haar mit einem Tuch bedeckt, Indien zu durchwandern.

Auch Jeffrey konnte seinen Vater im Grunde nicht verstehen. War das wirklich die Suche nach Gott, wenn man endlose Wege abschritt und einer Idee folgte, die nirgendwo hinführte? Halb verhungert, geschwächt, ohne die geringste Bequemlichkeit. Wenn die Menschen hier im Dorf Gott suchten, gingen sie in einen Hindutempel oder in die Katholische Kapelle bei der Schule und sagten dort ohne Umstände ihre Gebete auf. Vater hingegen und die anderen Frommen waren ewige Sucher. Sie verausgabten sich auf heißen Pfaden und begnügten sich mit einer Handvoll Reis. Und doch hatte Jeffrey die Entscheidung seines Vaters akzeptiert, denn sie zeugte von Entschlossenheit und Mut. Das verstand Jeffrey; dem konnte er sich nicht verschließen. Und immer wieder, wenn sie jetzt am Abend gemeinsam unter den Sternen saßen, fühlte er sich getragen von der Energie, die Vater ausstrahlte. Es schien, als könne nichts das Band zwischen ihnen trennen, vor allem weil sich Vater jetzt immer in der Nähe des Dorfes aufhalten mußte. Die Ruhe würde seinen Herzmuskel wieder stärken, davon war Jeffrey überzeugt. Nichts konnte Vater und ihn je wieder davon abhalten, Seite an Seite in ihrem kleinen Hof unter dem offenen Himmel zu sitzen, abgeschirmt vom Lärm des Dorfes, vom Lärm der Welt.

Und dann, eines Nachmittags, tauchte unerwartet ein Nachbar in der Schule auf, ein pensionierter Postbeamter, der immer freundlich zu Jeffrey gewesen war. Er blieb in der Tür zum Klassenzimmer stehen, verneigte sich vor dem

Lehrer, sagte: »Sein Vater!« und deutete auf Jeffrey, dem plötzlich schwach in den Knien wurde. Auf der Heimfahrt – er saß hinter dem alten Mann auf dessen Fahrrad – erfuhr Jeffrey, daß Vater wieder einen Anfall gehabt hatte. Am Morgen war er mit dem Motorroller zu einer etwa zwanzig Kilometer entfernten Siedlung gefahren, um dort Bewässerungsgräben zu inspizieren. In einem Reisfeld war er plötzlich zusammengebrochen, und die Bauern hatten ihn in einem Büffelkarren zurückgebracht.

Jeffrey lief sofort ins Haus. Der Doktor sei dagewesen, aber wieder gegangen, flüsterte ihm die Haushälterin zu. Vater lag mit fliegendem Atem in seinem Schlafzimmer und grüßte Jeffrey mit einer schwachen Handbewegung. »Ich war nicht über Mittag draußen«, keuchte er mühsam. »Es war erst neun; ich habe mein Versprechen gehalten.«

»Nicht reden!« bat Jeffrey. »Bleib nur ganz ruhig liegen!« Dann aber vergaß er, was er gesagt hatte, und fragte: »Was hat der Doktor gesagt? Was ist geschehen? Hat er es überhaupt herausgefunden?«

Vater versuchte zu lächeln. »Es ist nur eine Herzschwäche.«

»Nein, diesmal ist es mehr«, schluchzte Jeffrey.

»Mach dir keine Sorgen, Ganesh. Ich habe meine Pillen.« Sein Blick glitt zu einer kleinen Schachtel, die auf dem Tischchen neben dem Bett lag. »Ich habe sie mir verschafft, als ich in Madras zur Untersuchung war. Mehr brauche ich nicht.«

»Nicht sprechen, Dad! Bitte! Ruh dich aus!«

Jeffrey zog einen Stuhl ans Bett und wartete schweigend, bis Vater eingeschlafen war. Dann ging er vor das Haus und setzte sich unter den Pipul-Baum. Wer konnte ihm jetzt helfen? Ob er nicht doch dem Swami schreiben sollte? Ja, er würde ihm einen Brief senden: »Kommen Sie sofort! Mein Vater ist schwer krank. Er war immer für Sie da, jetzt müssen Sie für ihn da sein!« Ehe er dem Swami schrieb, mußte er jedoch Vaters Zustimmung einholen; das war nur fair. Aber würde Vater sie geben? Nein, bestimmt nicht. Vater würde Swami niemals mit solchen *unwichtigen* Dingen belästigen.

Gab es denn niemanden auf der ganzen Welt, der ihm jetzt helfen konnte? Niemanden?

Über den Hof kam die Frau des pensionierten Postbeamten, eine dicke Person in einem braunen Sari, eine Schale in der Hand.

»Kokosmilch. Ganz frisch«, sagte sie und reichte ihm die Schüssel. »Dein Vater soll davon trinken. Kokosmilch ist sehr gut für das Herz.«

Jeffrey stand auf und nahm die Schale mit Dank an. Die Frau meinte es gut. Aber wann immer jemand in der Nachbarschaft erkrankte – an einer Verkühlung, an Rheuma oder Typhus –, kam sie und brachte die Milch einer jungen Kokosnuß. Jeffrey trug die Schüssel ins Haus und stellte sie auf den Tisch. Dann ging er leise ins Schlafzimmer hinüber und betrachtete lange seinen schlafenden Vater. Eines war sicher: Er würde das Haus nicht wieder verlassen, weder um zur Schule noch um in den Yoga-Unterricht zu gehen. Überhaupt nicht. Wenn sonst niemand da war, der sich um seinen Vater kümmerte, würde er es eben selbst tun.

Und so blieb Jeffrey daheim. Am frühen Morgen ging er zum Dorfbrunnen – im Haus selbst gab es kein Wasser –, und lange bevor die Haushälterin eintraf, brachte er dem Kranken bereits eine Tasse Tee. In der Mittagshitze wusch Jeffrey Vater mit einem Schwamm und brachte ihm das Essen. Am Nachmittag las er ihm aus den Philosophiebüchern vor, und Vater lauschte so intensiv, als höre er eine spannende Erzählung. Und immer wieder stopfte Jeffrey die Bettücher und Kissen zurecht, bis Vater lachen mußte. Das überraschte Jeffrey: Wie heiter Vater trotz der Schmerzen bleiben konnte! Er nannte Jeffrey »den kleinen Diktator«, tat so, als fürchte er sich vor ihm, verdrehte die Augen und rief: »Du lieber Himmel, da kommt der Quälgeist schon wieder!«

Am Abend kam er, auf Jeffreys Arm gestützt, langsam

vors Haus, lehnte sich an den Pipul-Baum und blickte in den Sternenhimmel. Jeffrey ließ ihn nie allein. Er fand bald heraus, wie sich die Anfälle ankündigten – oft nur durch ein Zucken der Mundwinkel. Dann hielt Jeffrey eine Pille bereit, noch ehe die Schmerzen voll einsetzten. Zum Glück wirkte das Medikament sehr rasch und brachte innerhalb weniger Minuten Erleichterung.

Der Doktor kam jeden Tag, richtete aber nichts aus – ebensowenig wie die Leute, die ihre Hausmittel brachten, etwa gekochte Wegerichblätter oder das gewürzte Mark von Pisang-Sprossen. Und doch war Jeffrey dankbar für diese Besuche. Vom Morgen bis zum Abend kamen die Menschen an das zerbrochene Tor und brachten Süßigkeiten, selbstgebraute Medizin, Früchte, eine Schüssel mit gekochtem Gemüse. So sehr achteten die Dorfbewohner Vater; im Gegensatz zu den Weißen in Madras hatten diese Bauern und kleinen Händler Verständnis für die Seelenstärke eines Mannes, der die glühenden Straßen Indiens entlang wanderte, um Gott zu suchen. Jetzt ging es ihm schlecht, und sie kamen, um auf ihre Weise ihre Achtung zu bezeugen: mit Speisen und Medizin, mit der schüchternen Frage nach seinem Gesundheitszustand. Jeffrey dachte nicht mehr an den Swami. Es genügte, daß diese Leute kamen, um Vater ihre Anteilnahme zu bezeugen.

Auch Rama kam jeden Tag nach der Schule. Er war der Sohn eines wohlhabenden Getreidehändlers und Jeffreys bester Freund. Rama war klein und dünn, konnte aber einen Kricketschläger ebenso kräftig schwingen wie die größten Jungen im Ort. Am späten Nachmittag saßen sie unter dem Pipul-Baum und schauten den Fledermäusen zu, die in wildem Zickzack herumflatterten und hart gegen die Äste klatschten, von denen sie dann leblos, wie dunkle Früchte, hingen – bis sie blitzartig wieder losschnellten, um eine Mücke im Flug zu schnappen. Die Jungen schwiegen meist; von Natur aus war keiner von ihnen gesprächig. Früher waren sie oft gemeinsam zu dem kleinen Tümpelsee gegangen, um vom Rücken der Büffel zu springen, die im Wasser Zuflucht vor der Nachmittagshitze suchten. Sie hatten nach fettschwänzigen braunen Kettenvipern gejagt – kleinen, aber gefährlichen Killerschlangen. Die Bauern zahlten für die Häute. Dann wieder waren die beiden Jungen auf Feigenbäume geklettert, um die Affen zu erschrecken – und sich von ihnen erschrecken zu lassen –, oder sie stahlen aus der größten Jungpflanzung im Distrikt Pisang-Schößlinge. Sie schlenderten Seite an Seite die Landstraße entlang und sahen schweigend zu, wie die Schatten in den Bambushainen wanderten, grüne Papageien auf Telefonleitungen balancierten, Monsunwolken wie wirbelnde Schmutzflecke über den tiefblauen Himmel zogen. Sie waren Freunde, weil sie das gleiche taten und erlebten und dabei dasselbe fühlten.

Als Rama wieder einmal zu Besuch gekommen war, erlitt Mr. Moore einen so schweren Anfall, daß eine einzelne Tablette ihm nicht half. Erst nachdem er drei genommen hatte, brachten sie ihm Erleichterung. Rama lief zum Arzt, während Jeffrey am Krankenbett blieb, die eiskalten, zitternden Hände seines Vaters hielt und voll Entsetzen das eingefallene Gesicht anstarrte.

Als der Doktor endlich kam, setzte er bloß das Stethoskop an und lauschte. Dann schüttelte er bedächtig den Kopf und sagte, daß das Medikament zum Glück bereits zu wirken begonnen habe.

Jeffrey begleitete ihn vors Haus. Rama wartete dort auf ihn. »Ich muß wieder gehen, Ganesh«, sagte er. (Sie sprachen englisch miteinander.) Jeffrey nickte, obwohl es ihn schmerzte, daß sein Freund ihn verließ. Und doch war es besser so, denn mit dem Doktor mußte er allein sprechen.

»Sir, soll mein Vater nach Madras gehen?«

Der Arzt verzog die Lippen, ohne zu antworten.

»Ist das noch möglich? Kann ich ihn hinbringen?« beharrte Jeffrey.

»Ich halte es für unwahrscheinlich.«

»Was wollen Sie damit sagen?«

Wieder zögerte der Arzt, ehe er sagte: »Ich halte es für unwahrscheinlich, daß er die Reise überstehen würde. Laß ihn hierbleiben und gönne ihm Ruhe.«

»Aber – gibt es denn *nichts*, was ich tun könnte?«

Der Arzt war Jeffreys Blicken bisher ausgewichen. Jetzt sah er ihm offen in die Augen. »Nein, mein Junge, du kannst nichts tun. Laß deinen Vater, wo er ist. Das ist auch sein Wunsch.«

»Woher wollen Sie das wissen? Woher wollen ausgerechnet Sie das wissen?«

Der Doktor antwortete ruhig: »Weil er es mir gesagt hat. Gestern. Sollte sich sein Zustand verschlimmern, wolle er lieber hierbleiben, als die Reise nach Madras zu wagen.« Der Arzt ergriff Jeffrey am Arm. »Du mußt das verstehen: In vertrauter Umgebung fällt alles ein wenig leichter.«

Jeffrey hatte plötzlich Tränen in den Augen. »Was fällt ihm leichter? Muß er – muß er sterben?« Er sah den Arzt wie durch einen Schleier. »Ist es das? Ist es das, was Sie mir sagen wollen?«

Wieder berührte der Arzt seinen Arm. »Ja, das ist es. Nichts anderes als das wollte ich dir sagen, Ganesh.«

Jeffrey wischte sich die Tränen aus den Augen, während der Doktor sich abwandte und wegging. Lange Zeit blieb Jeffrey im Garten stehen. Plötzlich erinnerte er sich wieder an Mutters Krankheit und Tod. Es war eine schreckliche Zeit gewesen, aber er hatte sie noch als kleines Kind erlebt. Diesmal war alles schlimmer, denn er war jetzt älter; niemand stand vermittelnd zwischen ihm und dem, was geschah – wie Vater damals zwischen ihm und Mutters Tod gestanden war. Er war allein, allein in der zunehmenden Dämmerung und kämpfte gegen die Verzweiflung an. Als er endlich in Vaters Schlafzimmer zurückkehrte, versuchte er tapfer zu lächeln. »Der Arzt sagt –«

»Ich weiß.« Vaters Stimme war kaum noch ein Flüstern. »Ich weiß, was er sagt.«

»Er sagt, du mußt dir mehr Ruhe gönnen.«

»Setz dich zu mir, Ganesh.« Er klopfte mit der flachen Hand auf die Bettkante. »Es ist an der Zeit, der Wahrheit ins Auge zu sehen.«

Jeffrey nahm Platz, immer noch bemüht zu lächeln.

»Ich habe dich sehr lieb, mein Junge. Und die Wahrheit ist, daß ich nicht mehr lange bei dir bleiben werde.«

»Das stimmt nicht!«

»Doch. Wir beide wissen es. Oder etwa nicht?«

Jeffreys Lippen zitterten so heftig, daß er nicht antworten konnte.

»Es gibt einiges«, sagte Mr. Moore, »über das wir jetzt reden müssen.«

»Nicht sprechen, Dad! Ruh dich aus; wir unterhalten uns später.«

»Nein, Jeffrey. Jetzt. Hör zu: In der Schreibtischlade wirst du einige Anordnungen finden, die ich dich bitte zu befolgen.« Mr. Moore rang nach Atem. »Ich habe im Lauf der Jahre etwas Geld zur Seite gelegt, für später. Dieses Später beginnt jetzt. Handle genau nach meinen Anweisungen. Sie bringen dich ...« – wieder mußte er unterbrechen – »... zu einem Mann in Madras. Er wird alles Weitere veranlassen.«

»Was, Dad?«

»Daß du nach Amerika fährst.« Mr. Moore legte seine zitternde Hand auf Jeffreys Arm. »Tante Betty wollte doch schon immer, daß du zu ihr ziehst.«

Das wußte Jeffrey. Seine verwitwete Tante hatte ihn in ihren Briefen wiederholt aufgefordert, nach Amerika zu kommen.

»Ich möchte, daß du gehst«, sagte Vater.

»Ich möchte aber weder dich noch Indien verlassen.«

»Mein lieber Jeffrey, *ich* werde *dich* verlassen; daran ist nichts mehr zu ändern.«

Jeffrey konnte sich nicht länger beherrschen; er stützte den Kopf in die Hände und begann zu weinen.

»Ich habe dir gesagt, mein Junge, daß ich keine Angst vor dem Sterben habe. Ich habe nur noch Angst um dich. Ich möchte, daß du eine Zeitlang von hier fortgehst. Du sollst etwas lernen, Erfahrungen sammeln. Dann, später einmal, kannst du wiederkommen.« Er atmete schwer. »Aber zuvor mußt du ein anderes Leben kennenlernen. Das bist du dir selbst schuldig. Ich habe es deiner Mutter geschworen . . .«

»Ich will nicht fortgehen!«

»Versprich mir, daß du meine Anordnungen befolgen wirst!« Mr. Moore richtete sich mühsam auf die Ellbogen auf; sein Gesicht war aschgrau und schmerzverzerrt.

Jeffrey erschrak und bat ihn, sich sofort wieder hinzulegen. »Ich verspreche es ja!« sagte er hastig. »Aber beruhige dich, bitte! Ich verspreche es!«

Mr. Moore seufzte und ließ sich in die Kissen zurückfallen. Dann zwinkerte er Jeffrey zu. »Jetzt habe ich dich überrumpelt. Das war unfair von mir. Aber es ändert nichts. Es bleibt dabei, Jeffrey: Du hast es mir versprochen!«

Eine Woche verging, und nichts Außergewöhnliches geschah. Es gab keinen neuen Anfall, und Jeffrey begann wieder zu hoffen. Auch sein Vater wirkte gut gelaunt, als litte er bloß unter einer Sommergrippe. Tagsüber lag er ruhig im Bett, und am Abend, auf Jeffreys Arm gestützt, schlurfte er langsam vor das Haus und setzte sich unter den Pipul-Baum.

Einmal sagte er: »Ich kann verstehen, daß du auf den Swamiji nicht gut zu sprechen bist. Er hat meine Zeit in Anspruch genommen, Zeit, die ich dir hätte widmen sollen. Heute brauche ich ihn nicht mehr. Aber es hat Jahre gedauert, bis ich endlich begriff, daß ich die Antwort nicht bei ihm, sondern in mir selbst suchen muß. Und in dir, Jeffrey, und in den Fledermäusen, die um uns herumfliegen. Und in den Bauern dieses Dorfes, in denen, die jetzt da draußen sitzen und lachen. Uns alle verbindet das gemeinsame Bewußtsein.«

Ein anderes Mal sagte er: »Eines darfst du nicht vergessen, Jeffrey: Die Seele ist ein Vogel; der Körper ist ihr Nest. Ein Vogel baut ein Nest, zieht darin seine Jungen auf und fliegt dann davon. Das Nest kann verrotten, denn schon hat der Vogel ein neues gefunden. So, mein Junge, ist es mit dem Leben und der Wiedergeburt. Verzeih mir, daß ich wie ein Schulmeister zu dir spreche, aber uns fehlt die Zeit, zu warten, bis sich die Gelegenheit von selbst ergibt.«

Und er sagte: »Du mußt hart arbeiten, Jeffrey. Aus keinem anderen Grund, als daß die Arbeit dir auferlegt wurde. Erfülle sie als selbstverständliche Verpflichtung – weil sie deine Arbeit ist und nichts weiter. Vergiß nicht, was ich dir gesagt habe.«

Und eines Abends sagte er lächelnd: »Ist nicht morgen Divali?«

Divali ist das wichtigste Fest der Inder, zur Feier des Sieges des Guten über das Böse.

»Schon möglich«, sagte Jeffrey.

»Schon möglich? Wohin gehst du denn feiern?«

»Nirgendwohin.«

»Hat dich denn niemand in sein Haus eingeladen?«

»Doch. Rama ...«

»Dann geh hin.«

»Nein, ich mag nicht, Dad.«

»Du magst nicht hingehen?«

Jeffrey schüttelte den Kopf, obwohl er um nichts in der Welt Divali versäumen wollte. Seit Monaten hatten er und seine Schulkameraden sich auf das Fest gefreut.

»Geh nur, Jeffrey.«

»Ich bleibe lieber hier.«

»Geh zu Rama, geh nur. Divali ist eine wunderbare Zeit. Genieße sie. Geh zu Rama.«

Und so machte sich Jeffrey am nächsten Tag vor Sonnenuntergang bereit fortzugehen. Noch einmal klopfte er

Vaters Kissen aus und strich das Bettuch glatt. Er versprach, nur eine Stunde auszubleiben, bestand noch einmal darauf, nicht wirklich gehen zu wollen – aber schon klopfte sein Herz schneller, als er aus der Ferne das Geräusch explodierender Feuerwerkskörper hörte.

Er drückte kurz Vaters Hand und lief in die Dämmerung hinaus. Er durchquerte das Dorfzentrum, wo die Festlichkeiten, die schon vor Tagen begonnen hatten, heute nacht ihren Höhepunkt erreichen würden. In allen Straßen herrschte lebhafte Bewegung. Beißender Rauch wirbelte in Dunstschleiern durch die engen Gassen. Jeder Laden war mit bunten Glühlampen-Girlanden dekoriert – sein Vater hatte einmal gesagt, es sähe aus wie Weihnachten in Amerika. Ein junger Bursche warf eine Schnur mit Schwärmern direkt vor die Beine kreischender Mädchen. Von weither waren die Bauern gekommen, um sich das geschmückte Dorf anzusehen und starken Punsch zu trinken; pausenlos schnarrten ihre Fahrradklingeln auf der Hauptstraße. Zigarren rauchende Händler boten Pfauenfedern, Konfekt und schillernde seidene Saris an. Jeffrey winkte einigen Schulfreunden zu, die wie zufällig einen Tea-Shop umdrängten und ihm zugrinsten – wahrscheinlich waren sie gerade drauf und dran, eine höllische Ladung von Knallfröschen und Kanonenschlägen explodieren zu lassen. Als Jeffrey die Hauptstraße verließ und in eine enge Gasse einbog, ernüchterte ihn die plötzliche Stille. War es richtig, daß er heute abend ausging? Er hatte doch geschworen, nie das Haus zu verlassen. Aber hatte denn Vater nicht darauf bestanden, daß er ging? Seit Tagen hatte er keinen Anfall mehr. Und doch: Warum hatte Jeffrey das Haus verlassen? Die Antwort war ein Eingeständnis: Weil er das ewige Eingesperrtsein nicht mehr ertrug – und weil Divali war!

Er schlenderte die Gasse entlang und begann sogar ein Lied vor sich hinzupfeifen, das zur Stimmung dieses Abends paßte. Jenseits einer Mauer knatterten Feuerwerkskörper. Vor ihm stieg plötzlich eine blaue Flamme hoch, und dann explodierte hoch über den Palmen eine Rakete in roten und grünen Kaskaden.

Jetzt hatte er Ramas Haus erreicht. Es war groß, hatte zwei Obergeschosse und sogar eine Garage, denn Ramas Vater war einer der acht Männer im Dorf, die ein Auto besaßen.

Rama und seine vier Brüder waren bereits im Hof. Sie trugen brennende Wunderkerzen, mit denen sie Raketen, Knallkörper und Leuchtkugeln entzündeten. Wie eine Wand aus Licht und zuckender Bewegung spannte sich der helle Schein weit über die Blumenbeete.

Rama lief auf Jeffrey zu, begrüßte ihn und drückte ihm eine Wunderkerze in die Hand. Gemeinsam ließen die beiden nun einen Feuerwerkskörper nach dem anderen explodieren. Diener reichten in Tassen süßen Reis und Sauerrahm mit Rosinen herum. Ramas Vater, in langen weißen Hosen und einem Polohemd, überwachte das Anzünden der nicht ungefährlichen Knallbomben, die mit ohrenbetäubendem Krachen barsten. Dann wieder erhellten bengalische Lichter oder Raketen die ganze Umgebung. Ramas Urgroßmutter hockte auf der Veranda, ließ ihre zahnlosen Kiefer knacken und freute sich an der Farbenpracht und am lautstarken Treiben. Im Inneren des Hauses, in der Küche, überwachten Ramas Mutter und Großmutter die Zubereitung weiterer Speisen. Später würde es für alle Geschenke geben, man würde Spiele veranstalten, und aus dem ganzen Dorf würden die Besucher kommen und den Abend mit fröhlichen Liedern beschließen.

Jeffrey blickte, die Wunderkerzen in der Hand, zu Rama hinüber, der lachend den Blick erwiderte. Dann sahen sie zu, wie Ramas Vater sich bückte, um Feuer an die Lunte eines Schwärmers zu legen. Ramas Vater ... Ramas Vater ... *Vater!*

Jeffrey fühlte plötzlich einen eisigen Hauch im Gesicht. Er ließ die Wunderkerze fallen, wandte sich ab und lief davon.

»Wo willst du hin?« rief Rama ihm nach. »Ganesh!«

Aber Jeffrey rannte bereits durch die Nacht.

Erst als er das windschiefe Hoftor erreichte, seufzte er erleichtert. Auf dem ganzen Heimweg hatte ihn die Vorstellung geängstigt, das Haus könne von einem verirrten Feuerwerkskörper getroffen worden sein und in Flammen stehen. Aber da stand es, als dunkle Silhouette; nur eine einsame Glühbirne erhellte das Fenster – sein Vater war geborgen. Beinahe wäre Jeffrey auf der Stelle wieder umgekehrt und zu Ramas Fest zurückgegangen; da er nun aber schon den ganzen Weg hierhergelaufen war, wollte er doch noch kurz nach Vater sehen. Also betrat er das Haus.

Als er in den Flur kam, sah er einen Fremden in Vaters Schlafzimmer stehen. Es war ein Tempelpriester, mit dem Vater oft über Gott sprach. Er war nur in einem Dhoti gekleidet, stand neben dem Bett und hielt die Hände in Gebetshaltung gefaltet. Seine Lippen bewegten sich. Sprach er mit Vater? Oder sang er? Leise kam Jeffrey näher, und jetzt sah er, daß Vater mit geschlossenen Augen in seinem Bett lag.

Jeffrey stürmte ins Zimmer.

Der Priester erschrak, erkannte ihn, trat einen Schritt zur Seite und gab so den Blick frei. Ja, Vaters Augen waren geschlossen, die Lippen seltsam verkniffen.

»Vor wenigen Minuten, Ganesh«, sagte der Priester leise. »Die Haushälterin hat ihn so angetroffen und ließ mich rufen.«

»Vor wenigen Minuten?« Jeffrey fragte sich, wie lange er ausgeblieben war. Er beugte sich über das Bett. Ja, es war sein Vater, aber sein Gesicht wirkte schmaler und eingefallen, die Nase hart und eckig wie ein Vogelschnabel, fleischlos. Jeffreys Lippen zitterten.

»Das hielt er zwischen den Fingern.« Der Priester reichte Jeffrey einen Briefbogen mit vorgedruckten Linien. »Er muß geschrieben haben, als es geschah.«

Jeffrey las: »Ein heiliger Mann hat einmal gesagt: ›Ich

werde jetzt wohl den Tod finden. Aber wie könnte ich je vergehen? Ich bin hier!‹«

Jeffrey blickte den Priester an.

»Das ist sehr gut«, sagte der Priester mit einem Lächeln. »Sehr glückverheißend.«

Jeffreys Hand klammerte sich an das Blatt. Er las noch einmal; die gekritzelten Worte verschwammen ihm vor den Augen. Als er wieder ans Bett trat, sah er erstaunt, wie grau Vaters Haut wirkte. Wie Pergament spannte sie sich über die Gesichtsknochen. Das war sein Vater, und er war es doch nicht. Nein, es war ungerecht, daß er so aussah – so grau, so abwesend, so unwirklich!

Der Priester begann zu sprechen, ruhig, unbewegt, als redete er über das Wetter: Mr. Moore gebühre wohl der für Brahmanen vorgesehene Ritus – wenngleich natürlich mit gewissen Einschränkungen, denn er sei ja nie geweiht worden und habe nie das geheiligte weiße Band dieser Kaste empfangen. Nichtsdestoweniger habe Mr. Moore ein vorbildliches Leben geführt, gute Werke getan und vor allem den Swami auf vielen Pilgerfahrten begleitet. In der Stunde seines Todes habe er eine glückverheißende Botschaft zu Papier gebracht, und so gebühre ihm morgen, mit nur kleinen Änderungen, das Leichenbegräbnis eines Brahmanen.

Jeffrey ließ sich, von Tränen geschüttelt, auf den Boden gleiten. Sein Vater war grau, seine Augen waren geschlossen, seine Lippen waren verstummt. Sein Vater war tot.

»Ich habe zum Tempel senden lassen«, sagte der Priester. »Alles Erforderliche ist bereits veranlaßt. Ich habe auch den Leichenverbrenner verständigt. – Ganesh, hörst du mir überhaupt zu?«

Jeffrey blickte zu dem dicklichen Priester auf, dessen Kopf bis auf eine schmale schwarze Strähne kahlgeschoren war. Die drei Aschestreifen auf der Stirn verrieten, daß er ein Anhänger Shivas war.

Was hatte der Mann gesagt?

»Wir werden für die Totenfeier Geld brauchen, Ganesh.«

Der Junge nickte teilnahmslos.

»Willst du es mir jetzt gleich geben?«

Jeffrey machte eine unbestimmte Handbewegung; sein Rücken zitterte.

»Aber morgen wirst du es haben?«

Jeffrey nickte.

»Morgen früh?«

Er nickte.

»Schließlich müssen die Leute bezahlt werden. Und wir müssen Feuerholz kaufen und Ghee und Blumen. – Gleich morgen früh?«

Jeffrey nickte.

Es wurde still im Raum. Nicht einmal eine Fliege summte, und Jeffrey dachte, der Priester sei bereits gegangen.

Dann hörte er hinter sich die ruhige, tiefe Stimme: »Ganesh, geh heute nacht in dein Zimmer! Bleib nicht hier!«

Jeffrey nickte, stand aber nicht auf. Er wollte die Nacht in diesem Raum verbringen. »Wie spät ist es?« fragte er, ohne aufzublicken. Der Priester nannte ihm die Uhrzeit.

Jeffrey überlegte. Mehr als zwei Stunden! Dachte er grimmig. Vor mehr als zwei Stunden hatte er das Haus verlassen. Wäre er zur rechten Zeit zurückgekommen, wie er es versprochen hatte, hätte er seinen Vater noch lebend angetroffen. Würde er sich jemals selbst verzeihen können? – Und das alles nur für ein paar Feuerwerkskörper. Für Süßigkeiten und ein wenig Vergnügen.

Das Blatt in seiner Hand war schon ganz zerknittert. Wieder las er den Text. Das letzte Wort, »hier!«, war kaum noch erkennbar hingekritzelt, das Rufzeichen schräg, als zitternder Strich bis an die Papierkante verlängert. Hatte der Anfall Vater beim Schreiben überrascht? Und was meinte der Priester mit »glückverheißend«? Hindus gebrauchten diesen Begriff als gutes Omen für die Wiedergeburt der Seele. Aber *welcher* Seele? Es gab keine. Weder der

Swami noch die anderen waren Vater zu Hilfe gekommen, als er sie gebraucht hätte. Untätig waren sie geblieben, diese Gottsucher! Sie hatten nichts anderes zu tun gewußt, als auf all diesen Pilgerfahrten Vaters Kräfte aufzuzehren und ihn von Tempel zu Tempel zu schleppen, bis sein Herz geschwächt war.

»Ich werde jetzt wohl den Tod finden. Aber wie könnte ich je vergehen? Ich bin hier!«

Aber Vater war nicht hier. Ein Fremder lag in seinem Bett, schrumpfte, wurde immer kleiner, wechselte die Farbe, wurde grau wie Stein.

Jeffrey streckte sich auf dem Fußboden aus und starrte, geblendet von der nackten Glühbirne, auf die Risse in der Zimmerdecke. »Aber wie könnte ich je vergehen?« Vater war vergangen; er war nicht hier. Und doch hatte der Priester gesagt, dies sei »glückverheißend«. – Vielleicht war Vater nicht wirklich gestorben? Vielleicht war er noch immer – anwesend? Aber Jeffrey empfand keine Anwesenheit, außer seiner eigenen. Und er war zum Verräter geworden. Wofür hatte er die letzten kostbaren Augenblikke mit seinem Vater hingegeben? Für eine Handvoll Knallfrösche.

Draußen war es noch dunkel, als er erwachte. Im Zimmer brannte die Lampe, und viele fremde Leute bewegten sich durch den Raum. Die Luft war schwer von Blumenduft, dem Geruch der Sandelholzpaste mit halblautem Singsang. Durch das offene Fenster drang das heisere Schnarren der Krähen. Wie stets meldeten sie als erste im Dorf den herannahenden Tag.

Jeffrey stand auf und rieb sich die Augen. Er wagte einen Blick auf das Bett. Vaters Gesicht und Körper waren mit Lotosblüten bedeckt. Zwei alte Frauen hatten den Leichnam offenbar soeben in einen neuen weißen Dhoti gekleidet und mit einer Blumengirlande geschmückt. Der Priester saß mit gekreuzten Beinen in einem Winkel, beugte sich über ein Sanskrit-Buch und leierte Gebetssprüche herunter.

Jeffrey verließ den Raum, wusch sich und legte ebenfalls einen Dhoti an. Er wußte, wie man den langen Stoffstreifen um den Körper wickelt, wie man die Enden lose bis zu den Knöcheln herabhängen läßt und dann in Taillenhöhe feststeckt. Wie alle Inder war er geübt darin, sich in der Mittagshitze Kühlung zu verschaffen, indem er die Tuchschlingen lockerte und in den Luftzug hielt.

Jeffrey ging in den Hof, pflückte einen Zweig und putzte sich damit die Zähne. Wie üblich, sah er nach, ob das Huhn im Verschlag bereits ein Ei gelegt hatte. Er versuchte, nichts zu denken; er bewegte sich einfach durch das graue Licht, setzte einen Fuß vor den anderen. Der Morgen war kühl, sein Vater war tot, das Huhn hatte ein Ei gelegt, sein Vater war tot, im Pipul-Baum zankten die Krähen, und sein Vater war tot.

Aber die Gedanken ließen sich nicht abschütteln. »Ich bin hier!« Wo war er? Hielt sich Vater noch in seinem Schlafzimmer auf? Oder schritt er schon durch das Dorf? Oder hinaus ins weite Land? Oder in den Himmel? Oder hatte er sagen wollen, er bleibe auf eine abstrakte Weise gegenwärtig, wie ein Grundsatz, eine Gesinnung, ein Geist oder eine Seele, die in einem Buch beschrieben wurde? Jeffreys Gedanken verstrickten sich wie Treibholz an einem Brükkenpfeiler. Er versuchte sie zu entwirren, aber sie saßen fest, ließen andere Eindrücke an sich vorbeitreiben, ohne aus eigener Kraft den Weg zurück in den Strom finden zu können. »Ich bin hier!« Im Schlafzimmer? Auf der Erde? Im Kosmos? Bei Gott? Wer war dieser Gott? Wie war er beschaffen – und was konnte er Vater jetzt überhaupt noch bedeuten? Da drinnen lag er, blumenbekränzt, die graue Haut mit Sandelholzpaste bedeckt, wehrlos den Fliegen ausgesetzt, die seine Hand nicht mehr verjagen konnte.

Den ganzen Vormittag lang saß Jeffrey im vorderen Zimmer und empfing die Besucher. Viele Leute aus dem

Dorf kamen, um seinem Vater die letzte Ehre zu erweisen. Auch Rama kam, eingeschüchtert und schuldbewußt. Ohne Zweifel bedrückte auch ihn der Gedanke, unbeschwert fröhlich gewesen zu sein, während anderswo ein Mensch starb.

Die beiden Jungen traten gemeinsam vor das Haus und suchten unter dem Pipul-Baum Schutz vor der Hitze. Lange Zeit schwiegen sie. Schließlich sagte Rama: »Wohin wirst du jetzt gehen?«

Jeffrey zuckte mit den Schultern. »Ich weiß es noch nicht.«

»Ich hoffe, du bleibst hier.«

»Das würde ich gerne.«

Ihre Blicke waren gesenkt; sie scharrten mit den Sandalen im Staub.

»Vater meinte, ich sollte fortgehen«, sagte Jeffrey.

»Ja. Das war zu erwarten.«

Jeffrey blickte seinen Freund überrascht an. »Wieso war das zu erwarten?«

»Weil er wollte, daß du eine Heimat hast, wenn er nicht mehr bei dir sein kann.«

»Aber hier *ist* meine Heimat.« Jeffrey stieß mit der Sandale gegen den Boden. »Nur hier!«

»Das stimmt, und trotzdem ...«

»Hier bin ich doch zu Hause, Rama!«

»Natürlich, du, so wie ich. Und ich hoffe, daß du immer hier bleiben wirst, denn du bist mein Freund. Aber ...«

»Aber – was?« beharrte Jeffrey.

»Ohne deinen Vater wird alles anders werden!«

»Ich bin immer allein zurechtgekommen, wenn er fort war.«

»Aber jeder wußte, daß er zurückkommen würde.«

Jeffrey ließ sich die Bemerkung durch den Kopf gehen. »Rama, was willst du eigentlich damit sagen?«

Rama starrte intensiv auf den Boden. »Nun, daß manche Leute jetzt glauben werden, daß du nicht länger zu uns und unserem Dorf gehörst.«

»Ich lebe seit fünf Jahren hier!«

»Ja, aber diese Leute leben hier seit vielen Generationen.– Für sie bist du ein Fremder, Ganesh.«

»Ich bin ein Inder!«

Rama schüttelte traurig den Kopf. »Die wenigsten Leute sehen das so, Ganesh. Ich schon, sie aber nicht. Sie werden sagen, jetzt, wenn dein Vater nicht mehr mit Swamiji auf Pilgerfahrten gehen kann, solltest du das Dorf verlassen. Wie die Dinge nun einmal liegen, werden dich die Leute von nun an anders behandeln.«

»Das glaube ich nicht.«

Rama schwieg. Dann, den Blick noch immer zu Boden gerichtet, packte er plötzlich seinen Freund am Arm. »Du bist mir lieber als meine eigenen Brüder. Ich werde dich nie vergessen!« Er riß sich los und ging, schleppend, den Kopf gesenkt, die Fäuste tief in den Hosentaschen vergraben.

Der Priester rief nach Jeffrey und nahm ihn zur Seite. »Es ist sehr heiß heute, Ganesh. Ich habe mit Subish gesprochen. Du kennst doch Subish?«

Jeffrey nickte. Ihm gehörte das kleine Teehaus, und außerdem war er der Leichenverbrenner des Dorfes.

»Subish meint, wir sollten es schon heute abend tun.«

»So bald?« Der Vorschlag, Vater noch an diesem Tag einzuäschern, traf Jeffrey unvorbereitet. »Warum können wir nicht wenigstens bis morgen warten?«

»Morgen wäre es bereits unangenehm.«

Jeffrey verstand, was »unangenehm« bedeutete. Der Priester wollte andeuten, daß die Leiche in der Hitze zu stinken beginnen würde. Der Gedanke schnürte ihm die Kehle zu: sein Vater – ein stinkendes Bündel.

Gleich am Morgen, nach dem Frühstück, hatte Jeffrey Vaters Anweisungen aus der Schreibtischlade genommen. Sie führten ihn zu einer eisernen Kassette, die neben dem Hühnerstall vergraben war. Sie ließ sich mit dem Schlüssel öffnen, der an das Blatt mit den Anweisungen gebunden war. Nie zuvor hatte Jeffrey seinen Vater in praktischen Dingen so planvoll, gründlich und wohlüberlegt gekannt. In der Kassette war ein dickes Bündel Rupien-Banknoten, und Jeffrey hatte genommen, was er zunächst brauchte, um den Preister und die anderen Leute zu bezahlen. Dann hatte er die Kassette wieder verschlossen und sie – Vaters Anweisungen folgend – an den Eisenring neben der Hühnertreppe gekettet, der früher dazu gedient hatte, einen Büffel daran festzubinden. Zuletzt hatte er Laub über die Kassette gehäuft und sie so zurückgelassen.

Da nun der Priester und seine Helfer ihr Geld bekommen hatten, setzten sie alles daran, ihre Arbeit zu einem raschen Ende zu bringen.

»Also gut, heute abend«, gab Jeffrey teilnahmslos seine Zustimmung.

Mit einem Seufzer der Erleichterung eilte der Priester davon. Er hatte ohnedies bereits alle Vorbereitungen treffen lassen und mußte bloß noch dafür sorgen, daß alles seinen rechten Lauf nahm.

Jeffrey kehrte in das vordere Zimmer zurück, in dem es nun schon drückend heiß war – es gab keinen Ventilator im Raum –, und nahm weitere Besuche der Dorfbewohner entgegen. Sie traten schweigend ein, die Hände zum Gebet gefaltet, und viele warfen sich vor Vaters Bett auf den Boden.

Rama hat sich geirrt, dachte Jeffrey. Diese Menschen werden mich nicht im Stich lassen.

Am späten Nachmittag, als die Schatten an den grauen Hausmauern hochzuwandern begannen, brachten vier starke Männer die Bahre. Sie war mit Blumen dekoriert. Jeffrey ballte die Fäuste, als man den Körper seines Vaters hochhob und auf die Trage legte. Der Priester hatte einen Flötenspieler und einen Trommler engagiert, damit sie die Prozession mit Musik begleiteten. Sie grinsten Jeffrey zu, und wie ihre blutunterlaufenen Augen bewiesen, hatten sie bereits getrunken. Die anderen Männer, die sich zum Leichenzug formierten, ließen eine Flasche kreisen. Sie enthielt Arrak, einen starken Schnaps, der aus gegorenem Palmensaft zubereitet wird. Der Arrak war farblos, wie Wasser, aber nach jedem Schluck mußten die Männer husten und keuchen.

»Ganesh«, sagte der Priester und drückte ihm eine brennende Öllampe in die Hand, »ich habe aus dem Tempel Feuer gebracht.«

»Danke!« sagte Jeffrey gehorsam. Er selbst würde den Holzstoß entzünden müssen, und nur eine geheiligte Flamme durfte dafür verwendet werden.

Der Zug bestand aus etwa zwanzig Männern. Die Bahre in der Mitte, setzte er sich nun zu rhythmischem Trommelschlag in Bewegung. Der Priester ging voran; dicht hinter ihm folgte Jeffrey, der die Lampe trug – eine tiefe, ölgefüllte Messingtasse mit schwimmendem Docht.

Als sie die Straße erreichten, kamen die Menschen an die Tore der Vorgärten und blickten dem Zug schweigend nach. Einige kleine Jungen schlossen sich an, liefen um die Bahre herum und schauten gebannt dem Trommler zu, der sein aus zwei Halbschalen geformtes Instrument von einem Halsriemen baumeln ließ. Die Männer tranken weiterhin aus der Flasche; bald begannen die ersten auf der staubigen Straße in kleinen Sprüngen zu tänzeln. Sie schnipsten mit den Fingern, reckten die Brust heraus und winkelten die Arme ab – wie Kampfhähne mit gespreizten Flügeln. Sie umkreisten einander, den Blick nach innen gekehrt, ganz auf die Bewegung konzentriert. Dann begann die Flöte die Trommel zu begleiten. Es war eine lange Bambusflöte; und scheinbar mühelos, unbekümmert um den Rhythmus, ließ der Flötenspieler dünne, näselnde Läufe hervorquellen.

Immer mehr Menschen säumten die Straße. Vereinzelt schlossen sie sich der Prozession an und ließen Flaschen mit

Arrak kreisen. Einige Leute warfen vor dem Trauerzug Blumen auf den Weg.

Jeffrey blickte starr geradeaus. Er setzte seine Schritte bedächtig, um das Öl aus der Lampe nicht zu verschütten. Das war seine Aufgabe: die Flamme zu tragen. Darauf mußte er sich konzentrieren. Er durfte an nichts anderes denken. Und doch konnte er sich nicht vor dem verschließen, was ringsum geschah: Er sah neugierige und traurige Gesichter in den Einfahrten; er hörte hinter sich die Rhythmen der Flöte und der Trommel; und ohne den Kopf wenden zu müssen, wußte er, daß die Männer tanzten – denn früher war er auch wie jetzt die kleinen Straßenjungen neben solchen Trauerzügen hergerannt.

Die Prozession bahnte sich ihren Weg durch den Markt, zog die Aufmerksamkeit der Händler auf sich, die Blicke der Männer, die in den dämmrigen Buden Tee tranken. Unbekümmert schnurrten Rikschas vorbei, plärrten Radios. Die Zahl der Tänzer hatte zugenommen; schon hüpften ein Dutzend Männer vor der Bahre einher. Jeffrey bemühte sich, nur an die zuckende Flamme in der Messingschüssel zu denken, aber immer wieder wurde ihm schmerzhaft bewußt: Keine zehn Schritte hinter ihm lag sein Vater blumenbekränzt auf dem Totenbett, und der scheinbar so ziellose Weg durch die Straßen führte zur Einäscherung.

Endlich ließ die Prozession die dörfliche Geschäftigkeit hinter sich und erreichte die Hauptstraße, die zum nahe gelegenen Fluß führte, an dessen Ufer sich auch die Verbrennungsstätte des Ortes befand. Im schwindenden Licht sah Jeffrey plötzlich zwischen den Stämmen den aufgeschichteten Holzstoß, und für einen Augenblick dachte er, seine Beine würden ihm den Dienst versagen.

Achte auf die Flamme. Denk an die Flamme. Bewache die Flamme.

Sobald der Zug die Verbrennungsstätte erreicht hatte, verstummten die Trommel und die Flöte. Auch die Tänzer blieben zurück. Ernste Stille breitete sich aus. Alle Augen waren auf den Scheiterhaufen gerichtet, der zu Brusthöhe aufragte und abwechselnd aus Lagen von Eichenstämmen und getrockneten Fladen aus Kuhdung bestand.

Jeffrey sah den Leichenverbrenner neben der Betonplattform stehen, auf die man den Holzstoß aufgeschichtet hatte. Subish begrüßte ihn mit einem Lächeln. Er war ein hagerer Mann mit einem Ziegenbärtchen und spindeldürren Beinen, die in schmutzigen Khaki-Shorts steckten. Er trug nicht einmal ein Hemd, dafür hatte er eine abgewetzte Seemannsmütze keck in den Nacken geschoben. Sein ungebührliches, schäbiges und verdrecktes Aussehen widerte Jeffrey an. Warum hatte Subish nicht mehr Wert auf sein Äußeres gelegt?

Vorsichtig hoben die Träger den Leichnam von der Bahre und betteten ihn auf die oberste Lage der Holzstämme.

»Ich bin hier!« schoß es Jeffrey durch den Kopf. Er kämpfte mit den Tränen. Um sich wieder zu fassen, starrte er auf die zuckende Flamme, die auf dem farblosen Ölspiegel schwamm.

Subish und seine Gehilfen waren jetzt damit beschäftigt, den Feuerstoß fertigzustellen. Sie schichteten rund um den Leichnam einige weitere Lagen von Eichenbohlen und Kuhfladen auf und bedeckten zuletzt auch den Körper damit. Nur über der Brust und dem Gesicht des Toten ließen sie eine kleine Öffnung frei. Überdeutlich hörte Jeffrey das dumpfe Pochen der aneinanderschlagenden Stämme, den schweren Atem der Männer und den Wind, der in den Blättern eines Ashoka-Baumes spielte. Erschrokken blickte er auf die Flamme, wenn ein Windstoß sie zu einem schrägen Strich machte. Um seinen Geist zu beruhigen, versenkte er sich in die goldgelbe Tiefe der Öllampe. Sonst, wenn er sich auf den Yoga-Unterricht vorbereitete, hatte ihm immer das Mantra geholfen – Om Namah Shivaya; aber nun wollte er die Götter nicht anrufen. Die Götter hatten ihn betrogen.

Schließlich war der Scheiterhaufen fertig. Der Priester

trat vor und sang Verse aus Hindu-Dichtungen, während Subish den Holzstoß umkreiste und aus einem kleinen Gefäß erhitzten Ghee, konzentrierte Butter, auf die Scheiter spritzte, damit sie später besser brennen würden. Nun bückte sich der Priester, nahm eine Handvoll Blumen aus einem großen Korb und warf sie auf den Holzstoß. Die anderen Trauergäste folgten seinem Beispiel, ließen Blüten regnen, neigten das Haupt. Zuletzt bückte sich auch Jeffrey über den Korb. Seine Hand zitterte. Die Finger um süßlich riechende weiße und purpurfarbene Blütenblätter gepreßt, trat er an den Scheiterhaufen heran und ließ die Blumen auf das Gesicht seines toten Vaters rieseln. Es drängte ihn danach, etwas zu sagen, aber er preßte die Lippen zusammen und schwieg. (Erst viel später, als er an diesen Augenblick zurückdachte, erkannte er, daß es Fragen waren, Fragen an seinen Vater: »Wo bist du? Bist du wirklich hier? Dein Gesicht spricht dagegen, es ist leer. Warum hast du gesagt: Wie könnte ich je sterben? Ich bin hier!?«) Jeffrey trat zurück, um dem Priester Platz zu machen, der einen neuen Gesang anstimmte. Mittlerweile holte Subish aus einem nahegelegenen Schuppen einen Tonkrug, dessen Griffe mit nassen Lumpen umwickelt waren. Der Krug war mit glühenden Kohlen gefüllt. Er stellte ihn Jeffrey vor die Füße.

Jeffrey wußte, was er zu tun hatte. Er packte den Krug, schritt zum Holzstoß, stemmte den Krug hoch und hielt ihn über die entblößte Brust des Toten. Langsam neigte er das Gefäß, bis alle Kohlen herausgekollert waren.

Zurücktretend blickte er sich nach dem Stein um. Subish zeigte ihm, wo er in den Boden eingelassen war. Jeffrey schlug den Krug mit voller Kraft dagegen, so daß er in zahllose Scherben zerbrach. Als der Priester ihm zunickte, nahm Jeffrey die Öllampe. Seine Hände zitterten nicht mehr. Das Ritual hatte sie beruhigt. »Ich werde es tun, Vater!« sagte er leise. »Ich werde es jetzt tun.«

Subish reichte ihm einen langen Stab, der an einem Ende mit in Ghee getränkten Lappen umwickelt war. Jeffrey hielt ihn an den brennenden Docht der Lampe. Mit einem leisen Knall fraß sich die Flamme in den Stoff, züngelte auf und begann hell und heiß zu brennen. Wieder nickte der Priester. Jeffrey ging an den Holzstoß heran und stieß, ohne zu zögern, die Fackel seitlich hinein. Sofort schoß zwischen den mit Ghee getränkten Scheitern eine Stichflamme hoch. Jetzt ging Jeffrey um den Scheiterhaufen herum und setzte ihn auch an anderen Stellen mit der Fackel in Brand. Innerhalb weniger Sekunden war er von wild zuckendem rotgelbem Licht umhüllt, und die ungeheure Hitze ließ die Umstehenden zurückweichen. Jeffrey musterte sie prüfend. Keiner wagte es, in das Feuer zu schauen, aus Angst, mit ihren Blicken die Seele des Toten an die Erde zu fesseln. Nur Jeffrey starrte hin. Zwischen den Flammenwänden, den aufgeschichteten Stämmen und Dungfladen, sah er das Bündel, das sie umschlossen. Niemand konnte Vaters Seele zurückhalten – falls er eine hatte. Falls er eine Seele hatte, würde sie aus eigener Kraft aufsteigen, und nichts konnte sie daran hindern. Falls er eine hatte. Hatte sein Vater eine Seele, etwas Unvergängliches, etwas Bleibendes? War sie hier?

»Ich bin hier!«

Nein, er war es nicht! Jeffrey setzte sich auf den Boden, während die Flammen ins Dämmerlicht schossen und die Hitze des Brandes mit der des drückend heißen Abends verschmolz; in schmalen Bächen rann ihm der Schweiß über das Gesicht.

Der Priester hockte sich neben ihn. »Nicht hinschauen, Ganesh!«

»Ich muß hinschauen.«

Ohne selbst zum Scheiterhaufen zu blicken, verzog der Priester das Gesicht und erhob sich seufzend. Mit den anderen verließ er die Verbrennungsstätte. Nur Subish, der Hüter der Flammen, würde bleiben, solange das Feuer loderte. Erst im Morgengrauen, wenn nichts mehr übrig war als Asche, würden die Leute zurückkommen.

Jeffrey blickte ins Feuer. Im Lotossitz, den er unter Anleitung seines Gurus mühsam, geduldig und unter Schmerzen erlernt hatte, saß er auf dem Boden und starrte in den lodernden Brand und auf das dunkle Bündel zwischen den berstenden Scheitern und glühenden Dungfladen. Die Sonne war untergegangen, ohne daß er es bemerkt hatte, so ausschließlich war seine Aufmerksamkeit von den Flammen gefesselt. Nein, er würde den Blick nicht abwenden. Was hier geschah, widerfuhr seinem Vater; er mußte es daher miterleben.

Er schaute auch nicht weg, als sich zu seinem Entsetzen auf dem Leichnam große Blasen formten. Die Blumen und der Dhoti waren verbrannt und hatten den nackten Körper freigegeben, den Rumpf und die Gliedmaßen den Flammen ausgesetzt. Die furchtbaren Blasen schwollen an und zerplatzten mit einem häßlichen Knall, den Jeffrey niemals vergessen würde. Er sah, wie aus den aufgebrochenen Beulen die Körpersäfte austraten und herabrannen.

»Ich bin hier.«

Minuten später schien es Jeffrey, als sei die Leiche stark geschrumpft – nur noch Gebeine waren geblieben und dazwischen zuckende Fleischfetzen, die eine häßliche kalkweiße Färbung angenommen hatten. Jeffrey hatte Tränen in den Augen, aber er wandte den Blick nicht ab. Er durfte sich nicht dem entziehen, was seinem Vater geschah – oder dem Leichnam. Seinem Vater, dem Leichnam, ihnen beiden? Oder nur einem von beiden?

Die Zeit verstrich; das Holz knisterte, Funkengarben sprühten, die züngelnden Flammen übten auf Jeffrey eine beinahe hypnotisierende Wirkung aus. Er hatte alles Zeitgefühl verloren; es wurde ihm nicht bewußt, wie lange er schon dagesessen hatte, bis sich die Leiche plötzlich aufrichtete.

Sein Vater setzte sich auf, in voller Größe, als wolle er sich von seinem Lager erheben! Rumpf und Kopf schnellten in die Höhe, daß die glühenden Hölzer barsten.

Jeffrey sprang auf die Beine und schrie: »Vater! Vater!«

Aus dem Nichts erschien Subish, wuchtig eine große Keule schwingend. Mit gezielten, kräftigen Schlägen hieb er auf die Leiche ein.

Jeffrey stürzte sich auf ihn: »Nicht schlagen! Schlag ihn nicht! Du darfst meinen Vater nicht schlagen!«

Subish kümmerte sich nicht um ihn, sondern drosch auf den Körper ein, bis er wieder flach ausgestreckt auf den Bohlen lag; jeder Hieb ließ von dem dunklen Knochengerüst einen Funkenregen aufstäuben. Dann erst wandte Subish sich um und stieß Jeffrey von sich. »Setz dich dort drüben hin, wenn du bleiben willst! Oder geh nach Hause! Hier bestimme ich!«

Durch diese unmißverständliche Anordnung ernüchtert, zog sich Jeffrey zurück und hockte sich wieder auf den Boden. Er schluchzte und zitterte und konnte nicht begreifen, was geschehen war. »Ich bin hier!« Hatte Vater damit gemeint, daß er von der Verbrennung auferstehen werde? Daß es einer Keule bedürfen würde, ihn daran zu hindern? Natürlich nicht. »Ich bin hier.« Die Worte hatten nichts zu bedeuten. Sie waren nur Lüge.

Später kam Subish herüber und setzte sich neben ihn. »Verzeih, daß ich dich angeschrien habe, Ganesh. Aber du hast nur etwas gesehen, das den meisten anderen Leuten verborgen bleibt. Und das ist gut so. Es würde die Familien nur beunruhigen.«

»Mein Vater hat sich – aufgesetzt.«

Subish kicherte und wischte sich mit seiner Seemannskappe den Schweiß aus den Augen. Sein kahler Kopf glänzte im Feuerschein wie eine Mahagonikugel. »Es war nicht dein Vater, Ganesh. Nicht er hat sich aufgesetzt. Es war nur sein Körper, der sich beim Austrocknen zusammenzog. Das geschieht jedesmal. In den großen Städten binden sie heutzutage die Leichen mit Kistendraht an die Scheiter; aber hier halten wir uns noch an die alten Gewohnheiten. Ach ja, ich habe oft genug erlebt, wie sie vom Feuer aufsprangen, als wollten sie geradewegs davonlaufen!« Rasch fügte er hinzu: »Verzeih. Ich rede manchmal dummes Zeug.«

Jeffrey streckte die Hand nach ihm aus und berührte seinen schweißnassen Arm. »Ich muß um Verzeihung bitten, Subish. Weil ich so geschrien habe. Aber für einen Augenblick dachte ich – Ich dachte...«

»Du hast gehofft...«

Jeffrey nickte und wischte sich den Schweiß aus der Stirn. »Ja, wahrscheinlich. Für einen Augenblick.«

»Wenn du wirklich deinen Vater suchst, wirst du ihn hier nicht finden.«

Jeffrey starrte den Mann überrascht an. Noch nie hatte Subish ihn irgendwie beeindruckt, weder im Guten noch im Bösen. Zum erstenmal studierte er das knochige Gesicht, das dünne Ziegenbärtchen, das breite Lächeln, dem zwei fehlende Vorderzähne einen unverwechselbaren Ausdruck gaben, die freundlichen, verständnisvollen Augen. Sie hielten seinem Blick stand.

»Wo sonst sollte ich Vater suchen?« fragte Jeffrey.

Subish zuckte mit den Schultern. »Geh in den Tempel wie alle anderen. Frage Lord Shiva. Frage Lord Krishna. Frage die Göttin Devi. Frage den Gott Ganesh, dessen Namen du trägst. Die Götter wissen es, ich weiß es nicht.«

Jeffrey ließ nicht locker. »Aber was, meinst du, geschieht? Du hast es so oft erlebt. Du siehst, wie sich die Körper aufbäumen. Woran denkst du dabei?«

»Ich? Ich leiste meine Arbeit. Ich werde dafür bezahlt. Morgen werde ich hier saubermachen, dann nehme ich ein Bad im Fluß, ich kaufe mir Arrak, trinke nach Herzenslust und schlafe mich gründlich aus. So mache ich das immer. Alles andere überlasse ich den Göttern.«

Jeffreys letzte Erinnerung an diese lange Nacht war, daß das Feuer allmählich starb, daß die Flammen beinahe unmerklich kleiner wurden, weniger lebhaft tanzten, bis sie nichts mehr umhüllten und er nur noch eine hellrot schimmernde Brühe sehen konnte. Stiller Friede umgab ihn, erfüllte ihn, als sei mit den erlöschenden Flammen die Ruhe eingekehrt. Nichts war zu hören, als das Singen der Grillen und manchmal, aus der Ferne, ein Eulenruf. Längst hatte Subish sich die Mütze unter den Kopf geschoben und war eingeschlafen. Im Widerschein des Feuers war sein Ziegenbart ein dunkles Fleckchen auf glänzender Haut. Jeffrey nickte: Erst kamen die Flammen, dann kam die Nacht.

Plötzlich weckte ihn das Geschrei der Krähen. Eine zänkische Schar hatte sich in der Nähe in einem Baum niedergelassen; das erste, was Jeffrey sah, als er die Augen aufschlug, war eine große, häßliche Krähe, die mit aufgesperrtem Schnabel auf einem schwankenden Ast balancierte, der ihr Gewicht kaum zu tragen vermochte.

Jeffrey setzte sich auf. Es gab keine Flammen mehr; nur Rauch kräuselte von dem zusammengesunkenen Holzhaufen auf.

Subish war bereits munter am Werk. Tropfnaß kam er vom Fluß zurück. »Guten Morgen, Ganesh!« rief er fröhlich. Als hätten sie nie eine gemeinsame schaurige Nachtwache verbracht. »Geh ans Ufer hinunter und schau dir den Nebel an!«

Jeffrey erhob sich. In der feuchten Morgenkühle waren seine Beine steif. Er ging ans Flußufer und sah zu, wie kleine Nebelwölkchen aus einem Bambushain rollten. Nur zögernd lösten sich die hellgrauen, kurzlebigen Schwaden von den dünnen Stämmen und zerfaserten in dem hellen, orangefarbenen Schimmer im Osten, der bald in ein strahlendes Rot übergehen würde.

Jeffrey stieg ins Wasser; es war erfrischend kühl. Hinter ihm krächzten heiser die Krähen. Am anderen Ufer begrüßte eine Kuh mit lautem Muhen den Tag. Jeffrey blickte nach oben. Die schmale Mondsichel stand als blasses Zeichen am Himmel, als sei die Entscheidung zwischen Nacht und Tag noch nicht endgültig gefallen.

Er fühlte sich wohl. Er fühlte sich großartig. Noch nie hatte er einen so herrlichen Morgen erlebt.

Als er zum Verbrennungsplatz zurückkam, war mittlerweile der Priester eingetroffen. Mit ihm waren ein Dutzend Leute gekommen, Bauern, die Jeffreys Vater gekannt hatten.

»Bist du bereit, Ganesh?« fragte der Priester.

»Ich bin bereit.«

»Warst du die ganze Nacht hier?« Der Priester quittierte Jeffreys Nicken mit einem Achselzucken. »Hebe ihn mir bitte auf den Kopf.« Er meinte den Tonkrug vor seinen Füßen.

Ganesh stemmte ihn hoch und stellte ihn dem Priester auf das geschorene Haupt; der Mann hielt den Krug mit beiden Händen fest. Subish folgte dem Priester zu dem rauchenden Haufen und stieß auf dessen Anweisung hin mit einem spitzen Stein ein kleines Loch in die Seite des Kruges. Wasser strömte heraus. Der Priester preßte das Gefäß noch immer gegen seinen Kopf und neigte es über den Aschenhaufen. Dabei bewegte er sich von einer Seite zur anderen, bis alle Überreste völlig durchnäßt waren.

Jeffrey dachte: Das ist auch die Asche des Holzes, nicht nur die meines Vaters. Aber ist das wichtig? Wie kann es wichtig sein? Wie kann es unwichtig sein?

Der Priester setzte den Krug ab, bückte sich über das kleine Aschenhäufchen in der Mitte des Stoßes – kaum mehr als eine Handvoll war geblieben – und machte sich entschlossen an die Arbeit. Nach kurzer Zeit rief er Jeffrey zu sich und zeigte ihm die plumpe Männerfigur, die er aus der nassen Asche geformt hatte.

»Reich mir die Milch, Subish«, sagte der Priester dann, offenkundig zufrieden mit dem Aussehen seines Kunstwerks. Subish gab ihm ein kleines Gefäß, das er über die Aschenskulptur hielt. Während der Priester einige Gebetssprüche rezitierte, goß er die Milch aus. Sie klatschte beim Aufprall kleine Löcher in die Oberfläche der Figur – wie Regentropfen, die winzige Kreise in den Sand zeichnen.

Mit der geheiligten Milch hatte der Priester die Asche gereinigt und alle irdischen Sünden von ihr abgewaschen. »Es ist geschehen!« sagte er jetzt, atmete auf und wandte sich an Jeffrey: »Sammle nun die Asche ein und bringe sie zum Fluß.«

»Nicht zu diesem.«

»Warum nicht?«

»Ich soll sie zum Cauvery bringen.«

»Ja, das ist ein heiliger Strom«, sagte der Priester nachdenklich. »Aber du wirst Geld brauchen, um hinzukommen. Kannst du denn die Busreise bezahlen?«

»Laß den Jungen doch machen, was er will!« wandte Subish ein. »Du weißt doch: Fremde haben immer Geld!«

Jeffrey erstarrte. Zum erstenmal, seit er sich zurückerinnern konnte, hatte ihn ein Dorfbewohner einen Fremden genannt.

»Also gut«, sagte der Priester. »Wenn du das Geld für den Bus hast, dann fahre zum Cauvery.«

Jeffrey blickte auf das nasse Aschenhäufchen und sagte: »Subish, kannst du mir ein Metallgefäß für die Reise geben?«

»Aber sicher. Eine Urne aus Kupfer. Wir decken die Öffnung mit einem starken Tuch ab und versiegeln sie mit Wachs. Das kostet aber fünf Rupien.«

Wieder starrte Jeffrey auf die Reste des Holzstoßes und das kleine Häufchen Asche. In ein paar Minuten würde er es in ein Kupfertöpfchen schöpfen. Vielleicht zwei Handvoll Asche. Sein Vater.

»Ich bin hier!«

Jetzt erst, in diesem Augenblick, fühlte Jeffrey eine furchtbare Verzweiflung. Zwei Handvoll Asche. Der Mensch, den er geliebt, den er bewundert, um den er sich gesorgt hatte – der Mensch, von dem er gehofft hatte, daß er immer da sein und bei ihm bleiben würde. Er war da! Er war bei ihm, nahe, ganz nahe: zwei Handvoll Asche.

Die nächsten Tage verbrachte Jeffrey ausschließlich im Haus. Die meiste Zeit schlief er, als hätte er sich bei starker körperlicher Arbeit völlig verausgabt. Er lag in seinem kleinen Zimmer und ließ die Tür zu Vaters Schlafzimmer geschlossen. Er dachte nicht mehr an die Schule und den Yoga-Unterricht; sie waren Erinnerungen an eine andere Welt und eine andere Zeit, in der er noch zu diesem Dorf gehört hatte.

Ramas Voraussage war eingetroffen: Jetzt gehörte Jeffrey nicht mehr hierher. Sein Freund hatte die Wahrheit gesagt. Schon am Tag nach der Totenfeier waren die ersten Leute ins Haus gekommen, um zu fragen, ob er irgend etwas »Ausländisches« zu verkaufen hätte. Sie fragten unverblümt; die respektvolle Zurückhaltung ihrer Trauer war mit dem Scheiterhaufen in Rauch aufgegangen. Sogar der pensionierte Postbeamte und seine Frau kamen, um zu sehen, was es zu holen gab. Jeffrey hatte nichts zu verkaufen; im Haus befanden sich keine Wertgegenstände, weder »ausländische« noch andere. Aber allein die Tatsache, daß die Nachbarn gelaufen kamen, als gäbe es keinen Zweifel, daß er bald und für immer gehen werde, vertiefte seine Einsamkeit. Er hatte das Gefühl, von allem ausgeschlossen zu sein – ein Gefühl, das ihn bedrückte, seit er Vaters Asche in die Kupferurne gehäuft hatte. Am dritten Tag teilte ihm die Haushälterin mit, sie werde nicht mehr kommen. Von übermorgen an werde sie nicht mehr für ihn arbeiten oder kochen. Warum? Weil es Unglück brachte, in ein solches Haus zu gehen. Sie sei überhaupt nur aus Achtung vor seinem Vater und aus Zuneigung zu Jeffrey so lange geblieben. Aber das ginge jetzt nicht mehr an; ihre Nachbarn müßten gering von ihr denken, wenn sie in einem solchen Haus arbeitete, noch dazu mit einem Kind als Herrn.

Am selben Tag kam auch der Vermieter, ein kleiner Mann mit dünnen Armen und einem ungeheuren Bauch. Sein Dhoti war zwar sauber, klebte aber faltig und zerknittert um seine gewaltigen Lenden. Der Mann verlangte eine Monatsmiete Vorauszahlung. Als Jeffrey darauf hinwies, daß die Miete bis zum Ende der folgenden Woche bezahlt sei, erwiderte der Hausherr: »Das weiß ich, aber du kannst nur hier bleiben, wenn du schon jetzt die Miete für den nächsten und übernächsten Monat zahlst.«

»Aber warum, Sir?«

»Du wohnst hier ganz allein?«

»Ja, Sir.«

Der Dicke schnaufte. »Siehst du. Wer weiß schon, was ein Junge allein in einem solchen Haus anstellt? Kinder treiben allerlei Unsinn, selbst wenn sie unter Aufsicht stehen. Wer weiß, vielleicht spielst du eines Tages mit Streichhölzern und zündest das Haus an. Ich muß meine Interessen und mein Eigentum schützen. Ich habe nichts gegen dich, Ganesh, du bist immer ein netter Junge gewesen. Aber Geschäft ist Geschäft.«

Im Laufe des Tages kam auch der alte irische Priester, der die Missionsschule leitete, ins Haus. Er wollte wissen, wann Jeffrey abreisen würde.

»Ich habe noch nicht darüber nachgedacht, Vater.«

»Das solltest du aber tun, mein Junge. Du bist bereits über drei Wochen der Schule ferngeblieben, wenn auch aus begreiflichen Gründen. So kann es nicht weitergehen. Du brauchst jemanden, der sich um dich kümmert, Jeffrey! Du solltest wieder nach Hause zurück und dort Fuß fassen!«

Jeffrey verstand, was der alte Priester mit »Fuß fassen« meinte: Er solle sich dem christlichen Glauben zuwenden und den fremden Göttern seines Vaters abschwören.

Nach diesem Gespräch verließ Jeffrey zum erstenmal seit Vaters Verbrennung das Haus! Er ging zu Rama.

Sie saßen auf der rückwärtigen Veranda des langgestreckten Hauses; auf dem Rasen spielten zwei Brüder Ramas Badminton.

»Verzeih mir«, begann Jeffrey und nahm die Flasche Orangensaft, die sein Freund ihm anbot. »Du hast gesagt, die Leute würden sich ändern, und ich wollte dir nicht glauben. Ich habe dich sogar im Zorn angefahren. Jetzt weiß ich, daß du recht hattest.«

Rama nickte. »Wir sind Dorfleute. Mein Vater sagt immer, hier ist alles engstirnig und beschränkt. Er beklagt sich darüber, aber er arbeitet in diesem Distrikt, und daher werden wir nie wegziehen.«

»Ich begreife allmählich, daß alles nur von meinem Vater abhing. Von dem, was man über ihn dachte. Andernfalls hätten wir nie im Dorf bleiben können, und auch mich hätten die Leute nicht als ihresgleichen behandelt.«

»Sie achteten deinen Vater als Gottsucher. Und sie konnten auch dich gut leiden.«

»Jetzt wollen sie mich loswerden.«

»Sie finden sich bloß nicht mehr zurecht, Ganesh. Du bist allein, das macht sie unsicher. Hier in Indien hat eben jeder jemanden: Wenn ein Vater stirbt, kann sein Sohn immer zu seinen Onkeln, Brüdern oder Vettern ziehen. Aber das kannst du nicht, Ganesh, und daher wissen die Leute nicht mehr, wer oder was du bist – außer: ein Fremder.« Halblaut fügte er hinzu: »So hat es mir mein Vater erklärt.«

Jeffrey nippte an seinem Orangensaft und wich dem Blick des Freundes aus. Auf einmal – warum, wußte er nicht – fühlte er sich irgendwie beschämt: Bisher war er Rama immer ebenbürtig gewesen, aber jetzt stand er unter ihm. Er war unerwünscht.

»Mein Vater sagt, du könntest bei uns leben.«

Jeffrey blickte überrascht auf und sah, daß Rama übers ganze Gesicht lächelte.

»Das hat er wirklich gesagt. Heute morgen, beim Frühstück. ›Rama‹, hat er gesagt, ›sag ihm, er kann bei uns bleiben!‹ Ich wollte eben zu dir kommen, um es dir zu sagen.«

Jeffrey betrachtete seinen kleinen, mageren Freund, dessen Augen in der Erwartung leuchteten, Jeffrey werde das Angebot annehmen. Beinahe wäre er auch aufgesprungen und hätte gerufen: »Ja! Ich komme! Heute noch!« Aber nur beinahe, denn etwas hielt ihn zurück. Zuerst wußte er nicht, was es war – so sehr hatte er sich bemüht, das Versprechen zu vergessen, das er seinem Vater in den letzten gemeinsamen Tagen gegeben hatte. Bis jetzt, bis zu diesem Augenblick, als er die Chance bekam zu bleiben, hatte Jeffrey nicht mehr daran gedacht. Wann immer ihn die Vorstellung bedrückte, bald nach Amerika fahren zu müssen, hatte er sie beiseite geschoben.

Wie gern hätte er jetzt das Angebot angenommen! Er wußte, daß Ramas Vater diesen Vorschlag nicht leichthin gemacht hatte. Er verstand sich auch recht gut mit Ramas Mutter und Ramas vier Brüdern. Jeffrey konnte sich vorstellen, was für ein schönes Leben ihm bevorstand: Er würde mit Rama zur Schule gehen, mit ihm zurückkommen, mit der Familie essen, mit den Brüdern Kricket spielen, den Frieden und die Stille des großen Hauses genießen ...

Jeffrey stand auf. »Ich werde euer großherziges Angebot nie vergessen!« sagte er. »Ich danke dir, Rama. Und auch deinem Vater. Aber – aber ich werde doch fortgehen. Wie es die Leute von mir erwarten.«

Rama sprang auf. »Kümmere dich nicht um die Leute! Meinen Vater kennt hier jeder! Wenn du bei uns lebst, wird alles wieder, wie es war! Keiner würde es wagen, dich einen Ausländer zu nennen!«

»Nein, daran liegt es nicht. Ich habe ein Versprechen einzulösen.«

»Was für ein Versprechen?«

»Eines, das ich meinem Vater gegeben habe, ehe er starb: Daß ich nach Amerika fahren würde.«

»Das hast du versprochen?«

»Also muß ich mein Wort halten.«

Rama nickte. »Ja. Ich würde es nicht anders machen.« Die beiden blickten einander enttäuscht und betrübt an.

»Und wann mußt du fort?«

»Morgen. Ich fahre zuerst nach Trichy und dann zum Cauvery. Mit der Urne, um...«

»Ich weiß schon, Ganesh.«

»Dann mit der Bahn nach Madras. Dort treffe ich einen Mann, der mir weiterhelfen wird, nach Amerika zu kommen.«

»Brauchst du Geld?«

»Nein, Vater hat mir genug hinterlassen.« Jeffrey lächelte. »Ich glaube, es war das erste und einzige Mal in seinem Leben, daß er für irgend etwas Geld gespart hat.«

»Bist du sicher, daß es reicht?«

»Ganz sicher, vielen Dank.« – Jeffrey wußte nichts weiter zu sagen.

Rama biß sich auf die Lippe und flüsterte: »Schreib mir.«

»Immer. Mein ganzes Leben lang.«

»Ist das – auch ein Versprechen?«

»Natürlich!«

»Gut. Denn ich weiß, daß du hältst, was du versprichst, Ganesh.«

»Ich verspreche es dir. Und du?«

»Ich auch!«

Noch am selben Abend packte Jeffrey den kleinen Koffer. Es war sein einziger, doch besaß er kaum genug, um ihn zu füllen. Er beschloß, das Sanskrit-Wörterbuch mitzunehmen, nicht aber die Schulbücher – vor seiner Ankunft in Amerika würde er kaum Zeit zum Lernen finden, und in der neuen Schule bekam er bestimmt andere Bücher. Amerika! Noch wagte er nicht, daran zu denken. Zuletzt rollte er eine kleine Bronzestatue in eine Hose und packte sie in den

Koffer. Er hatte die Statue zum letzten Geburtstag von Vater bekommen. Es war ein Abbild jenes Gottes, unter dessen Name Jeffrey im Dorf bekannt war: Ganesh, der Sohn Shivas, mit der Gestalt eines beleibten Mannes und dem Kopf eines Elefanten. In den vier Händen hielt er eine Keule, eine Schlinge, einen zerbrochenen Stoßzahn und einen Reiskuchen. Die Figur thronte auf einer Ratte, der Dienerin des Gottes, die unterwürfig zu ihm aufblickte. Auf Uneingeweihte mußte Ganesh – diese Mischung aus Mensch und Tier – seltsam wirken. Aber für alle, die mit diesem Wissen aufgewachsen waren, verkörperte der Gott Weisheit und Stärke: Mit seinem Rüssel kann ein Elefant mächtige Bäume entwurzeln oder leichthin zwischen Erdnüssen scharren, um die beste herauszufinden. Der ungeheure Bauch stand, je nach Interpretation, für das Universum oder für die Gesamtheit des Wissens. Die Ratte, die Dienerin des Gottes, durchnagt alles, was sich ihr in den Weg stellt – so, wie der Elefant mühelos Hindernisse zur Seite räumt. Aus diesem Grund nannte man Ganesh manchmal Vinayaka, den »Überwinder der Hindernisse«; dann wieder hieß er Akhuratha, der »Reiter auf der Ratte«, oder Heramba, der »Beschützer«. Er hatte noch ein Dutzend weiterer Namen, die Jeffrey alle kannte. Die Ganesh-Statue, Vaters Taschenmesser, ein wenig Kleidung und das Sanskrit-Wörterbuch – das war alles, was Jeffrey besaß.

Am nächsten Morgen, schon zum Gehen bereit, holte er aus der Küche eine Handvoll Turmerikpuder – das Pulver galt als Symbol der Reinheit – und befeuchtete es mit Wasser, so, wie auch die Asche seines Vaters benetzt worden war. Aus dem nassen Pulver formte er ein kleines Abbild des Gottes Ganesh und fiel vor ihm auf die Knie. Er senkte den Kopf, bis die Stirn den Boden berührte, und bat den Gott, ihn auf der Reise zu beschützen – eine Bitte, wie sie sein Vater oft ausgesprochen hatte, ehe er auf Pilgerfahrt gegangen war. Dann zerstörte Jeffrey mit der flachen Hand das kleine Püppchen wieder, das für die kurzen Augenblicke eines Gebets das Ebenbild des weisen und gnadenreichen Gottes Ganesh gewesen war. Nachdenklich betrachtete er den feuchten Klumpen, dem er sich soeben noch unterworfen hatte, und er fragte sich, ob sein Gebet nicht sinnlos gewesen sei. Während Vaters Krankheit hatte er nicht nur zu Ganesh gebetet, sondern auch – ebenso vergeblich – zu Shiva und Vishnu und Shakti. Sein Vater hatte ihn zwar immer dazu angehalten, nichts von den Göttern zu erbitten, sondern sie immer nur zu ehren und zu preisen, aber diesmal hatte Jeffrey sie angefleht, hatte gebettelt um das Leben seines Vaters – und die Götter hatten ihn nicht gehört. Mußte er da nicht an ihrer Existenz zweifeln? Woran sollte er denn jetzt noch glauben, wenn dieser Glaube ausgerechnet dann versagte, wenn man ein einziges Mal der Gnade bedurfte? Und doch hatte Jeffrey – vielleicht nur aus Gewohnheit? – zu Ganesh um eine gute Reise gebetet.

Den Koffer in der einen Hand, die Kupferurne in der anderen, verließ Jeffrey das Haus. Er wandte sich nicht um, um einen letzten Blick zurückzuwerfen, aber er stellte sich noch einmal unter den Pipul-Baum und blinzelte durch das verknotete Astwerk in den Himmel und erinnerte sich daran, wie Vater und er nachts hier gesessen, miteinander gesprochen und die Sterne angeschaut hatten.

Dann ging er zur Bushaltestelle und machte sich auf eine lange Wartezeit gefaßt. Man konnte nie genau wissen, wann der Regionalbus nach Trichy angerattert kam, die roten Flanken von abblätterndem Lack und hartnäckig festklebendem Staub bedeckt, schwarze Wolken aus dem Auspuff hustend, rettungslos überfüllt. Zum Glück war er diesmal beinahe pünktlich und halb leer; jetzt erst fiel Jeffrey ein, daß ja Dienstag war, der Tag, an dem viele Hindus das Reisen ungebührlich finden. So fand er sogar einen Fensterplatz. Jeffrey nahm den Koffer auf den Schoß, stellte die Urne darauf und schützte sie in seiner Armbeuge.

Mit knirschendem Getriebe fuhr der Bus an. Langsam, ruckartig, hin und her schwingend, zockelte er drauflos – als sei er nicht bloß ein großes Blechgehäuse, sondern bestünde aus vielen kleinen Schachteln, die man wie einen Zug zusammengekoppelt hatte.

Beim Verlassen des Dorfes kamen sie auch an der gelbgetünchten Missionsschule vorbei. Dort drinnen, in einem Klassenzimmer im Obergeschoß, saß jetzt Rama und kämpfte mit der Mathematik.

»Schreib mir.«

»Immer. Mein ganzes Leben lang.«

Jeffrey packte die Urne fester und starrte entschlossen geradeaus. Ein paar Kilometer außerhalb des Dorfes überholte der Bus ein halbes Dutzend Männer, die, einer hinter dem anderen, die Straße entlang gingen. Sie waren nur mit schmalen Lendentüchern bekleidet und trugen zugespitzte Holzstäbe, die auch als Speere dienen konnten. Jeffrey kannte die Männer und winkte ihnen zu. Einer sah ihn, winkte zurück und grinste; sein flaches Gesicht mit dem schweren Kinn glänzte im Widerschein der Sonne. Diese Männer waren Irulas und lebten in einem nahe gelegenen Wald. Der Stamm nährte sich von Wurzeln und von der Jagd auf Kleinvieh. Jeffreys Vater hatte oft gesagt, kein anderes Volk der Welt lebe so frei und unabhängig wie die Irulas. Ein Irulamagen konnte so gut wie alles vertragen. Eine gekochte Feldmaus und dazu Reis, den sie aus den unterirdischen Vorratshöhlen einer Wühlmaus gekratzt hatten, sahen sie als Festessen an. Manche Irulas fingen Giftschlangen und boten sie in Madras reisenden Naturfreunden an, die sie für ausländische Museen erstanden. Einmal hatte Vater versucht, die Irulas dazu zu bringen, kleine Gemüsegärten anzulegen. Sie lachten nur höflich über diesen Vorschlag, bedankten sich aber für die erwiesene Güte mit einem großherzigen Geschenk: einer zwei Meter langen Krait, einer Schlange, die wild und giftig ist wie eine Kobra. Vater hatte den Korb mit der Schlange aus Höflichkeit angenommen, brachte ihn aber schon am nächsten Morgen aufs Feld und setzte die Schlange wieder in

Freiheit. Jeffrey hatte seinem Vater nie gestanden, daß er mit Rama Vipern jagte und den Bauern ihre Haut verkaufte. Vater konnte kein Lebewesen töten, nicht einmal die Kakerlaken, die oft des Nachts über sein Kissen krabbelten. Ob Vater jetzt wußte, daß Jeffrey für Geld Schlangen gejagt hatte? »Ich bin hier!« Beinahe heftig umschlang Jeffrey die Urne, aber er spürte nichts in seinem Arm als die Kühle eines Kupferkruges. Und der Krug enthielt nichts als feine weiße Asche.

Die Busfahrt war lange und anstrengend. Stunde um Stunde blickte Jeffrey auf vorbeiziehende Felder, auf denen Erdnüsse und Hülsenfrüchte angebaut waren. Dunkelhäutige Bauern bückten sich über Bewässerungsgräben. Enten platschten in strenger Prozession durch halb überflutete Reisfelder. Auf kurvenreichen, staubigen Wegen, die von der Hauptstraße abzweigten, zogen Büffel hoch beladene Heukarren. Mehr als einmal verspürte Jeffrey den Wunsch, aus dem Bus zu springen und einem dieser Wege zu folgen, wohin immer der auch führen mochte – in jedem Fall tiefer in das Herz Indiens, des Landes, das er liebte. Teiche, Flüsse, kleine Dörfer, die sich unter hohe Kokospalmen duckten, kamen heran, zogen vorbei, blieben zurück. Zwischendurch hielt der Bus immer wieder, um einen neuen Passagier aufzunehmen, der eine Ziege oder ein Lamm durch den engen Mittelgang führte oder einen Drahtkäfig mit Hühnern zum Markt brachte.

An einer Haltestelle stieg ein Mann ein, der auf westliche Art mit Hose und Hemd bekleidet war, einen Schirm trug und einen dichten Backenbart hatte. Mit einem schweren Seufzer ließ er sich neben Jeffrey in den Sitz fallen und betrachtete dann lange und ausgiebig den Koffer, die Urne und das schweißnasse Gesicht des Jungen. Nachdem sie einige Kilometer Seite an Seite durchgeschüttelt worden waren, wandte sich der Mann an Jeffrey und sagte in gebrochenem Englisch: »Welches Land?«

Jeffrey antwortete, ebenfalls englisch: »Ich lebe in Indien.«

»Ja, gut – aber aus welchem Land kommen?«

»Indien.«

Der Mann lächelte skeptisch und schnitt eine Grimasse. Jeffrey nannte ihm in Tamil den Namen seines Heimatdorfes. Daraufhin verzog der Mann das Gesicht noch mehr; als empfände er es als Zumutung, daß dieser Junge die Landessprache beherrschte.

Schweigsam fuhren sie weiter. Nach einer Weile packte der Mann Jeffrey ziemlich unsanft am Arm. »Dein Koffer hat auch schon bessere Zeiten gesehen«, sagte er in Tamil. »Wohin fährst du denn so ganz allein? Wo ist deine Familie? Warum läßt sie dich unbeaufsichtigt quer durchs Land reisen?«

Die Fragen kamen anklagend, in rascher Folge. Jeffrey betrachtete den Mann, der sich mit einem zerknitterten Taschentuch das Gesicht abwischte. Seine eine Wange zeigte dunkelrote Flecken, Narben einer Hautinfektion, die hier im Süden weit verbreitet war.

Um nicht unhöflich zu scheinen, sagte Jeffrey, er fahre nach Trichy, ließ es aber dabei bewenden.

Der Mann starrte ihn an.

»Ich habe noch nie einen Ausländer in deinem Alter allein herumreisen sehen. Was ist denn da drinnen?« fragte er plötzlich und zeigte auf die Kupferurne. »Es muß wohl recht wertvoll sein, wenn man es eigens mit Wachs versiegelt.«

Die aufdringliche Art des Mannes war Jeffrey zuwider. Er antwortete: »Mein Vater.«

»Was soll das heißen?«

»Da drinnen ist mein Vater.«

Der Mann setzte sich kerzengerade auf und rückte von Jeffrey ab. »Was du nicht sagst!«

»Da drinnen ist seine Asche.«

Der Mann sprang auf, drängte sich in den Gang zwischen

den Sitzreihen, blickte giftig auf Jeffrey hinunter und sagte: »Du sprichst zwar Tamil, aber du bist kein Inder. Indische Jungen verspotten Erwachsene nicht!« Mit zusammengepreßten Lippen tastete er sich im wild schaukelnden Bus nach vorn und suchte einen anderen Sitzplatz. Später, als er ausstieg, schaute er sich über die Schulter noch einmal böse nach Jeffrey um, und auf der Straße stieß er mit einer so wütenden Geste den Regenschirm auf, als wolle er Jeffrey damit bestrafen.

Der Tag verging. Jeffrey hielt die Urne fest und sah zu, wie draußen, vor den vergitterten Fenstern, Kilometer um Kilometer die Landschaft vorbeizog – ausgezehrt von der Sonne und endlos... endlos wie die Fahrt... einschläfernd... Zuletzt döste er tatsächlich ein, schreckte aber wieder hoch, aus Angst, die Urne könnte ihm vom Koffer rutschen. Draußen glitt nach wie vor die vertraute Landschaft vorbei, immer wiederkehrend, wie auf einem Laufband: derselbe Fluß, dasselbe Reisfeld, derselbe Büffel,der denselben Acker pflügte, dasselbe Dorf, dessen Hütten sich an den Fuß desselben Hügels drängten. Dies war seine Heimat: Wie konnte er sie nur verlassen? Und doch hatte er versprochen, sie gegen Amerika einzutauschen.

Schließlich versank hinter einer Bergkette am Horizont die Sonne; der Himmel im Westen wurde rot, dann verblaßte er und wich zurück – wie eine Welle, die an den Strand schlägt, um dann im Meer zu verebben.

Jeffrey versuchte sich wachzuhalten, während der Bus durch die Nacht fuhr. Neue Passagiere kamen an Bord und stiegen wieder aus. Er vermochte die Gesichter nicht mehr zu unterscheiden; sie schienen alle gleich, flossen in den langen, dunklen, heißen Stunden ineinander wie Brei. Und immer noch ratterte der Bus weiter.

Kurz nach Mitternacht erreichten sie Trichy. Der Bus fuhr am hochgelegenen Rock Fort vorbei, an dessen Hügelkuppe sich ein berühmter, dem Gott Ganesh gewidmeter Tempel befand, in dem die Nacht hindurch die Lichter brannten. Hierher hatte Vater Jeffrey vor fünf Jahren geführt. Sie hatten Ganesh ein Blumenopfer gebracht. Und Vater hatte mit zitternder Stimme gesagt: »Lord Ganesh versteht unsere Trauer, Jeffrey. Hier fühle ich mich deiner Mutter ganz nahe und verbunden.«

Von jenem Tag an hatte sein Vater ihn Ganesh genannt; diesen Namen hatte Jeffrey mit in das Dorf gebracht, als sie Madras verließen.

An der Endstation erkundigte sich Jeffrey nach dem Bus nach Srinagam. Der Schalterbeamte sagte gähnend: »Der fährt erst morgen, sehr früh. Ich werde dich wecken.«

Und so lehnte sich Jeffrey gegen eine Wand, schob sich den Koffer hinter den Rücken, damit er nicht gestohlen werden konnte, und umklammerte mit beiden Armen die Urne. Der Kopf sank ihm auf die Brust. Er saß unbequem, aber er war so erschöpft, daß er auf der Stelle einschlief.

»Hast du nicht nach dem Bus gefragt? Dort steht er«, sagte der Beamte und rüttelte Jeffrey an der Schulter. »Dort steht er«, wiederholte er, diesmal mit einem Lächeln, während Jeffrey noch immer erschrocken die Urne an sich preßte, als habe man sie ihm soeben entreißen wollen.

Der Mann zeigte auf einen alten Bus, der auf dem Vorplatz parkte. Der Wagen neigte sich stark nach rechts: Im Laufe der Jahre hatten sich so viele Passagiere außen an den überfüllten Bus angeklammert, daß die Federung allmählich unter der Last nachgegeben hatte.

Wenige Minuten später war Jeffrey unterwegs zum Staudamm. In einer Stunde würde er ankommen und tun, was zu tun war. Dann würde er nach Trichy zurückkehren, in den Zug nach Madras steigen und dort einen Mr. Lowry treffen, einen Bekannten seines Vaters aus früheren Tagen. Genau so stand es in seinen Anweisungen. Und dann: Amerika.

Noch wollte er aber an die Zukunft nicht denken. Die

Gegenwart beanspruchte seine ganze Aufmerksamkeit: die Kupferurne in seinem Arm. Jeffrey betrachtete sie; nur weil der Bus so rüttelte, konnte man nicht sehen, wie stark seine Hände zitterten.

Lichtpunkte säumten die Straßen bis an den Rand von Trichy: nackte Glühbirnen in den Einfahrten enger Häuser, Kerzen in den Fenstern der Lehmhütten. Der Bus hielt oft, aber nur wenige Passagiere stiegen zu – so früh am Morgen mußten noch nicht viele Menschen zur Arbeit. Bald blieben die Lichter zurück, und der Bus fuhr aufs offene Land hinaus. Nun lag der schwerste Teil der Reise vor Jeffrey.

Da er die Sitzbank für sich allein hatte, stellte er die Urne neben sich ab und öffnete den Koffer. Unter dem halben Dutzend Hemden, den Hosen, der Unterwäsche, dem Kamm und einem Paar Schuhe lagen die Dokumente, die sein Vater in der Kassette versteckt hatte. Jeffreys Geburtsurkunde, der Trauschein seiner Eltern, sein Paß und sein polizeilicher Meldenachweis. Hier war auch das mit einem Gummiband gesicherte Banknotenbündel versteckt – und die Ganesh-Statue aus Bronze. Jeffrey tastete zwischen den Kleidern nach Vaters Taschenmesser. Er steckte es ein und schloß den Koffer wieder.

»Ist es noch weit nach Srinagam?« rief er in Tamil dem Fahrer zu.

»Du hast noch Zeit. Ich werde dir sagen, wenn wir da sind.«

Draußen, vor den vergitterten Fensteröffnungen des Autobusses, setzte sich allmählich ein erster tiefblauer Streifen von der undurchdringlichen Dunkelheit ab. Die Minuten verrannen, das Blau wurde heller und begann sich mit einem zaghaften Rosa zu mischen. Als beinahe ein Drittel des Himmels sich rosa gefärbt hatte, rief der Fahrer: »Wir sind da!« und bremste.

Jeffrey stieg aus und schaute dem Bus nach, der langsam im blauen Meer der frühen Morgendämmerung verschwand. Dann blickte er sich um. Vor ihm, im Nebel, war die lange Brücke, zu dieser frühen Morgenstunde gähnend leer. Man konnte das gegenüberliegende Ufer nicht sehen, aber Jeffrey wußte, daß dort die Insel mit der Tempelanlage lag und jenseits der Insel floß der Cauvery. Ganesh wußte das. Denn er war schon einmal hier gewesen. Damals war er mit seinem Vater gekommen, und in einer anderen Kupferurne hatten sie andere Asche getragen. Damals hatten sie gemeinsam seine Mutter hierhergebracht.

Jeffrey war erst neun gewesen. An der Verbrennung hatte er nicht teilgenommen, aber als Vater entschied, hierher zu fahren, an diese Stelle des Cauvery-River, durfte Jeffrey ihn begleiten. Damals waren sie gegen Mittag angekommen. Immer noch, fünf Jahre später und in der fahlen Morgendämmerung, erkannte Jeffrey jede Einzelheit wieder: den breiten Bogen des Cauvery, das dichte Buschwerk an beiden Ufern, die lange, schmale Betonbrükke, die alleinstehende Eiche.

Er ging los. Seine Füße klatschten auf dem Beton; es klang hohl, über ihm am Himmel leuchtete nur fahl die schmale Mondsichel. Auch ein paar letzte Sterne waren noch zu sehen; vergeblich kämpften sie gegen die übermächtige Helle, die aus dem Osten kam und deren Rosa sich in Gold verwandelt hatte. Das schwarze Wasser unter ihm glich einer ungeheuren Bleiplatte von Ufer zu Ufer, unbeweglich, still. Nur das Geräusch der Füße auf der Brücke klang durch die Stille: Jeder Schritt brachte ihn und die Kupferurne näher ans Ziel.

Als Jeffrey die kleine Insel am anderen Ende erreichte, war es schon so hell, daß er deutlich das Gebüsch und die Bäume, einen geschlossenen Kiosk und eine Tafel unterscheiden konnte, die in Englisch und Tamil die umfangreiche Besucher-Ordnung enthielt. Sogar an dieses Schild konnte er sich noch erinnern.

Er ging über die Grünfläche zum anderen Ende der Insel, und als er den Fluß erreichte, glänzte dort ein erster Streifen goldenen Lichts auf dem blauen Wasser.

Drei Fischerboote lagen da, ans Ufer gezogen, und ihre Besitzer hockten um ein kleines Feuer und tranken Tee.

Jeffrey stieg zu ihnen hinunter. In der einen Hand trug er die Urne, in der anderen den Koffer.

Einer der Männer blinzelte schläfrig zu ihm hoch. »Was es nicht alles gibt!« sagte er in Tamil zu den anderen. »Jetzt strolchen schon die ausländischen Kinder allein umher.«

»Guten Morgen«, sagte Jeffrey, ebenfalls in Tamil.

Die drei betrachteten ihn neugierig. »Welches Land?« fragte schließlich einer in schlechtem Englisch.

»Dieses«, erwiderte Jeffrey in Tamil.

»Nein. Du!« sagte der Mann und deutete mit dem Zeigefinger auf ihn. »Welches Land? Amerika?«

»Ich bin von hier!« Nachdrücklich klopfte Jeffrey mit dem Fuß auf den Boden.

Die Männer blickten einander an. »Willst du etwas von uns?« fragte einer unwirsch in Tamil.

»Ja. Ich möchte zur Flußmitte gerudert werden.«

»Wozu?«

Jeffrey hielt ihnen die Urne entgegen und sagte ernst: »Die Asche meines Vaters.«

»Such dir jemand anderen dafür«, erwiderte der eine der drei und wandte sich zum Feuer.

»Ich bezahle.«

»Soviel könntest du gar nicht zahlen«, sagte der zweite und schlürfte seinen Tee, »daß ich meinen Tag mit so etwas anfangen würde.«

»Wieviel?« fragte der dritte.

»Zehn Rupien.«

»Zwanzig.«

»Fünfzehn.«

»Achtzehn.«

»Sechzehn.«

»Siebzehn. Mein letztes Wort«, sagte der Fischer.

Jeffrey zuckte mit den Schultern. Es blieb ihm keine andere Wahl. »Also gut. Siebzehn.«

»Mich könnte keiner dazu bringen, das für siebzehn Rupien zu machen«, brummte der zweite Fischer und blies auf seinen heißen Tee.

»Nein, aber du hast auch keine fünf hungrigen Mäuler zu stopfen«, antwortete der dritte und stand auf. »Komm!« winkte er Jeffrey zu und ging zu seinem alten Ruderboot. »Willst du den etwa mitnehmen?« fragte er und wies auf den Koffer. »Warum läßt du ihn nicht hier? Die anderen werden sich schon um ihn kümmern.«

Die beiden Fischer grinsten Jeffrey zu, der genau wußte, daß der Koffer bei seiner Rückkehr verschwunden sein würde.

»Ich nehme ihn mit«, sagte Jeffrey, warf ihn ins Boot und kletterte nach.

Der Fischer lachte, stieß das Boot ins Wasser und kletterte ebenfalls hinein. »Du bist wirklich kein Fremder«, sagte er und begann zu rudern.

»Bin ich auch nicht. Ich sehe nur so aus.«

»Du hast uns ganz schön genarrt«, sagte der Fischer und ruderte gleichmäßig in den offenen Fluß hinaus.

»Ich bin ein Tamil.«

»War deine Mutter auch eine?«

»Nein.«

»Aber dein Vater?«

»Auch nicht«, gab Jeffrey zu.

Der Fischer zog die Stirn in Falten und legte sich schwer in die Ruder. »Meinetwegen sprichst du Tamil, aber du bist keiner. Du bist ein Fremder, weil auch deine Mutter und dein Vater Ausländer sind. So ist das nun einmal.«

Jeffrey blieb die Antwort schuldig. Er saß steif am Bootsrand und blickte ins Wasser. Die Ruder klatschten in den träge dahinfließenden Strom. Die Sonne schob sich weit hinter dem anderen Ufer zwischen Palmen hoch und zeichnete einen zitternden goldenen Kreis auf den Wasserspiegel. Der Tag kam rasch und versprach, schön zu werden.

Plitsch. Platsch. Jetzt hatte sich die Sonne ganz über den Horizont geschoben. Ihre Strahlen glitten auf das Wasser und ließen die Wellen in kräftigem Orange aufleuchten. Die ganze Welt schien mit der Sonne neu erstanden zu sein; mit ihr gewann sie die Farben; mit ihr gewann sie das Leben.

Jeffrey blickte auf die Urne zwischen seinen Beinen. Als hätte er seine Gedanken erraten, hörte der Fischer zu rudern auf und streckte die Hand aus. »Zahle jetzt. Vorher.«

Jeffrey zog drei Fünf-Rupien-Scheine und zwei Rupien aus der Tasche, lehnte sich vor und zählte sie einzeln in die ausgestreckte Hand.

»Wohin genau soll ich dich bringen?« fragte der Fischer, jetzt umgänglicher geworden.

»Zur Flußmitte.« Als sei es erst gestern gewesen, erinnerte sich Jeffrey, daß damals der Fischer Vater dieselbe Frage gestellt hatte.

Plitsch. Platsch. Plitsch. Platsch.

Jeffrey blinzelte in das goldene Licht. Eine Vogelschar stand am gegenüberliegenden Ufer im flachen Wasser.

Plitsch. Platsch. Plitsch. Platsch.

»Ist es dir hier recht?« fragte der Fischer.

Jeffrey hoffte, er würde weiterrudern. Mit jedem Ruderschlag wurde die Entscheidung verzögert, gewann Jeffrey Zeit. Aber ein Blick zu beiden Ufern bewies, daß sie jetzt wirklich in Flußmitte waren. Hier würden seine Eltern einander wieder begegnen.

»Halten Sie hier an«, sagte er.

Der Fischer hob die Ruder ins Boot und ließ sie mit dumpfem Poltern auf die Bretter fallen. Das Boot trieb langsam dahin. Nur der rhythmische Wellenschlag gegen die Planken klang in die Stille. Der Mann stand auf, wandte Jeffrey den Rücken zu und starrte in die entgegengesetzte Richtung.

Für diese Geste war Jeffrey ihm dankbar. Ohne ihn als Zuschauer würde es ihm einfacher fallen, zu tun, was zu tun war. Wieder erinnerte er sich, so lebhaft, als seien seitdem erst Minuten vergangen, wie sein Vater mit demselben Taschenmesser dieselben Handgriffe verrichtet hatte wie jetzt er: Er schnitt den Stoff auf, der die Öffnung der Urne bedeckte, und entfernte ihn. Seine Hände zitterten nicht mehr. Hatten Vaters Hände gezittert, damals, vor fünf Jahren? Jeffrey konnte sich nicht mehr erinnern; es war vielleicht das einzige, an das er sich nicht erinnern konnte. Tränen stiegen ihm in die Augen. Er weinte jetzt nicht allein um Vater, sondern auch um Mutter: Seine Eltern hatten den Ort erreicht, an dem sie sich endlich wieder vereinten.

Jeffrey räusperte sich mehrmals, bückte sich, nahm mit beiden Händen die Kupferurne und setzte sie auf dem Rand des Bootes ab. Er starrte auf das Wasser, das an ihm vorbeiglitt und an der Bootswand kleine Blasen warf, die gleich wieder zerplatzten. Dann sagte er: »Cauvery, nimm zurück, was den Flüssen gehört; nimm zurück, was dein ist.« Er erinnerte sich genau an die Worte, die Vater für Mutter gefunden hatte, und sprach sie jetzt für ihn. Nun neigte er die Urne und sah zu, wie die helle Asche aus der Öffnung glitt und federleicht auf das Wasser rieselte. Einige Sekunden lang trieb sie an der Oberfläche, dann sog sie sich allmählich voll, wurde schwerer und versank in den Fluten des Cauvery.

Jeffrey schüttelte den Krug, bis die letzten Aschenreste ausgeleert waren. Was hatte Vater damals mit der Urne gemacht? Bestürzt versuchte Jeffrey sich zu erinnern. Es fiel ihm nicht ein. Er lehnte sich über die Bootswand und ließ das Gefäß mit Wasser vollaufen. Der Krug glänzte in der Sonne, kippte und versank mit leisem Gurgeln.

Es war geschehen.

Was fühlte er? Erleichterung: Er hatte die Asche an ihren Bestimmungsort gebracht. Ein klein wenig Befriedigung: Er hatte seine Pflichten als Sohn erfüllt. Und dann: eine ungeheure Leere. Erschrocken starrte er zurück auf das Wasser, suchte eine letzte Spur der Asche – aber nichts war zu sehen als das unablässige Treiben des Stromes, nichts sonst; nichts von der Asche, nichts von dem Gefäß, nichts.

»Sag es mir, wenn du fertig bist«, brummte der Fischer, immer noch mit dem Rücken zu ihm.

»Jetzt.«

Der Fischer wandte sich um und runzelte mißbilligend die Brauen. »Wo ist denn der Krug? Hast du den auch hineingeworfen? So eine Verschwendung, Junge! Ich hätte ihn gut brauchen können.«

Jeffrey hörte kaum hin. Seine Aufmerksamkeit wurde völlig gefangengenommen von dem Geschehen am anderen Ufer: Zahllose Vögel hatten sich am Strand und in den überhängenden Ästen der Bäume versammelt. Die Luft zitterte unter ihren nervösen Flügelschlägen. Etwas stand unmittelbar bevor. Jeffrey richtete sich auf, und er starrte hinüber auf die weißen und rosa und braunen und roten Farbtupfer vor dem hellen Ufer.

Worte erfüllten ihn: »Ich bin hier!«

Und andere: »Wir sind hier!«

Und dann, mit einemmal, schwangen sie sich alle, die Reiher, die Schwalben und Möwen, in den goldenen Morgen. Sie spreizten ihre Flügel in den Wind und flatterten als zuckende Silhouetten in das schimmernde Sonnenlicht.

»Wir sind hier!«

Jeffrey legte schützend die Hand vor die Augen und starrte den Tieren nach, bis sie im Sonnenglast verschwunden waren. Dann setzte er sich wieder und wandte sich an den Mann an den Rudern. »Es tut mir leid. Ich hätte den Krug nicht wegwerfen sollen.«

Jetzt fiel ihm ein, daß sein Vater vor fünf Jahren die Urne dem ersten in die Hand gedrückt hatte, der ihnen begegnet war. Vater hatte sie hergeschenkt, weil sie noch brauchbar und nützlich war. Ein einfacher Krug. Nichts zu befürchten, nichts zu behüten. Was er einmal enthalten hatte, war jetzt Teil des Wassers.

»Ich hätte Ihnen den Krug geben sollen«, sagte Jeffrey, und der Mann nickte, immer noch gekränkt.

Er hätte ihn haben können, denn Vater und Mutter waren nicht in Aschenurnen geborgen.

»Wir sind hier. Wir sind überall.«

Er blickte einer anderen Vogelschar nach, die sich als große, pulsierende Wolke vom Ufer erhob. Überall. Wir sind hier und überall.

ZWEITER TEIL

Amerika! Der Gedanke überfiel ihn Tausende von Metern über dem Meer, eine Stunde vom Flughafen entfernt, an dem seine Tante ihn erwarten würde. Jeffrey hatte in den vergangenen Wochen so vieles erlebt, daß Amerika nur eine blasse, entfernte Vorstellung war. In Madras hatte er bei Mr. Lowry gewohnt und verwirrend viele Vorbereitungen für seine Abreise treffen müssen. Dann hatte der Flug über den Ozean, ein neues und atemberaubendes Erlebnis, seine volle Aufmerksamkeit beansprucht; da blieb jeder andere Gedanke ausgeschlossen. Nicht einmal die Landung in New York hatte er als eigentliche Ankunft empfunden, denn dort mußte er bloß das Flugzeug wechseln: eine unpersönliche Halle, Stimmen, verzerrte Gesichter, zappelnde Beine.

Nun aber, in weniger als einer Stunde, würde er der seltsamen Wahrheit nicht länger ausweichen können: Er war Amerikaner. Obwohl seine Eltern aus den Vereinigten Staaten kamen, hatten sie kaum jemals von Amerika erzählt. Vor allem Vater schien alle Erinnerungen an sein früheres Leben ausgelöscht zu haben. Jede Meile, die er mit dem Swami durch Indien gewandert war, hatte die Distanz zwischen Vater und seiner Vergangenheit vergrößert. Amerika, das war kaum noch Erinnerung.

Er blickte durch das Fenster auf einen wolkenlosen Himmel. Draußen, jenseits der Scheiben, mußte die Temperatur tief unter dem Gefrierpunkt liegen. Er aber verband ein solches strahlendes Blau mit der alles verzehrenden Mittagshitze im Süden Indiens . . . Jeffrey schielte auf die Armbanduhr seines Nachbarn. Wieder waren einige Minuten vergangen. Immer deutlicher wurde ihm bewußt, daß eine neue Welt auf ihn wartete. Doch wurde diese Erwartung übertönt von einem anderen, stärkeren Gefühl: dem Wunsch, umzukehren, zurückzufahren, heim nach Indien, in den Süden, in sein Dorf, in sein kleines Haus, in sein stickiges kleines Zimmer. Er war nicht aus eigenem Entschluß hierhergekommen, sondern nur, um ein Versprechen zu erfüllen. Er verstand natürlich, warum Vater es ihm abgenommen hatte. Nach der Totenfeier war ihm selbst schmerzhaft bewußt geworden, daß es im Dorf für ihn keinen Platz mehr gab. Und doch konnte nichts seine felsenfeste Überzeugung erschüttern, daß Indien seine wahre Heimat war. Vater hatte gesagt: »Versuche es in Amerika. Wenn du willst, kannst du immer noch später nach Indien zurückkehren.« Vor allem diese letzten Worte waren Jeffrey im Gedächtnis haften geblieben: »Nach Indien zurückkehren.« Sobald er seine Verpflichtung erfüllt hatte – es »mit Amerika zu versuchen« –, würde er heimkehren, nach Hause, selbst wenn ihn die Leute in seinem Dorf für einen Fremden hielten.

Als die Maschine aber zum Landen ansetzte, rissen ihn wieder Neugierde und Aufregung mit; sein Zögern war wie weggeblasen. Ja, er war bereit, das Abenteuer Amerika zu erleben!

Tief unter ihm kam die Erde in Sicht: weitgestreckte flache Rechtecke, die mit bleistiftdünnen Linien voneinander abgegrenzt waren, Linien, die sich bald als Drahtzäune entpuppten. Die Felder waren weiß. Das überraschte Jeffrey. Er hatte grünes Land erwartet oder doch zumindest die staubige braune Erde der Sommerdürre, obwohl er wußte, daß hier noch immer Winter war. Das Weiße war Schnee! Aus ihm ragten spindeldürre graue Bäume und rot gedeckte Farmhäuser, die über das weite, gefrorene Land verstreut lagen. Als Vater in Jeffreys Alter war, hatte er Winterlandschaften wie diese als etwas Selbstverständliches erlebt. Der Erwachsene, der auf den brütendheißen Wegen Indiens dahinzog, war ebenso durch Schnee gestapft. Vater – das waren jetzt zwei Männer geworden.

Aus dem Lautsprecher kam die Stimme der Stewardess. Jeffrey konnte nicht alles verstehen, denn sie sprach Englisch mit einem ihm nicht vertrauten Akzent: Amerikanisch! Sein Sitznachbar zupfte ihn am Ärmel. »Du mußt den Sicherheitsgurt anlegen!«

Sie landeten.

Die Frau, die mit ausgestreckten Armen auf ihn zukam, war seine Tante. Er erkannte sie an den hellblauen Augen, die ganz denen seines Vaters glichen. Sie umarmte ihn und preßte ihn fest an sich, ehe sie ihn auf Armlänge von sich wegschob, um ihn besser betrachten zu können. Jeffrey blickte sich verstohlen um. Was mußten die Leute über eine solche öffentliche Zurschaustellung von Gefühl denken? Aber niemand schien von ihnen Notiz zu nehmen. Vielleicht war es in Amerika üblich, sich derart seltsam zu benehmen.

Tante Betty war so groß wie er, seine Augen und die ihren trafen einander auf gleicher Höhe. Sie lächelte über das ganze Gesicht.

»Genauso sah dein Vater aus, als er in deinem Alter war!«

Sie wartete keine Reaktion ab, sondern redete munter weiter, während sie ihn, die Hand an seinem Ellenbogen, durch das Gedränge bugsierte. Sie sagte, das Wetter sei für diese Jahreszeit viel zu kalt. Es sollte eigentlich bereits wärmer sein. Daß das Flugzeug mit einer beinahe viertelstündigen Verspätung eingetroffen sei, habe sie zunächst sehr beunruhigt. Sie sprudelte noch viel mehr hervor, sprach aber so schnell, daß Jeffrey bei weitem nicht alles verstand. Seine Tante war dünn – er konnte das erkennen, obwohl sie einen beinahe bodenlangen Wintermantel trug – und wirkte vielleicht zehn Jahre älter als Vater. Ihre Stimme hatte, selbst wenn sie – wie jetzt – Nervosität verriet, einen musikalischen Klang. Vor allem aber schien

Tante Betty unentwegt zu lächeln. Jeffrey war überrascht, daß er sie auf Anhieb liebenswert fand. Jetzt erst wurde ihm klar, daß er sich während der letzten Flugstunden unbewußt das Bild einer steifen, unfreundlichen Frau ausgemalt hatte. In der Missionsschule hatten sie einmal einen Roman von Dickens gelesen, in dem eine solche Frau vorgekommen war. Seine Tante war aber ganz anders, und er fühlte sich sehr erleichtert.

Sie kamen in eine Halle, in der das Reisegepäck der Passagiere auf Laufbändern auftauchte. Jeffrey sah seinen Koffer und griff ihn heraus. Tante Betty wollte wissen, wie viele Gepäcksstücke er mitgebracht hatte.

»Nur diesen Koffer.«

Für einen Augenblick verhärtete sich ihr Gesicht, als müsse sie erst den Umstand verkraften, daß ihr Neffe beinahe mit leeren Händen kam. »Du hast recht. Ich sage auch immer: Mit wenig Gepäck reist es sich besser!« sagte sie dann und lächelte.

»Aber du hast hoffentlich eine wärmere Jacke in deinem Koffer?«

»Nein, Madam.«

Tante Betty schüttelte den Kopf. »In diesem Leinenjäckchen wirst du bei unserem Wetter nicht weit kommen.«

Mr. Lowry hatte es in Madras für Jeffrey gekauft; bei vierzig Grad im Schatten hatte es eher wie eine Zwangsjacke gewirkt.

»Gleich morgen werden wir dir einen warmen Mantel besorgen.« Während sie dem Ausgang zustrebten, plauderte Tante Betty weiter: Sie hatte ausnahmsweise ein Taxi genommen, weil es unangemessen gewesen wäre, heute mit dem Bus in die Stadt zu fahren. Das sei zwar ein bißchen leichtsinnig und verschwenderisch, aber an einem so wichtigen Tag durften sie sich eine solche Extravaganz schon leisten. Ihren eigenen Wagen habe sie vor einem Jahr verkauft, weil sie als Witwe ohnedies nicht mehr viel herumkam. In dieser Tonart ging es weiter, während Jeffrey durch die Scheiben auf den Flughafenbus starrte: Ein riesiges, stromlinienförmiges Fahrzeug, leuchtend hell lakkiert, Glas in den Fenstern, verspiegeltes Glas, mächtige Reifen. Eine Erinnerung drängte sich ihm auf: Er sah sich wieder in dem alten, windschiefen Bus sitzen, auf den Knien einen Koffer, auf dem Koffer eine Kupferurne . . .

Einem plötzlichen Impuls nachgebend, blieb Tante Betty stehen und packte Jeffrey an den Schultern. »Jahr und Tag habe ich diesen Augenblick herbeigeträumt, Jeffrey! Du kannst dir gar nicht vorstellen, wie sehr ich gehofft habe, daß du einmal kommen würdest! Allerdings . . .« sie unterbrach sich und ließ die Arme sinken. »Ich hätte nie gedacht, daß erst ein solcher Anlaß . . . Aber reden wir nicht mehr davon!« fügte sie rasch hinzu, als hätte Jeffrey tatsächlich etwas gesagt. »Kein Wort darüber, ehe du dich nicht bei uns so richtig eingewöhnt hast.«

»Ich werde den Tod meines Vaters erst erwähnen, wenn du den richtigen Zeitpunkt für gekommen hältst, Tante Betty«, sagte Jeffrey. Es war der längste Satz, den er bisher gesagt hatte.

Sie zog die Brauen hoch und lachte nervös. »Junge, du hast ja einen britischen Akzent! Klar doch! Mußt du ja! Ach, bin ich froh, daß du endlich hier bist! Daheim. Zu Hause. In *deinem* Zuhause. Warte hier, ich hole den Wagen!«

Die Worte sprudelten nur so aus ihr heraus. Jeffrey blickte ihr nach, als sie zum Parkplatz lief. Wenn die Schiebetür sich öffnete, strömte ihm ein Schwall kalter Winterluft direkt ins Gesicht und überraschte und erschreckte ihn. Temperaturen unter fünfzehn Grad waren ihm so gut wie unbekannt. Kalte Luft war wirklich kalt! Er verkroch sich tiefer in seine Leinenjacke und sah zu, wie seine Tante auf dem windumbrausten Vorplatz in ein Auto stieg. Wenig später hielt das Taxi vor dem Ausgang, und Tante Betty winkte Jeffrey vom Rücksitz entgegen.

Jeffrey trat in die Kälte hinaus. Er wußte nicht genau, was

er davon halten sollte. Jedenfalls hatte er nicht erwartet, daß seine Wangen brennen würden. Tatsächlich, die Kälte bewirkte das! Im ersten Augenblick brannte sie genauso wie in Indien ein heißer Mittag draußen auf dem Feld.

Als Jeffrey im Wagen saß, seufzte Tante Betty und tätschelte ihm die Hand. »Heute reisen wir noch wie feine Leute, aber von morgen an nehmen wir wieder den Bus!« Sie erklärte ihm, daß sie noch etwa zwanzig Meilen nach Westen zu fahren hatten; dies hier sei nur die Stadt mit dem Flughafen. Wo sie wohnte, sei alles von Feldern umgeben: Viele Bürger der kleinen Stadt waren Bauern im Ruhestand. Sie redete und redete, während Jeffrey verstohlen auf die vorbeihuschende Landschaft blickte: die heckenumzäunten weißen Felder; die großen grauen Zylinder der Getreidesilos; die rot gedeckten Farmhäuser.

Plötzlich, sie waren kaum einige Kilometer gefahren, stürmte aus dem Norden eine Wolkenbank heran und senkte sich immer tiefer. Kurz darauf tanzten Schneeflokken vor der Windschutzscheibe. Jetzt konnte sich Jeffrey überhaupt nicht mehr auf den Wortschwall seiner Tante konzentrieren. Schnee! Fasziniert beobachtete er, wie die weißen Flöckchen im Luftstrom zappelten und taumelten. Eine fremde, neuartige Welt: Die Landschaft in grauem Dunst, metallisch und still.

Hier umgab ihn nicht das weiche, anheimelnde Grau des Monsunhimmels. Hier war alles anders: Jeffrey hatte das Gefühl, der Himmel rücke von dem fahrenden Wagen ab, als wolle er sich endgültig zurückziehen. Die Luft hüllte die Menschen nicht ein wie in Indien zur Zeit des Monsuns; sie schien ihnen vielmehr auszuweichen.

Solche Gedanken beschäftigten ihn, während Tante Betty unbekümmert weitersprach – worüber? Offenbar im Augenblick über das Essen.

»Okay, das ist mir recht«, hörte Jeffrey sich antworten.

Tante Betty lachte. »Okay? Sagt man das denn in Indien auch?«

»Ja, Madam. Sogar Leute, die nicht Englisch können, sagen ›okay‹.«

»Sind das viele?«

»Im Süden Indiens kann fast niemand Englisch.«

»Wie hast du dich denn dann mit ihnen unterhalten?«

»In ihrer eigenen Sprache.«

Tante Betty mußte über ihre dumme Frage lachen. »Ich vergesse immer wieder, woher du kommst, Jeffrey. Das liegt daran, daß du ganz so aussiehst wie unsereins. Ganz so wie dein Vater.« Bei diesen letzten Worten begann ihre Stimme zu zittern und erstarb. Jeffrey blickte zu Boden. Er verstand jetzt, daß ihr endloses Reden nichts anderes war als ein Kampf gegen Unsicherheit, Trauer und Ratlosigkeit. Er hatte Vaters Tod bereits verarbeitet, ihr stand das noch bevor. Oder vielleicht versuchte sie eben jetzt, sich damit abzufinden, auf ihre Weise, während sie an seiner Seite im Wagen durch einen bitterkalten Winter fuhr?

Als er zum erstenmal das langgestreckte dreigeschossige Haus mit dem Schindeldach sah, mußte er unwillkürlich an Ramas Haus im Dorf denken. Beide Häuser waren groß und lagen am Ende einer ausgedehnten, leicht ansteigenden Rasenfläche. Im dichten Flockenfall – der Schnee strich in dünnen Fäden gegen die geschlossenen Fensterläden und die überdachte Veranda – wirkte dieser schiefergraue Kasten aber, anders als Ramas Haus, bedrückend und geheimnisvoll. Der Schnee war wie ein Schleier, der die Giebel und Mauern nur zögernd freigab. Der große Garten vor dem Haus war mit Gebüsch gesäumt; auch eine knorrige Eiche streckte ihre schneebedeckten Äste in den Himmel und zitterte unter den Windstößen.

Jeffrey verkroch sich tiefer in die dünne Jacke und trug mit klammen Fingern seinen Koffer, während Tante Betty voranging und dabei pausenlos redete: »Dieser Strauch wäre im vergangenen Herbst beinahe eingegangen. Aber wir haben hier in der Stadt einen Mann, der wahre Wunder wirken kann, immer vorausgesetzt natürlich, daß man ihn rechtzeitig an die Pflanzen heranläßt.«

Jeffrey blickte sich neugierig nach den mausgrauen Sträuchern um, die langsam unter einer weißen Schneedekke versanken.

Während sie, vorsichtig, über schlüpfrige Stufen den Hauseingang erreichten, blickte Jeffrey nach oben. Die Hauswand wuchs unmittelbar vor ihm höher und immer höher empor. Vom wäßrigen Winterhimmel hob sich schwarz ein alter Wetterhahn ab und drehte sich ruckweise im stetigen, aber beinahe lautlosen Nordwind.

»Wir sind daheim«, sagte Tante Betty und seufzte erleichtert auf.

Daheim? In diesem weißen, schweigenden Winter?

Im Flur folgte Jeffrey Tante Bettys Beispiel und reinigte seine Schuhe vom Schnee, indem er fest gegen die Fußmatte stampfte.

»Ich habe das Feuer brennen lassen, damit wir es hübsch warm haben, wenn wir heimkommen. Hoffentlich ist es noch nicht ausgegangen«, sagte Tante Betty atemlos. Sie hängte ihren Mantel an den Haken, stieß eine zweiflügelige Tür auf und ging in den großen Wohnraum voraus. Auch Jeffrey, immer noch ein wenig vor Kälte zitternd, entledigte sich seiner Jacke und trat dann ein. Tante Betty stand bereits gebückt vor dem offenen Kamin und stocherte mit einem eisernen Spieß in die Kohlen. Jeffrey blickte sich in dem großen, etwas muffigen Raum um, der vom dämmrigen Nachmittagslicht nur schwach erhellt wurde. Die Möbel waren dunkel, plump und unförmig. Von den Lampenschirmen aus buntem Glas hingen Fransen aus weißen Kristallperlen. Die Tapeten wirkten schon etwas schäbig und zeigten ein kleines Dreieckmuster. Wie anders hatten hingegen die grün getünchten Wände in seinem Zimmer im Dorf gewirkt – in seinem Zimmer, in seinem Haus, in fast allen Häusern des Dorfes! Über dem Kamin hingen zwei große Ölbilder. Eines zeigte einen kerzengerade aufgerichteten,weißhaarigen, streng blickenden alten Mann, der zu einer schwarzen Jacke einen schwarzen Schlips trug. Auf dem anderen Bild war eine weißhaarige alte Dame in einem hochgeschlossenen weißen Kleid zu sehen; ernst, feierlich starrte sie durch ihre Brillengläser. Jeffrey betrachtete die Bilder. In ihrer steifen Pose wirkten die beiden zunächst recht ungemütlich, aber schon auf den zweiten Blick sahen sie weniger abweisend aus – sie hatten freundliche Augen. Die Hände des alten Mannes waren groß und breit.

Mit lautem Knall fing ein Holzscheit Feuer, und innerhalb weniger Minuten fraßen sich die Flammen von einem Scheit zum anderen weiter und schossen immer höher auf.

Feuer.

Vom letzten Feuer, das Jeffrey gesehen hatte, war der Körper seines Vaters zerfressen worden.

»Jeffrey?«

Seine Tante hatte ihn etwas gefragt. Er wandte sich nach ihr um.

»Ich wollte wissen, ob du Hunger hast«, wiederholte sie.

»Ja, Madam.«

Lächelnd schüttelte Tante Betty den Kopf. »Es ist lange her, daß mich jemand ›Madam‹ genannt hat!« Wieder stocherte sie mit dem Spieß in die Kohlen. »An einem Tag wie heute geht nichts über ein gutes Feuer. Da fühlt man sich doch gleich viel wohler, nicht wahr?« Plötzlich blickte sie ihn an. Ihre Lippen zitterten! »War es – war es sehr schwer für deinen Vater?«

»Dad hat sich nie beklagt.«

»Ach, du hast ihn also ›Dad‹ genannt.« Die Antwort schien sie zu beruhigen. »Nein, beklagt hat Warren sich nie.« Wieder blickte sie Jeffrey an. »Darf ich dich etwas fragen?« Und wieder begannen ihre Lippen zu zittern. »Ist der – ist der Platz bezeichnet?«

»Bezeichnet?«

»Hat er einen Grabstein – oder ein Kreuz?«

»Nein, Madam.« Und als er ihr Stirnrunzeln bemerkte, fügte er hinzu: »Vater wurde verbrannt. In unserem Dorf ist das so üblich.«

»Ach?« Es überraschte sie. »Verbrannt.« Nachdenklich spitzte sie die Lippen. »Ja, das gibt es bei uns auch – gelegentlich. Die meisten Mitglieder deiner Familie, zumindest väterlicherseits, liegen keine zehn Minuten von hier begraben. – Und seine Asche? Was ist mit der Urne geschehen?«

»Ich habe sie zu einem heiligen Fluß gebracht.«

»Zu einem heiligen Fluß?«

»Ich habe seine Asche in den Cauvery-River gestreut. Dorthin hatte Vater auch Mutters Asche gebracht.«

Tante Betty nickte, die Augen voll Tränen. »So ist das. Sie sind also wieder vereint.« Sie räusperte sich mühsam. »Nun, dann will ich dir zuerst einmal dein Zimmer zeigen, ehe ich mich um das Abendessen kümmere. Ich weiß nicht, wie du dich fühlst, aber ich bin schon halb verhungert!«

Auf der knarrenden Holztreppe blieb Tante Betty auf halbem Weg plötzlich stehen und wiederholte kopfschüttelnd: »Ein *heiliger* Fluß?«

»Ja, Madam.«

Erstmals, seit Jeffrey seiner Tante begegnet war, verstummte sie. Am Ende eines langen, engen Flurs stieß sie eine Tür auf und trat zur Seite.

»Geh nur hinein.« Sie lächelte ihm aufmunternd zu. »Das ist dein Zimmer.«

Der Raum war klein, aber doch doppelt so groß wie sein Zimmer im Dorf. Das Bett mit dem dicken Überzug sah weich und – wenn auch nicht für indische Begriffe – bequem aus. Unter dem Fenster stand ein solider Schreibtisch aus dunklem Holz; ein massives Möbelstück, das sich wohl hier befand, seit es das Haus gab.

»Der Tisch deines Vaters«, sagte Tante Betty, die hinter ihm stand.

Jeffrey bückte sich, um das gerahmte Bild auf der Tischplatte besser betrachten zu können. Der Schnappschuß zeigte einen Jungen in Jeffreys Alter. »Dein Vater«, sagte Tante Betty. »Ist die Ähnlichkeit nicht verblüffend? Du siehst, ich habe nicht übertrieben, als ich dir auf dem Flughafen sagte, daß du ihm aufs Haar gleichst!«

Es stimmte. Wenn auch seine eigenen Gesichtszüge nicht so deutlich ausgeprägt waren – er hatte die weicheren Wangen seiner Mutter geerbt –, ließ sich doch nicht verkennen: Hier lächelte Jeffrey sich selbst entgegen, in Kleidern, die er nie getragen hatte, einer Lederjacke, Cordhosen und Holzfällerstiefeln.

»Bis heute war dies das Zimmer deines Vaters. Von nun an ist es deines.«

Jeffrey wandte sich nach ihr um.

»Du solltest dich jetzt waschen«, sagte sie im Gehen. »Ich kümmere mich einstweilen um das Abendessen.«

Zum erstenmal, seit er Mr. Lowrys Haus in Madras verlassen hatte, um zum Flughafen zu fahren, war Jeffrey allein. Er hörte leises Ticken. Auf einem Tischchen neben dem Bett stand eine Uhr. Ihr Pendel schwang gleichmäßig hin und her. Sie mußte schon sehr alt sein. Vielleicht hatte sie dem alten Mann mit dem ernsten Blick gehört, dessen Bild im Erdgeschoß über dem Kamin hing? War das sein Großvater oder Urgroßvater?

An der Zimmerwand waren Urkunden angebracht; sie trugen den Namen seines Vaters. Es waren Zeugnisse, Diplome und Auszeichnungen aus Vaters Vergangenheit. Vater hatte sie erworben, so wie er sich später die Achtung der Menschen erworben hatte, als er mit dem Swami kreuz und quer durch Indien zog. Wie schade, daß Vater ihm nie von dieser Welt erzählt hatte, in der Jeffrey nun lebte.

Jeffrey setzte sich auf das Bett. Es fühlte sich so weich und nachgiebig an, wie es aussah. Draußen fiel immer noch Schnee, sanft und gleichmäßig. Das Licht wurde schwächer, als versuchte es, sich aus der Verstrickung der nackten Zweige des Baumes zu lösen, der vor dem Fenster stand und dessen Äste bis an die Scheiben reichten. Das einzige Geräusch war das Ticken der Uhr. Die Wände waren mit einer Tapete beklebt; auf blauem Grund saßen Leute am Flußufer unter einem Baum, und über ihren Köpfen flog eine Schar Vögel. Das Bild wiederholte sich immer wieder. Überall saßen die Leute, immer wieder zogen in gleicher Formation die Vögel über ihnen dahin...

Die Tapete und der gleichmäßige Schneefall beruhigten Jeffrey, lullten ihn ein. Er lehnte sich zurück, bis er ausgestreckt auf dem Bett lag, auf seinem Bett. Hätte ihn Tante Betty nicht jetzt von unten gerufen, wäre Jeffrey wahrscheinlich auf der Stelle eingeschlafen.

Das erste Abendessen in Amerika wartete auf ihn.

Der Anblick der Speisen auf dem weiß gedeckten Eßtisch stieß ihn ab: ein großer goldbrauner Truthahn, von dessen krustiger Brust Bratensaft tröpfelte.

Man konnte ihm seinen Widerwillen offenbar ansehen, denn Tante Bettys Lächeln erstarb und wich einem alarmierten Stirnrunzeln.

»Ist etwas nicht in Ordnung?«

»Nein, nein, Madam. Es sieht alles sehr gut aus.« Er nahm Platz und blickte auf eine Schüssel, in der sich Kartoffelbrei türmte, auf eine andere Schüssel mit zu Scheiben geschnittenen Möhren, auf den großen Truthahn.

»Willst du vorlegen?« fragte die Tante und reichte ihm Messer und Gabel.

»Nein, besser nicht, Frau Tante. Ich weiß nicht, wie man es richtig macht.«

»Dann laß mich das erledigen.« Resolut begann sie am Truthahn herumzuschneiden. Zwischendurch warf sie ihm, der sehr aufrecht und steif am Tisch saß, einen verwunderten Blick zu. »Du hast mich ›Frau Tante‹ genannt. Ist das in Indien üblich?«

Er hatte den Sinn der Frage nicht verstanden und sah sie verwirrt an. »Sagt man in Indien: ›Frau Tante‹?«

»Ja, Madam.«

»Ach so. In Amerika sagen Jungen in deinem Alter gewöhnlich ›Tante‹. Obwohl natürlich gegen ›Frau Tante‹ auch nichts einzuwenden wäre«, sagte sie mit einem Schulterzucken, durchtrennte sachkundig die Sehnen eines Truthahnbeines und teilte es vom Rumpf. »Ich fürchte allerdings, daß deine Altersgenossen es etwas ungewöhnlich fänden, wenn sie hörten, daß du zu mir ›Frau Tante‹ sagst.«

Jeffrey nickte, dankbar für ihr Verständnis. Sie hatte sich bemüht, ihm etwas beizubringen, ohne ihn dabei lächerlich zu machen, und sie tat, was in ihrer Macht stand, damit er sich daheim und geborgen fühlte. Als er aber das riesige Truthahnbein sah, das sie von der Gabel auf seinen Teller schob, wäre er doch am liebsten auf und davon gerannt.

»Stimmt etwas nicht?« fragte sie. »Ißt du lieber helles Fleisch?«

Er schüttelte den Kopf.

»Nimm dir selbst von den Kartoffeln und Möhren; ich hoffe, du magst sie!« forderte sie ihn auf. »Wenn die Zeit nicht so knapp gewesen wäre, hätte ich uns etwas Besonderes gemacht, zum Beispiel einen saftigen Rostbraten.«

»Ich mag Kartoffeln und Möhren sehr gern, vielen Dank, Tante.«

Jeffrey häufte sie sich auf den Teller, hielt sie aber sorgsam vom Fleisch fern.

»Hier ist Soße«, sagte Tante Betty und hielt ihm die Schüssel entgegen.

Einen Augenblick zögerte er, ehe er sie ihr aus der Hand nahm.

»Wird das aus dem Saft dieses Tieres gemacht?« fragte er.

Sie lachte. »Natürlich. Ich nehme nie Bratensaft aus der Büchse oder dieses tiefgefrorene Zeug. Einen besseren Truthahn als den hier bekommst du in der ganzen Stadt nicht! Er ist aus Ralstons Delikatessengeschäft. Das ist auch der beste Fleischer am Ort. – Stell dir vor: Die Ralstons haben schon deinen Großvater versorgt!«

Jeffrey hielt die Schüssel mit beiden Händen über seinen Teller.

»Diese Soße wird also aus Fleisch gemacht?«

Sie blickte ihn erschrocken an. »Jeffrey, irgend etwas ist nicht in Ordnung.«

Er reichte ihr die Sauciere zurück. »Ja, Madam.«

»Dann sag's mir, Junge.«

»Ich esse kein Fleisch.«

Tante Betty legte die Gabel neben den Teller, kaute den Truthahnbissen in ihrem Mund fertig, schluckte und sagte dann: »Bist du so etwas wie ein Vegetarier, Jeffrey?«

Er nickte, den Blick auf seinen Teller gesenkt. »Ich esse weder Fleisch noch Eier, noch Speisen, die mit tierischem Fett zubereitet werden, Tante Betty.«

»Hat dir das dein Vater beigebracht?«

»Ja, Madam.«

»Wann bist du Vegetarier geworden?«

»Als ich auf die Welt kam.«

»Du lieber Himmel!«

»Ich habe noch nie Fleisch zu mir genommen. Wenn ich weiß, daß eine Speise Fleisch oder Eier enthält, esse ich sie nicht.«

»Du armes Kind!« sagte Tante Betty.

»Ach, das ist schon okay«, sagte er, um sie zu beruhigen.

»Wie willst du denn da gesund bleiben und wachsen, Junge?«

»Es ist wirklich okay, Tante. Ich bin daran gewöhnt. Es macht mir nichts aus.«

Sie lehnte sich über den Tisch. »Tust du das aus irgendeiner Überzeugung heraus?«

»Meine Eltern haben kein Fleisch gegessen, also esse auch ich keines.«

»Es war also *ihre* Überzeugung?«

Jeffrey nickte.

Sie hatte eine Kartoffel auf die Gabel gespießt, legte sie aber wieder hin. »War es ihre *religiöse* Überzeugung?«

Jeffrey nickte.

»Junge – bist du ein Christ?«

»Nein, Madam.«

»Hat Warren dich ohne – hat er dich – *so* aufgezogen?«

»Ja, Madam. Meine Eltern waren Hindus.«

»Hindus«, wiederholte Tante Betty und ließ Messer und Gabel nun endgültig fallen. »Bedeutet das, daß sie irgendein Idol angebetet haben?«

»Ja, Madam. Sogar mehr als eines. Sie haben aber auch zu Jesus Christus und Allah gebetet. Vater hat immer gesagt, Gott hat viele Namen und Gestalten und bleibt doch stets derselbe.«

»Ja, das hört sich ganz nach Warren an – jedenfalls ist es tief empfunden«, kommentierte Tante Betty und nahm seufzend die Gabel wieder auf. – »Jeffrey«, fragte sie nach langem Schweigen, »bist du ein Hindu?«

»Ich war einer.«

»Und jetzt?«

Jeffrey schüttelte den Kopf. »Ich weiß nicht, was ich jetzt bin, Tante.«

»Ich kann dich verstehen«, erwiderte sie leise. »Du hast eben in letzter Zeit viel mitgemacht.«

Wieder schwieg sie lange, dann sagte sie: »Aber was immer du auch bist, ob Hindu oder Christ oder was sonst, du ißt jedenfalls kein Fleisch.«

»Ich bin es nicht gewohnt, Tante.«

»Also gut. Dann sollst du auch weiterhin so essen, wie du es gewohnt bist. Ich habe allerdings noch nie vegetarisch gekocht; du wirst mir also helfen müssen. Wirst du das können?«

»Ja, Tante. Vielen Dank!«

»Ein Vegetarier«, sagte sie kopfschüttelnd.

Dann fügte sie hinzu mit ihrem gewohnten breiten

Lächeln: »Man wird eben nie zu alt, um nicht doch noch etwas dazulernen zu können!«

»Danke«, sagte er und hielt sich an die trockenen Kartoffeln. »Die sind gut«, lobte er und kaute. »So, wie sie sind, sind sie ausgezeichnet.«

»Ich freue mich, daß du sie gut findest. – Komm, laß mich dir das abnehmen!« Sie langte mit ihrer Gabel auf seinen Teller und spießte das riesige Truthahnbein auf.

»Die Möhren sind auch prima«, sagte er mit vollem Mund.

»Iß, soviel du willst.« Eine Zeitlang starrte Tante Betty nachdenklich das Truthahnbein an, das nun auf ihrem eigenen Teller lag. Dann faßte sie einen Entschluß, seufzte, säbelte eine Scheibe ab und biß herzhaft hinein.

In den nächsten Tagen machte sich Jeffrey vor allem mit dem Haus vertraut. Wie einen Menschen, wie ein Mitglied der Familie wollte er es kennenlernen. Er ging von Zimmer zu Zimmer, um zu erleben, wie die Wintersonne durch die Fenster strömte und auf Gardinen, Tische und Teppiche fiel. Er lauschte dem Ticken der verschiedenen Uhren. Manche Räume hatten einen muffigen Geruch, weil sie nicht benützt wurden. Andere, etwa sein Zimmer und das seiner Tante, rochen nach frischem Leinen und Desinfektionsmitteln. Tante Betty verbrachte die meiste Zeit damit, das große Haus in Ordnung zu halten oder mit dem Bus in die Stadt zu fahren. Zweimal begleitete Jeffrey sie dabei, einmal, um eine warme Jacke mit Reißverschluß zu kaufen, und einmal zum Supermarkt. Er stand in der Mitte der Halle und starrte ungläubig auf die endlosen Reihen von Konservenbüchsen, tiefgekühlten Waren und die verwirrende Vielfalt des Angebots in den Regalen. In seinem Dorf kaufte man in den kleinen Läden ein oder bei den Straßenhändlern, die auf Holzkarren und von auf die Erde gebreiteten Matten Obst und Gemüse feilboten.

An der Bushaltestelle im Stadtzentrum ließ er den Blick über die großen Schaufenster der Läden gleiten, die den Platz säumten. Alle Straßen waren asphaltiert. Jede Straße hatte neben der Fahrbahn einen eigenen Gehsteig, und die Häuser waren deutlich von den Wegen abgesetzt. Überall fuhren Autos – nicht die kleinen Ambassadors, die er von Indien kannte, sondern riesige, chromblinkende Fahrzeuge; und die Lastwagen waren zwei- oder dreimal so groß wie die indischen. Und nicht eine einzige Kuh oder Ziege streunte gemächlich durch die Straßen ...

Vor allem interessierten ihn aber nach wie vor das Haus und die Menschen, die es ein Jahrhundert lang beherbergt hatte. Zu den Mahlzeiten kochte Tante Betty für sich meist etwas Fleisch als Beilage zu Jeffreys Gemüse, dem er mit großzügigen Zugaben von schwarzem Pfeffer die erforderliche Würze gab. Er aß mit Genuß und lauschte aufmerksam den zahllosen Geschichten, die Tante Betty über die Familie Moore zu erzählen wußte. So erfuhr er etwa, daß der Mann, der mit ernstem Blick den Platz über dem Kamin im Wohnzimmer dominierte, sein Urgroßvater war. Er war Advokat gewesen und hatte dieses Haus in seiner knapp bemessenen Freizeit selbst gebaut.

Einmal führte Tante Betty ihn nach dem Abendessen nach oben, suchte unter den vielen Schlüsseln, die sie an einer langen Kette trug, den richtigen heraus, sperrte eine Tür auf und ließ Jeffrey eintreten.

Das Zimmer war kalt, dumpf und stickig. Sie schaltete das Licht an und wies auf ein großes Himmelbett mit einer bunten Steppdecke und einer weißen Spitzengardine um den Baldachin.

»Hier, in diesem Bett, wurde dein Vater geboren«, sagte sie und legte Jeffrey die Hand auf die Schulter. »Auch ich kam hier auf die Welt. Dein Urgroßvater und deine Urgroßmutter starben in diesem Bett. Deine Großmutter hat hier ihren letzten Atemzug getan. Nur dein Großvater ist im Krankenhaus gestorben. Er wollte nach Hause kommen, aber da war es schon zu spät. Ich mache mir noch heute Vorwürfe, daß ich ihn nicht rechtzeitig zurückgeholt habe in dieses Bett, in das sich auch seine Frau – meine Mutter – gelegt hatte, als ihre Zeit gekommen war; auf dieses Lager, das auch seine Eltern zum Sterben aufgesucht hatten.«

Tante Betty stand jetzt neben ihm. Sie starrte so gebannt auf das Bett, als sähe sie jemand darin liegen.

Ein kurzer Gedanke durchzuckte ihn: Flammen schossen aus dem Bett, prasselnde Flammen; auf der Bettdecke lag eine Leiche, nur noch ein Knochengerüst – und richtete sich plötzlich auf...

»Siehst du«, sagte Tante Betty mit schwachem Lächeln, »dieses Haus steckt voll Erinnerungen – und jetzt ist es auch deines, Jeffrey.«

Eines Nachmittags führte sie ihn in das unbewohnte dritte Stockwerk, dessen vier Räume nun vor allem als Abstellkammern dienten. Jeffreys Urgroßeltern hatten sechs Kinder gehabt, deshalb war das Haus so groß. Aber nur eines der Kinder – Jeffreys Großvater – war in der Stadt geblieben; die anderen hatte es in alle Winde zerstreut.

»Sie waren rast- und ruhelos wie dein Vater«, kommentierte Tante Betty.

Jeffrey schlenderte langsam von einem Raum zum nächsten. Obwohl die Zimmer darunter gelitten hatten, daß sie jahrzehntelang nicht benutzt worden waren, fand er sie nicht unpersönlich oder abweisend. Etwas war in ihnen gegenwärtig. Es hätte ihn nicht überrascht, plötzlich einer Gestalt zu begegnen, die aus einer der verschlossenen Nebenkammern oder aus einem Schrank kam und nach einer jahrhundertalten Mode gekleidet war.

Jeder Raum gewann durch eine Fotografie oder durch bestimmte Gegenstände seinen ganz persönlichen Charakter. So war etwa ein Großonkel Jeffreys nach vierzig Jahren in Afrika mit einer Sammlung von Gewehren zurückgekommen und hatte sie in einem verglasten

Schrank untergebracht. Ein anderer Großonkel hatte aus aller Welt Zinnteller zusammengetragen . . .

Dieses Haus war in einer Weise bewohnt, bevölkert, daß Jeffrey, allein mit seiner Tante, sich nie einsam fühlte. Erinnerungen zogen durch die Gänge und Räume: lautloses Kindergeschrei, unhörbare Schritte auf dem Korridor, den seine Tante immer noch spiegelglatt pflegte.

Jeffrey fürchtete sich nicht vor dem Haus. Er begriff, daß es durch und durch mit Leben erfüllt gewesen war, daß sich Spuren davon in seinen Mauern erhalten hatten und daß es auf eine selbstverständliche Weise bis auf den heutigen Tag bevölkert blieb. Es war, gewissermaßen, ein Ersatz für sein Dorf: Er selbst konnte nach Belieben die Gemeinschaft seiner unbekannten Vorfahren heraufbeschwören, und sie kamen, um jede Furcht oder Einsamkeit von Jeffrey abzuwenden.

Am vierten Tag nach seiner Ankunft besserte sich das Wetter plötzlich. Der Schnee glänzte in der Sonne und begann zu schmelzen; er zog sich von den Bäumen und Sträuchern zurück, schrumpfte und gab den Boden frei. Jeffrey ging nach draußen in den Garten. In der Sonne war ihm warm, aber wenn er auf der windzugewandten Seite des Hauses in den blauen Schatten stand, spürte er noch die ungewohnte Kälte im Gesicht und an den Händen. Wie schade, daß Rama nicht hier sein konnte, um dieses Erlebnis mit ihm zu teilen.

Er blickte hinauf zum Wetterhahn und sah, wie kleine eisige Wölkchen über das schmale, langgestreckte Grundstück zogen, auf dem das Haus sich befand, sein Haus. *Sein* Haus? Tante Betty hatte gesagt, es sei nun das seine, und er gehöre zu ihm. So, wie Rama zu dem großen Haus im Dorf gehörte. Jetzt erst merkte Jeffrey, daß es ihn immer ein wenig neidisch gemacht hatte, wenn Rama oder jemand aus seiner Familie voll Stolz und Befriedigung von vergangenen Generationen erzählt hatte. Aber wie, fragte sich Jeffrey, konnte man zu etwas gehören, das man kaum kannte? Und doch war es so: Er gehörte zu diesem Haus, zu diesem fremden Land, zu diesem seltsamen Winter, zum Schnee unter seinen Füßen. Die Frau, die hier lebte und jetzt in der Küche arbeitete, würde ihm immer und immer wieder sagen, daß dies seine Heimat war, sein Erbe.

Gegen Ende seiner ersten Woche in Amerika, als er wieder einmal durch den mittlerweile schneefreien, aber dafür schlammigen Garten schlenderte, lernte er ein neues, überwältigendes Gefühl kennen: Was ihn umgab, gehörte ihm, und er seinerseits war ein Teil des Ganzen – jeder Baum und Strauch, jeder Flur, jeder Tisch war ein Stück *seiner* Existenz und trug den Stempel *seines* Lebens. Obgleich er immer gemeint hatte, er gehöre zum Dorf, wurde ihm jetzt bewußt, daß er sich dessen insgeheim nicht immer so sicher gewesen war: Sein sandhelles Haar, seine blauen Augen, seine helle Haut hatten ihm letzte Gewißheit stets unmöglich gemacht. Aber gehörte er wirklich hierher? Ja! Und doch wieder nicht. Denn vor dem Gartentor begann der asphaltierte Gehsteig, der in eine gänzlich fremde Welt führte. Solange er sich nicht in dieser Stadt zurechtfand, war sein neues Bewußtsein zum Teil nur geheuchelt, verdächtig, ebenso oberflächlich wie das Gefühl, zu dem Dorf zu gehören, in dem er einst gelebt hatte.

Am achten Tag nach seiner Ankunft in Amerika ging Jeffrey mit Tante Betty in die Schule. Sie vereinbarte mit dem Direktor, daß er, nach einer Prüfung, verspätet eingeschult werden sollte. Noch am selben Nachmittag legte er im Büro des Direktors diese Prüfung ab, die beinahe eine Stunde dauerte. Nachdem sie eine weitere Stunde gewartet hatten – Tante Betty hochaufgerichtet, ungewöhnlich schweigsam –, erfuhr Jeffrey, daß er die seinem Alter entsprechende Klasse besuchen könne, obwohl er begreiflicherweise in Geschichte recht schlecht abgeschnitten hatte. Im Aufsatz entsprach er gerade noch den Minimalanforderungen, Mathematik hatte ihm nicht die geringsten Schwierigkeiten bereitet.

Tante Betty war sehr zufrieden. »Du hättest deinen Vater in der Schule erleben müssen«, sagte sie. »Ein messerscharfer Verstand. Aber Warren neigte dazu, alles auf die leichte Schulter zu nehmen. Nicht, daß er eigentlich faul gewesen wäre . . .«

Jeffrey schielte heimlich zu drei Jungen hinüber, die den Korridor entlang gingen. Sie waren einen Kopf größer als er, hatten breite Schultern und langes Haar.

». . . es lag ihm eben nichts daran zu glänzen. Das blieb auch so, als er ins College kam. Obwohl die Professoren immer wieder auf seine Begabung hinwiesen. Seinem Vater – deinem Großvater – brach beinahe das Herz. Und doch, obwohl er nach außen hin so unbekümmert wirkte, hatte Warren einen eisernen Willen.«

Andere Jungen kamen. Auch sie waren groß. Selbst die Mädchen waren größer als er. Jeffrey war die kleinen, dünnen, zartgebauten Menschen im Süden Indiens gewohnt; dort hatte er für sein Alter als groß gegolten.

War er denn wirklich so klein? Am nächsten Morgen, als er die Klasse betrat, mußte er feststellen, daß er unter seinesgleichen eher schmächtig war. Er war allein mit dem Bus gekommen, obwohl Tante Betty ihn zumindest am ersten Tag begleiten wollte. Als er aber fest blieb, bestand sie nicht weiter darauf. »Tu, was du für richtig hältst«, sagte sie – und dabei lächelte sie auf eine Weise, die besser als alle Worte ausdrückte, daß sie einander verstanden.

In der Klasse waren knapp fünfundzwanzig Schüler, und der Lehrer stellte ihn als »Jeffrey Moore aus Indien« vor. Einige Mitschüler musterten ihn neugierig; ein paar scharten sich sogar nach der Stunde um ihn und wollten wissen, woher er kam. Aber schon der lange, schwer nachzusprechende Name seines Dorfes überforderte sie, und mit einem Schulterzucken gingen sie ihrer Wege. Er blieb allein und ließ sich in den Pausen wie alle anderen auf dem Flur stoßen und drängen. Nur seine zögernde, unsichere Haltung und seine Einsamkeit unterschieden ihn von seinen Mitschülern. Aber ihm war das nur recht. Es war klüger, sich Schritt für Schritt mit diesen fremden, neuen Menschen abzufinden, deren laute Stimmen, zappelige Bewegungen und rüde Manieren sich mit nichts vergleichen ließen, was er aus seinem Dorf kannte. Dort zwang die Hitze auch die jungen Menschen – zumindest in den Mittagsstunden – zu verhaltenen, energiesparenden Bewegungen, und es war ungebührlich, laut zu lachen oder zu schreien. Es würde ihm auch nicht leichtfallen, sich an die Klassenzimmer zu gewöhnen. Allein der Gedanke, im Lauf des Tages von einem Raum zum anderen zu wechseln, war ihm fremd. Die Räume hatten Zentralheizung; heißes Wasser strömte durch Röhren, und auf den Fensterscheiben schlugen sich Dampfbläschen nieder, bis Drinnen und Draußen durch einen grauen Schleier getrennt waren. Jeffrey war noch nie in einer Klasse mit verglasten Fenstern gewesen. Ja, wenn der Monsun allzusehr wütete, schloß man vorübergehend die Läden, aber sonst hörte man den Ausführungen des Lehrers oder den Übungen eines Mitschülers zu, während dicht daneben eine Krähe auf einem dünnen Zweig schaukelte und aus schwarzen Knopfaugen kritisch herüberschaute. Oder man beobachtete, wie sich eine grüne Schlange um den Stamm eines Strauches ringelte, der in voller Blüte stand. Nein, es machte ihm wirklich nichts aus, allein zu bleiben, bis er sich besser zurechtgefunden hatte: Er mußte sich erst mit den Aufgabenstellungen, dem ungewohnten Arbeitsstil und den lockeren Umgangsformen seiner Mitschüler und Lehrer vertraut machen. Er war schockiert, zu sehen, daß Jungen und Mädchen einander in den Pausen an den Händen hielten. Im Dorf war es üblich, daß ein Junge einen anderen, ein Mädchen ein anderes an der Hand faßte, aber das war auch schon alles! Was dachten sich hier eigentlich die Lehrer dabei, wenn sie einen Jungen und ein Mädchen mit ineinandergeschlungenen Fingern den Flur entlangschlendern sahen?

Tatsächlich lernte er mit jedem Tag die Schule besser kennen und fand bald heraus, was von ihm erwartet wurde. Ein Lehrer wies ihn freundlich darauf hin, daß es nicht notwendig sei, jedesmal aufzuspringen und strammzustehen, wenn man aufgerufen wurde. Allmählich begriff er auch, daß bei schriftlichen Arbeiten eine »blumige« Ausdrucksweise nicht erwünscht war. Einmal schrieb die Lehrerin quer über das Blatt: »Drück dich knapp und präzise aus!« Woher sollte sie auch wissen, daß sein Lehrer in der Missionsschule seine Reife und sein Verständnis für Shakespeare daran maß, daß Jeffrey ihn »den großen Barden des Jahrhunderts« nannte und seine Dramen als »über alle Vergleiche erhabene Meisterwerke« pries. Bei einem Test in amerikanischer Geschichte fiel Jeffrey katastrophal durch, aber hinterher beruhigte ihn der Lehrer – zu seiner großen Erleichterung – mit dem Hinweis: »Nimm es nicht tragisch; schließlich ist alles ja noch neu für dich!«

In der Mittagspause stellte er sich mit den anderen Schülern im Speisesaal an. Der Raum war überfüllt und laut, es herrschte beängstigendes Gedränge.

Die Mittagspause war eine schwierige Zeit für Jeffrey. Die Speisen wurden von älteren Mitschülern ausgegeben, die beinahe täglich wechselten und nicht verstehen konnten, warum er sagte: »Davon kann ich nichts nehmen!« und den Teller zurückzog, ehe ein riesiger Hamburger darauf abgeladen wurde. Das trug ihm jedesmal verwunderte Blicke ein, manchmal auch eine bissige Bemerkung: »Was gibt es denn daran auszusetzen?« Oder: »He, das Zeug beißt nicht!«

Auch wenn er versuchte, die Zusammenstellung eines Desserts zu ergründen, stieß er meist auf Verständnislosigkeit.

»Wird das mit Eiern zubereitet?« fragte er etwa und zeigte auf eine Schüssel.

»Klar doch. Womit sonst?« Und schon reichte man ihm eine Portion.

»Nein. Nein, danke!« Und er zuckte mit seinem Tablett zurück, was oft mit einem überraschten Kichern oder wütendem Stirnrunzeln quittiert wurde.

Einmal näherten sich zwei Jungen aus seiner Klasse Jeffreys Tisch.

»Hast du was dagegen, wenn wir uns zu dir setzen?«

Jeffrey schüttelte stumm den Kopf. Er kannte die beiden. Der Große war ein Basketballspieler, den Jeffrey schon am ersten Tag im Turnsaal beim Spiel beobachtet hatte. Tom Carrington war mit Abstand der größte unter den Vierzehnjährigen, er war überhaupt einer der größten Jungen der Schule. Jeffrey war mit den Feinheiten des Basketballspiels nicht vertraut, aber an der Art, wie Carrington mit dem Ball umging, hatte er Toms natürliche Begabung und hartnäckige Entschlossenheit erkannt. Jeffrey bedauerte, daß die Saison bereits vorbei war; er hätte gern einmal ein Spiel gesehen.

Der andere Junge war nicht so groß, gehörte aber ebenfalls zum Basketball-Team. Er starrte mißbilligend auf Jeffreys Teller. Jeffrey verstand nicht, was daran Phil Bookers Aufmerksamkeit so fesseln konnte.

»Warum ißt du denn gar nichts?« fragte Phil schließlich verwundert und stieß die Gabel in einen der drei Hamburger, die er auf seinem Teller aufgeschichtet hatte.

»Aber ich esse doch«, sagte Jeffrey.

»Er will wissen, warum du kein Fleisch ißt«, erklärte Tom Carrington.

»Das wärmt dich auf! Du siehst ohnehin immer ganz verfroren aus.«

Es stimmte, daß Jeffrey meist fror. In der Vorwoche war der Turnsaal wegen Reparaturarbeiten gesperrt gewesen, so daß die Turnstunden im Freien gehalten wurden. Die meisten Jungen spielten Fußball oder liefen ein paar Runden. Jeffrey aber hatte sich an den Rand der Bahn zurückgezogen, hüpfte von einem Fuß auf den anderen und vergrub die Hände in den Taschen, um sich warm zu halten.

»Nimm einen von meinen!« sagte Tom abrupt und schob ihm den Teller mit den Hamburgern hin.

»Nein, vielen Dank. Ich will keinen.«

»Warum? Bist du vielleicht einer von diesen Gesundheitsaposteln?« fragte Phil und kaute mit vollem Mund.

»Gesunde Apostel?« wiederholte Jeffrey.

»Ach, du weißt schon: Einer von denen, die Weizenkeime, Samen und organisches Zeug fressen. Oder kennt man das bei euch in Indien gar nicht?«

»Doch«, antwortete Jeffrey rasch und schob etwas trockenes Gemüse auf seine Gabel. »Ich bin kein gesunder Apostel. Ich esse bloß kein Fleisch.«

»Ach so, du bist ein Vegetarier!« folgerte Tom.

Jeffrey lächelte und nickte.

»Klar. Was ich gesagt habe: ein Gesundheitsapostel!« rief Phil und ertränkte seine Hamburger in Ketchup.

»Sind eigentlich alle Inder Vegetarier?« wollte Tom wissen.

»Manche ja, manche nicht.«

»Nach dem, was ich bisher über Indien gehört habe«, sagte Phil, »sind die Leute dort so arm, daß sie alles essen, was ihnen zwischen die Finger kommt.« Er wandte sich an Tom: »In der letzten Klasse ist auch einer von diesen Vegetariern.«

»Wer?« fragte Tom.

»Keine Ahnung, wie er heißt. Aber du kennst ihn; eine zaundürre halbe Portion – etwa in seiner Größe.« Phil wies mit der Gabel auf Jeffrey. »Der mit der Brille.«

»Meinst du den, der sich bei allen Diskussionen so hervortut?«

»Genau den. Ein Gesundheitsapostel!« sagte Phil fröhlich und stieß mit der Gabel wieder nach Jeffrey. »Wie du.«

»Gegen gesundes Leben hab ich nichts«, gab Tom zu bedenken.

»Nein? Mein Vater sagt, es ist bloß eine Mode.«

»Hör einmal«, sagte Tom, »wenn ich damit meine Trefferquote bei Freistößen auch nur um fünf Prozent verbessern könnte, würde ich sogar trockenes Laub fressen.«

Jeffrey Moore rülpste laut und wiederholt, wie er es aus Indien gewohnt war, um das Ende der Mahlzeit zu signalisieren. Er fragte sich, ob seine Mitschüler wohl mehr von ihm hielten, wenn er Fleisch äße. War es in Amerika erforderlich, daß man Fleisch aß, um Freunde zu gewinnen? Bei Tom Carrington schien das nicht notwendig zu sein, aber bei Phil Booker war er sich nicht so sicher. Noch einmal rülpste er mit Nachdruck und sah erstaunt, daß ihn die beiden angewidert anstarrten.

»Ich bin es eben gewohnt, kein Fleisch zu essen«, sagte er erklärend. Aber offensichtlich konnten sich die beiden Jungen mit einer solchen Gewohnheit nicht abfinden, denn noch immer starrten sie ihn mißbilligend an. Dann wechselten sie heimliche Blicke, standen auf und nahmen ohne ein weiteres Wort an einem anderen Tisch Platz.

Was hatte er falsch gemacht? Er hatte das Fleisch zurückgewiesen. Warum sollte er aber auch etwas essen, das beinahe jeder in seinem Dorf mied, sogar entschieden ablehnte? Eine Mode? Diese Mode hatte in Indien immerhin tausend Jahre überlebt. Er betrachtete Tom und Phil, die sich eifrig ihren Hamburgers widmeten und Jeffrey von Zeit zu Zeit anstarrten. Dann steckten sie die Köpfe zusammen und tuschelten. Sie sprachen über ihn, denn hie und da schauten sie ihn vorwurfsvoll an. Es wird nicht einfach sein, in Amerika zu leben, dachte er. Nur wenige Menschen waren so verständnisvoll und tolerant wie seine Tante. Am Abend, beim Essen, berichtete er ihr von seinem Erlebnis. Ehrlich erstaunt runzelte Tante Betty die Stirn und sagte: »Das verstehe ich nicht, Jeffrey. Ich kann mir nicht vorstellen, daß Jungen in deinem Alter nur deshalb wütend werden, weil du kein Fleisch ißt. Daß sie sich ein wenig über dich lustig machen, das schon – aber daß sie gleich aufstehen und sich einen anderen Platz suchen?« Sie schüttelte verständnislos den Kopf.

Dann plötzlich, nach dem Essen, fuhr sie auf: »Jeffrey! Nicht schon wieder!«

»Was denn?«

»Weißt du, was du gerade gemacht hast?«

»Was denn?«

»Jetzt gerade!«

Jeffrey überlegte, was er denn in den vergangenen Minuten gesagt und getan hatte, und antwortete dann mit unsicherem Lächeln: »Ich habe gegessen, Tante.«

»Und gerülpst! Du bist dagesessen und hast mir geradezu ins Gesicht gerülpst, ohne dich hinterher zu entschuldigen!«

Hatte er gerülpst? Er konnte sich nicht erinnern. Und wenn auch, warum regte sich seine Tante so darüber auf? Sie blickte ebenso entgeistert drein wie die beiden Jungen heute mittag im Speisesaal. Er lächelte zaghaft.

»Wenn es wenigstens eine Ausnahme gewesen wäre! Aber nach *jeder* Mahlzeit!« Sie unterbrach sich und sagte dann, in ganz anderem Ton: »Jeffrey, weißt du überhaupt, wovon ich spreche?«

»Nein, Tante.«

»Hast du das vielleicht auch heute in der Schule gemacht – im Speisesaal?«

»Was, Tante?«

»Gerülpst. So wie jetzt.«

Er zuckte mit den Schultern. »Wahrscheinlich. Ich kann mich leider nicht mehr erinnern.«

»Vielleicht hast du gerülpst, während die beiden Jungen an deinem Tisch saßen.«

Jeffrey nickte nachdenklich. »Schon möglich.«

Tante Betty schien sich allmählich wieder zu beruhigen. Sie beugte sich zu ihm. »Jetzt hör einmal zu! Hierzulande ist es nicht üblich, in aller Öffentlichkeit zu rülpsen. Man läßt den Kindern ja heutzutage manches durchgehen, aber man bringt ihnen nach wie vor bei, daß es ungehörig ist zu rülpsen. Und wenn es sich schon nicht vermeiden läßt, hält man dabei den Mund geschlossen und entschuldigt sich hinterher. Du lieber Himmel! Weiß man denn in deinem Dorf nicht, wie man sich entschuldigt?«

»Nein, Tante.«

»Aber dein Vater hätte es dir beibringen können!«

»Dad und ich haben immer auf indische Art gegessen.« Jeffrey fuhr mit der rechten Hand mitten in den Kartoffelbrei auf seinem Teller, schaufelte mit den Fingerspitzen ein wenig davon heraus, formte mit den Daumen ein Breibällchen und ließ es sich in den Mund fallen. Nachdem er den Bissen geschluckt hatte, wischte er die Finger sauber und lehnte sich zurück. »So geht das. Wir essen die Kartoffeln allerdings mit grünem Pfeffer. Auf scharf gewürzte Speisen muß man rülpsen, also rülpsen wir. Niemand findet etwas daran. Es ist einfach okay.«

Seine Tante schüttelte traurig den Kopf. »Trotzdem hätte Warren dir bessere Manieren beibringen können.«

Tante Betty merkte, daß er verletzt war, und versuchte, sich zu verteidigen. Sie räusperte sich und sagte: »Also gut. Jetzt weißt du jedenfalls, wie wir es hier in der Stadt damit halten – in *deiner* Stadt, Jeffrey.«

»Ja, Madam. Jetzt weiß ich es.«

»Wie schade, daß es keine Möglichkeit gibt, deinen Mitschülern begreiflich zu machen, daß du aus einer anderen Welt kommst.«

»Eines Tages werden sie mich schon verstehen.«

Tante Betty lächelte. »So ist's recht! Man muß Geduld haben und darf die Hoffnung nicht aufgeben! Das hat auch dein Großvater immer gesagt: Mit Geduld und Zuversicht läßt sich alles erreichen!«

Die Art, in der Tante Betty jetzt mit ihm sprach, beruhigte Jeffrey wieder. Von seinem Platz aus konnte er über dem Kamin das feine, volle Gesicht, die weißen Haare und den ernsten Blick seines Urgroßvaters sehen.

In der Nacht, in sein noch immer ungewohnt weiches Bett gekuschelt, während ein eisiger Wind an den Fensterläden rüttelte, dachte Jeffrey wieder an den würdigen alten Mann – und an seinen Großvater, dessen Porträt auf dem Flur im Obergeschoß hing. Und wieder sah er die Asche seines Vaters in der trägen Strömung des Cauvery-River versinken. Ihm war, als hätten sich alle drei Männer an seinem Bett versammelt, um ihm gute Nacht zu sagen; Gut-Nacht, Gut-Nacht, im Rhythmus der tickenden Uhr neben seinem Kopfkissen.

In der Schule wurde die Turnhalle wieder eröffnet, und schon zur nächsten Stunde konnte seine Klasse das Schwimmbad benützen. Nachdem sie geduscht hatten, liefen sie in einer Gruppe von fünfzehn Jungen zum Becken und sprangen hinein oder tauchten, während der Schwimmlehrer, ein fetter Mann mit einer Trillerpfeife um den Hals, sie beobachtete. Jeffrey beobachtete seine Mitschüler, um zu sehen, wie gut sie schwimmen konnten. Kaum jemand war so unbeholfen wie er, der sich – wie die meisten Jungen im Dorf – das Schwimmen selbst beigebracht hatte. Er, Rama und drei andere waren einfach zum Dorftümpel gegangen, hineingewatet, bis ihnen das Wasser an den Hals reichte, und hatten dann versucht, auf irgendeine Weise das Ufer zu erreichen. So hatten sie alle schwimmen gelernt – aber nicht mit der rhythmisch aufeinander abgestimmten Bewegung von Armen und Beinen wie diese Amerikaner. Er kam sich lächerlich vor, wenn er von einem Beckenrand zum anderen strampelte.

Als die Trillerpfeife schrillte, kletterten alle aus dem Wasser und warteten auf neue Anweisungen. Der Lehrer teilte die Gruppe für ein Wettschwimmen in zwei Teams. Jeder Schüler sollte eine Länge schwimmen; sobald er mit der Hand anschlug, konnte der nächste starten, und so fort, bis eine Gruppe gewonnen hatte.

Jeffreys Team hielt sich gut, bis er selbst an die Reihe kam. Er sprang hinein – es war das erstemal, daß er nicht vom Rücken eines Büffels sprang – und strampelte blindlings drauflos. Zweimal stieß er an den Rand des Beckens, und als er endlich die Strecke hinter sich gebracht hatte, besaß das gegnerische Team beinahe eine halbe Länge Vorsprung. Jeffrey blickte auf und las aus den Gesichtern seiner Mitschüler erstmals eine deutliche Reaktion: Verachtung. Mit gesenktem Kopf kletterte er aus dem Becken. Sein Team verlor mit genau jenem Rückstand, den er ihm eingebracht hatte.

Anschließend schickte sie der Lehrer alle ins Wasser zurück. Er erklärte, daß sich durch das Anhalten der Luft die Kraft der Lungen verstärken und der allgemeine Gesundheitszustand verbessern lasse. »Wir wollen einmal herausfinden, wer von euch am längsten den Atem anhalten kann!« Er hielt jetzt eine Stoppuhr in der Hand. »Atmet ganz tief ein. Ich zähle bis drei, dann taucht und versucht, möglichst lange unten zu bleiben!«

Sie standen am seichten Ende des Beckens hüfttief im Wasser. Der Lehrer ließ sich Zeit, ehe er an das Ende des Sprungbretts trat. Währenddessen atmete Jeffrey rasch und stoßweise; er sog die Luft ein und streckte dabei ruckartig den Bauch vor – wie ein schnell arbeitender Blasbalg. Schon fühlte er, wie sich seine Lungen blähten. Als er den Schwimmlehrer »Eins, zwei drei!« rufen hörte, atmete Jeffrey voll durch und ließ sich unter das Wasser gleiten. Er schloß die Augen und konzentrierte sich auf den schwarzen Punkt über der Nasenwurzel, einen Punkt, den es nur in seiner Vorstellung gab. Allmählich, aber immer deutlicher, leuchtete dort der verschwommene weiße Fleck auf, den zu erkennen sein Guru ihm beigebracht hatte, vibrierte, pulste. Auf dieses rhythmisch zitternde Licht mußte er alle Sinne wenden, an ihm mußte er sein Bewußtsein verströmen lassen, bis er – schlagartig – wußte, daß die Luft aufgebraucht war, daß sein Körper ihn mahnte, erneut einzuatmen. Also glitt er an die Wasseroberfläche und begann – auch das hatte er gelernt und trainiert –, mit äußerster Selbstkontrolle langsam und mit einer einzigen vollen Bewegung des Zwerchfells wieder Luft zu holen. Die anderen Jungen hatten sich am Beckenrand versammelt und starrten ihn an; einigen stand vor Staunen der Mund offen. Jeffrey befand sich als einziger im Wasser.

Der Schwimmlehrer auf dem Sprungbrett blickte abwechselnd auf seine Stoppuhr und auf Jeffrey. »Zwei Minuten«, meldete er, als könne er es selbst nicht glauben, »und dreiundzwanzig Sekunden!«

Jeffrey watete auf die Treppe zu.

»Zwei dreinundzwanzig«, wiederholte der Lehrer. »Sag einmal, Junge, wie heißt du?«

»Jeffrey Moore, Sir.«

»Also, Jeffrey Moore, ich bin jetzt fünfzehn Jahre an dieser Schule, aber noch nie ist jemand über zwei Minuten hinausgekommen!« Er musterte anerkennend Jeffreys schmächtigen Körper. »Okay!« rief er den anderen zu. »Freie Beschäftigung!«

Den Rest der Stunde verbrachten die Jungen damit, zu schwimmen, einander zu verfolgen oder unterzutauchen. Auch Jeffrey schwamm noch ein wenig, kletterte aber bald aus dem Bassin, lehnte sich an die Wand und sah den anderen zu. Viele von ihnen guckten immer wieder zu ihm herüber.

Im Umkleideraum klopfte ein Mitschüler Jeffrey auf die Schulter und fragte: »Wie hast du das gemacht? Wieso kannst du so lange unter Wasser bleiben?«

Nach all den läppischen und halbherzigen Fragen, die man ihm bisher gestellt hatte, war dies die erste ernst gemeinte. Bereitwillig erklärte Jeffrey: »Es ist gar nicht schwer, sobald du Bhastrika-Pranayama gelernt hast.«

»Was?«

»Eine bestimmte Atemtechnik. Ich kann sie dir zeigen.

Der Meister hat sie mir beigebracht. Es ist gar nicht so schwer. Ich kann . . .«

Die Glocke läutete; die Stunde war zu Ende. Der Junge wandte sich ab, lief zu seinem Spind und schloß ihn. Alle drängten dem Ausgang zu, also zog auch Jeffrey sich fertig an und folgte ihnen. Auf dem Flur, unterwegs zum Geschichtsunterricht, klopfte ihm wieder jemand auf die Schulter. Diesmal mußte Jeffrey zu seinem Gegenüber aufblicken, denn es war Tom Carrington, der Basketballspieler.

»Ein paar Freunde kommen am Freitag nach der Schule zu mir. Wenn es dir Spaß macht, kannst du auch aufkreuzen.«

Jeffrey nickte. »Vielen Dank!« sagte er. Am liebsten hätte er hinzugefügt. »Und was das Rülpsen betrifft – tut mir leid! Ich hab's nicht besser gewußt.« Er blieb aber stumm und sah nur zu, wie Tom Carrington weiterschlenderte. In jenen letzten Tagen im Dorf, als sein Vater so oft mit ihm gesprochen hatte, als er versuchte, ihm so vieles zu vermitteln, hatten sie auch über Selbstvorwürfe gesprochen. Vater hatte gesagt: »Bedaure nie, was geschehen und vorbei ist. Konzentriere deine Energie auf das, was jetzt, in diesem Augenblick, geschieht.«

Folgerichtig bemühte sich Jeffrey, an den amerikanischen Bürgerkrieg zu denken, über den in der kommenden Stunde diskutiert werden sollte. Ganz ließ sich allerdings sein bescheidener Sieg in der Schwimmhalle nicht aus dem Gedächtnis drängen – ebensowenig wie die Hoffnung, daß man sein falsches Verhalten im Speisesaal bald vergessen würde. Robert E. Lee, Ulysses S. Grant. Er hatte seine Mitschüler auf sich aufmerksam gemacht; darauf kam es an. »Nicht eitel werden!« würde Vater ihn jetzt mahnen. Gut, dann war er eben eitel. Aber es tat ihm gut, zu wissen, daß er seinen Atem länger anhalten konnte als alle anderen.

Die ganze Woche lang freute Jeffrey sich auf den Freitag. Daheim, in seinem Dorf, war er nie einsam gewesen – zumindest nicht, bevor Vater starb. Er hatte mit seinen Altersgenossen Kricket gespielt, war mit ihnen schwimmen gegangen und auf Bäume geklettert und hatte mit Rama Giftschlangen gejagt. Ihm schien, als habe sich erst nach Vaters Tod die Welt von ihm zurückgezogen und ihn allein gelassen, allein mit der übermächtigen Erinnerung an ein loderndes Feuer, einen Fluß im Morgendämmern und einer Vogelschar, die vom Ufer aufstieg. Natürlich hatte Tante Betty alles mögliche unternommen, damit er sich wohl fühlte; mehr als das: Sie hatte ihm das Gefühl gegeben, daß das alte Haus seine neue Heimat war. Aber als Tom Carrington ihn zu sich einlud, hatte Jeffrey zum erstenmal wieder das Gefühl, in jene Welt zurückkehren zu können, die er vor Vaters Tod gekannt hatte.

Am Freitag nachmittag näherte sich Jeffrey aufgeregt – und ein wenig nervös – dem Haus der Carringtons. Als lange Zeit niemand auf sein Läuten reagierte, fürchtete er bereits, sich im Tag geirrt zu haben. Aber dann öffnete eine Frau die Tür, blickte ihn mißbilligend an und sagte: »Komm doch herein. Sie sind im Keller.« Sie war so kurz angebunden, daß Jeffrey begriff: Er hätte bloß einzutreten brauchen. Auf der Treppe dröhnten ihm bereits die harten Rhythmen von Rock-Musik entgegen.

Der Keller war spärlich erhellt. Nur über dem Billardtisch, an dem vier Jungen spielten, brannte eine starke Lampe. Auf dem engen Raum zwischen den Tischen tanzten zwei Paare. Tom Carrington saß auf einem Sofa und trank ein Coke. Neben ihm war Lucy Smith, ein hübsches Mädchen mit langen schwarzen Haaren, die sie jetzt zu Zöpfen geflochten trug. Jeffrey hatte Lucy oft in der Klasse beobachtet; wenn niemand sonst mit schwierigen Fragen zu Rande kam, wußte immer sie die richtige Antwort. Jeffrey ging auf Tom zu. Er wußte nicht, was man von ihm erwartete. Er stand da, ließ sich eine Weile von Tom und Lucy anstarren und setzte sich schließlich.

»Cokes sind im Kühlschrank«, sagte Tom und wies mit der Hand nach hinten zur Bar, wo auf gläsernen Borden Schnapsflaschen aufgereiht waren. Dann stand er ohne ein weiteres Wort auf und ging zum Billardtisch hinüber, um das Spiel zu verfolgen.

Vielleicht weiß er ebensowenig mit mir anzufangen wie ich mit ihm, dachte Jeffrey. Mit ihm – und mit allen.

»Ich habe von dir gehört«, sprach Lucy Smith ihn plötzlich an. Sie hatte Stahlklammern auf den Zähnen, war aber deshalb nicht weniger hübsch. »Du bist doch der, der länger unter Wasser geblieben ist als alle anderen.«

Jeffrey war überrascht. Hatte sich das bereits herumgesprochen?

»Keiner wollte glauben, daß du so lange durchgehalten hast!« Lucy musterte ihn von Kopf bis Fuß und setzte dann hinzu: »Jedenfalls siehst du bestimmt nicht aus wie einer, der seinen Atem zwei Minuten und dreiundzwanzig Sekunden lang anhält. Weißt du, was die Jungen gemacht haben? Sie sind zu Hank Foley gegangen, das ist der Star unseres Fußballteams. Sie haben ihm gesagt, er soll den Atem anhalten. Er ist nicht einmal annähernd an zwei Minuten herangekommen!«

Jeffrey kannte diesen Hank nicht, aber er konnte sich vorstellen, daß er viel größer und stärker war als er selbst.

»Das haben sie mir gar nicht erzählt«, sagte er.

Lucy lachte. »Weil ja auch keiner verstehen kann, wie du es machst. Wie machst du es eigentlich?«

Ihr einnehmendes Lächeln ermutigte ihn, und Jeffrey begann, ihr die wichtigsten indischen Atemtechniken zu beschreiben. Und weil sie darauf bestand, zeigte er ihr auch einige Übungen. Zum Dröhnen der Musik, während neue Partygäste in der Ecke tanzten und die Jungen die Billardkugeln zum nächsten Spiel aufstellten, demonstrierte er Bhastrika, Ujjayi und Sitali. Phil Booker, der das letzte Spiel verloren hatte, kam zum Sofa herangeschlendert, als Jeffrey gerade seine Zunge herausstreckte, sie wie ein welkes Blatt einringelte und durch diese Röhre tief einatmete, um Lucy eine weitere Technik zu zeigen.

Die Hände in die Hüften gestemmt, fragte Phil: »Was zum Teufel macht der Kerl?«

Sie brachte ihn mit einer ungeduldigen Handbewegung zum Schweigen und beobachtete Jeffrey, der mit lautem Zischen Luft einsog.

Phil murmelte etwas Unverständliches und trollte sich wieder.

Lucy wollte wissen, wozu man alle diese komplizierten Atemübungen machte.

»Um den Geist zu beruhigen«, sagte Jeffrey.

»Warum willst du ihn beruhigen?«

Wie sollte er eine solche Frage beantworten – in einem Keller, in dem laute Musik die Wände zittern machte, Billardbälle klickten und Menschen miteinander sprachen und lachten? Selbst wenn sie ungestört gewesen wären: Wie konnte er Lucy ein Prinzip erklären, das immer schon, so lang er sich überhaupt zurückerinnern konnte, Teil seines Lebens gewesen war? Den Geist beruhigen hieß – nun ja, eben: den Geist beruhigen. Es war ein Ideal, das jeder im Dorf anstrebte, weil man es als wesentliche Voraussetzung für Glück, Zufriedenheit und Seelenfrieden ansah. Statt ihre Frage direkt zu beantworten, begnügte sich Jeffrey daher mit dem ergänzenden Hinweis, daß sich der Geist auch durch die Versenkung in ein Mantra besänftigen ließ.

Lucy preßte die Hände aneinander und rutschte an die Sofakante vor. »Ein Mantra? Was ist das?«

»Ein Gesang.«

»Eine magische Beschwörung?«

»Nein. Ein Gebet.«

»So ähnlich wie unsere Gebete?«

Jeffrey wollte nicht zugeben, daß er nur wenige christliche Gebete kannte, und erwiderte zögernd: »Ja, so ähnlich wohl.«

»Sag mir ein Mantra!« Wie ein kleines Kind klatschte sie dabei in die Hände. »Sei lieb! Sag mir eines!«

Jeffrey zögerte. Warum war sie so begierig darauf? Für ihn war ein Mantra etwas Heiliges, über das nur in Ehrfurcht gesprochen werden durfte. Die Oberflächlichkeit dieses Mädchens überraschte ihn.

»Bitte!« bettelte sie.

Einige Partygäste drängten zum Sofa heran; ein Junge forderte Lucy zum Tanz auf, aber sie wies ihn mit einer Handbewegung ab. Ein Mädchen wollte wissen, was denn hier los sei. Lucy schüttelte ungeduldig den Kopf, sie schaute nur Jeffrey an. »Bring mir ein ganz, ganz besonderes Mantra bei!« bat sie.

Es war so dröhnend laut im Keller, daß Jeffrey sich zu ihr vorbeugen mußte, damit sie ihn hören konnte. »Das ist ein Gayatri.«

»Setz dich näher zu mir!« forderte Lucy ihn auf. »Komm!«

»Nein«, erwiderte er erschrocken, »das geht schon so.«

»Bitte! Sonst verstehe ich ja nichts!« Sie klopfte mit der flachen Hand auf das Sofakissen.

Diese direkte und unmißverständliche Aufforderung stürzte Jeffrey in Verwirrung. Niemals würde ein indisches Mädchen einen Jungen einladen, dicht neben ihr Platz zu nehmen. Aber Lucys Lächeln war so entwaffnend, daß er sich überwand, aufstand und gehorchte. Unwillkürlich zuckte er zurück, als ihr Schenkel seinen berührte.

»Jetzt sag es schon!«

»Das ist ein sehr heiliges Mantra«, begann er, »das Gayatri.«

»Wunderbar!«

Wieder störte ihn ihr übertriebener Enthusiasmus. Als sie ihn aber am Handgelenk packte und wiederholte: »Fang an!« erklärte Jeffrey ihr mit zunehmendem Eifer, daß es für einen Brahmanen nichts gab, das die Seele besser reinigen und klären konnte, als die Rezitation des Gayatris.

»Sag es! Laß mich zuhören!«

Lucy hielt ihr Ohr nahe an seinen Mund, um keine Silbe zu verlieren, und Jeffrey stimmte den Sprechgesang an:

»Om tut suh-viter vah ree yen yim –«

»Welche Sprache ist das?« Ihr Gesicht war nur Millimeter von seinem entfernt.

»Sanskrit.«

»Ist das eine indische Sprache?«

»Ja, eine sehr alte.«

»Wie Griechisch oder Latein?«

Er nickte.

»Sing weiter!« Ihr Ohr war seinem Mund verwirrend nahe; trotzdem sang Jeffrey gegen den Lärm im Keller an:

»Boor-go day-vahs-yah dee moo hee.
Dee yo yo nuh pra choo duh yat!«

Lucy packte ihn an der Schulter, um Jeffrey näher an sich heranzuziehen. »Noch einmal!«

Also sang ihr Jeffrey wieder und immer wieder das Mantra vor, während Lucy konzentriert lauschte und zuletzt begann, die einzelnen Silben mitzumurmeln. Jetzt erst begriff Jeffrey, daß sie sich bemühte, das Mantra auswendig zu lernen! Das machte ihn stolz, als sei es ihm gelungen, etwas von seinem eigenen Wesen in diesen Kellerraum hineinzubringen, etwas anderes als Billardspiel und Tanz. Er hatte etwas aus seiner Vergangenheit, aus Indien, mitgebracht, und jemand hatte es angenommen. Er war Lucy Smith dankbar, wenn auch ihre körperliche Nähe und ihr übertriebenes Interesse ihn störten – ein Mantra lernte man nicht, indem man sich die Worte einprägte wie bei einem Schlager. Für den Augenblick begnügte er sich allerdings damit, ihr ins Ohr zu singen, während der Keller vom Lärm erdröhnte.

Noch während er sang, zeigte ihm ein Blick zur Wanduhr, daß es Zeit war zu gehen. Tante Betty hatte ihn gebeten, um sieben zurück zu sein. Heute morgen hatte sie, aus unerfindlichen Gründen, sogar darauf bestanden, daß er pünktlich käme – vielleicht, weil er bisher immer direkt von der Schule nach Hause gefahren war. Wie hätte sie wohl reagiert, wenn sie gewußt hätte, daß Jeffrey oft wochenlang mutterseelenallein im Dorf gelebt hatte, während Vater die Straßen Indiens entlangzog!

Jetzt bat ihn Lucy, die Worte des Mantras zu übersetzen.

Er erklärte ihr, dieses Mantra – »Gott über allen Göttern« – sei eine geheiligte Anbetung der Sonne. »Oh, laßt uns alle eingedenk sein«, übersetzte er mühsam, »des sengenden Lichts der Strahlenden, auf daß die göttliche, unantastbare Quelle unsere Seelen erhelle.«

»Wie war das?« fragte sie und schnitt eine Grimasse. »Sag das noch einmal!«

»Tut mir leid, aber ich muß jetzt gehen!« Jeffrey stand auf, und weil er nicht wußte, wie sonst er sich von ihr verabschieden sollte, verneigte er sich tief.

Lucy kicherte.

Er wandte sich um und hielt Ausschau nach Tom Carrington. Der hing mit dem Oberkörper halb über den Billardtisch, das Queue zwischen den Fingern. Jeffrey wartete, bis Tom den Stoß ausgeführt hatte, und stellte sich dann neben ihn. Nach einiger Zeit nahm Tom von ihm Notiz.

»Vielen Dank für die Einladung«, sagte Jeffrey.

Tom nickte leichthin und wandte sich wieder dem Billardtisch zu. Das war alles.

Jeffrey stieg langsam die Kellertreppe hoch und warf einen letzten Blick zurück auf Lucy Smith, die sich in das Sofa gekuschelt hatte und mit zwei anderen Mädchen kicherte.

Draußen, in der Kälte und Stille des anbrechenden Abends, wurde ihm bewußt, wie verlassen er sich bei Tom Carringtons Party gefühlt hätte, wäre nicht Lucy Smith gewesen. Hatte sie sich wirklich für das Mantra interessiert? Oder wollte sie bloß ein wenig nett zu ihm sein? Jedenfalls hatte sie unheimlich rasch gelernt, es nachzusingen. Lucy hatte eine gute Auffassungsgabe. Innerhalb einer Woche, wenn sie nur eine halbe Stunde täglich übte, würde sie wie ein Brahmane Gayatris singen können. Warum hatte Tom Carrington ihn eigentlich eingeladen? Sie hatten kein Wort miteinander gesprochen; es schien ihm sogar, als habe Tom ihn absichtlich ignoriert.

Die Luft war frisch, aber nicht kalt, nicht so schneidend wie an den Tagen zuvor. Er trug auf dem Heimweg die Jacke offen. Die ganze Zeit dachte er über die jungen Menschen im Keller nach. Sie waren so energiegeladen, so laut, so gesund, so formlos und unbekümmert. Es war schwer, die Amerikaner aus ihren Handlungen zu begreifen. Im Dorf hätte man sie als unhöflich, ja sogar als aufdringlich abgetan. Wenn man im Dorf in ein fremdes Haus eingeladen wurde, vermied man es sorgsam, die Erwachsenen zu stören. Man verhielt sich ruhig und war höflicher als sonst. Zum Abschied bedankte man sich – bei der Großmutter beginnend – bei der gesamten Familie des Jungen mit überschwenglichen Worten für den Reiskuchen und den Tee und verließ das Haus unter zahlreichen Verbeugungen. Toms Mutter hingegen hatte sich von dem Trubel ferngehalten, und Jeffrey konnte sich nicht vorstellen, daß auch nur einer der Gäste ihr die Aufwartung gemacht hatte. Noch als er die Haustür öffnete, dachte Jeffrey über die Unterschiede zwischen Indien und Amerika nach. Aus dem Wohnzimmer drang die hohe, aufgeregte Stimme seiner Tante. »Jeffrey? Bist du das? Ich habe so lange auf dich gewartet! Du hast dich verspätet!«

Tatsächlich? Unmöglich!

Tante Betty kam ihm entgegen und schloß sorgfältig die Tür hinter sich. »Mir kommt vor, als hätte ich stundenlang auf dich gewartet!« rief sie mit strahlendem Lächeln. »Hast du dich gut unterhalten?« Ohne seine Antwort abzuwarten, fügte sie hinzu: »Aber jetzt laß uns keine Zeit verlieren!

Komm! Komm herein!« Sie zog ihn zur Tür und öffnete sie. »Geh doch endlich hinein!« Als Jeffrey über die Schwelle trat, sah er es: ein Fahrrad! Es stand mitten im Raum, hatte einen Scheinwerfer, Gangschaltung, ein Schutzblech vor der Kette und funkelte chromblinkend im Schein der Deckenlampe.

»Jetzt weißt du, warum ich so ungeduldig auf dich gewartet habe!« rief Tante Betty ihm zu, stolz über die gelungene Überraschung. »Nun, was sagst du? Gefällt es dir?«

Jeffrey strich mit der Hand über die Lenkstange. Es war ein wunderschönes Fahrrad.

»Weißt du«, sagte sie, »ich dachte, daß du im Frühling bestimmt ein Rad brauchst, damit du in die Umgebung fahren kannst. Im Frühling ist es sehr schön bei uns.«

Es war ein prächtiges Rad. Tante Betty konnte ja nicht wissen, was ein Fahrrad einem Inder bedeutete: den Zugang zur Welt. Wer im Dorf lebte und kein Rad hatte, war auf die unzuverlässigen Busverbindungen angewiesen oder mußte endlose Fußmärsche unter der sengenden Sonne auf sich nehmen. Ein Fahrrad, das war ein Arm, ein Bein, ein Auge. Jeffrey hatte nie eines besessen, obwohl Vater immer versprochen hatte, ihm als erstes ein Rad zu kaufen, »sobald es uns finanziell ein bißchen besser geht.« Natürlich ging es ihnen nie ein bißchen besser, bestenfalls immer ein bißchen schlechter. Der Motorroller, den Vater benützt hatte, gehörte der Sozialhilfe-Organisation. Ehe Jeffrey das Dorf verließ, hatte er ihn zu einem Verwaltungsbeamten geschoben – selbst zu fahren, hatte er aus Angst vor einem Unfall nicht gewagt –, und die Organisation hatte das Fahrzeug wohl mittlerweile abgeholt.

Es war wirklich ein schönes Rad. Er prüfte die Schaltung und die schmalen, prall aufgepumpten Reifen. Ein gutes Rad. Und doch war etwas nicht in Ordnung; nicht mit dem Fahrrad selbst, sondern daß er es überhaupt bekommen hatte. Jeffrey blickte zu Tante Betty auf, die immer noch seine Freude genoß. »Das muß ja furchtbar teuer gewesen sein!«

Sie wehrte mit einer Handbewegung ab. »Ach, es war nicht so arg.«

»Aber hast du nicht deinen Wagen verkauft, um Geld zu sparen?«

»Ich habe ihn verkauft, weil ich ihn nicht gebraucht habe. Mach dir keine Sorgen. Geld spielt keine Rolle, wenn ein Junge ein Fahrrad braucht.«

Es war, als hätte sein Vater gesprochen. Die Stimme war höher und weniger kräftig, aber die Worte glichen einander: Sie klangen optimistisch und sorglos – und verdächtig. Jeffrey hatte lange genug mit jemandem zusammengelebt, der eine allzu leichte Hand im Umgang mit Geld hatte; er kannte die Symptome. Tante Betty täuschte diese Zuversicht nur vor; Jeffrey ahnte wohl, daß sie sich solche Ausgaben kaum leisten konnte. Und doch konnte er diesem wunderschönen Rad nicht widerstehen.

Er stand auf, schlang ihr die Arme um den Hals (zum erstenmal seit Mutters Tod umarmte er jemanden) und flüsterte: »Danke. Danke! Danke!«

Tante Betty hatte sich nicht geirrt: Der Frühling lag in der Luft. Als Jeffrey mit dem neuen Fahrrad zur Schule fuhr, entdeckte er kleine Knospen an den Zweigen der Bäume. Wo noch vor wenigen Wochen Schnee gelegen war, drängten die ersten grünen Halme aus dem braunen Rasen.

Jeffrey lebte nun seit mehr als einem Monat in dieser amerikanischen Kleinstadt. Er besaß ein Fahrrad, und wenn er schon keine Freunde hatte, nahmen seine Schulkollegen mittlerweile zumindest Notiz von ihm. Er gehörte zu einem alten Haus, in dem – in einem engen Raum im Obergeschoß – sein Vater und seine Tante zur Welt gekommen waren und in dem ihn alte Menschen, seine Vorfahren, über ein Jahrhundert hinweg aus ihren gerahmten Bildern anblickten. Jeffrey war sicher, daß er irgendwann einmal, vielleicht bald, diese amerikanische Stadt wirklich als seine neue

Heimat empfinden würde und die Menschen, die in ihr lebten, als seine Freunde.

Dann aber geschah etwas, das seinen neu gewonnenen Gleichmut erschütterte, etwas, das er sich nicht erklären konnte:

Nach dem Mittagessen kam er auf dem Flur der Schule an zwei Mädchen vorbei, die mitten im Gedränge standen und den Kopf hin und her pendeln ließen – in der typischen indischen Art, die ihm so vertraut war. Plötzlich begann das eine Mädchen laut zu singen: »Om tut su-vita vah ree yen yim.« Das andere Mädchen sang die zweite Zeile, und gemeinsam rezitierten sie die dritte. Mitschüler blieben stehen und gafften sie an; sie taten aber, als bemerkten sie es nicht, und gingen ihrer Wege.

Noch zweimal traf Jeffrey an diesem Nachmittag Mädchen, die gemeinsam das Gayatri-Mantra sangen und dabei wie Inder den Kopf schüttelten. Jetzt erst wurde ihm bewußt, daß er selbst, jedesmal, wenn er »Ja« sagte, noch immer auf diese Weise den Kopf pendeln ließ – eine lebenslange Gewohnheit, die ihm längst nicht mehr bewußt war. Diese Mädchen imitierten ihn also oder, genauer gesagt, sie machten sich über ihn lustig!

Lucy Smith hatte das Mantra nur gelernt, um sich und ihre Freundinnen damit zu amüsieren!

Am Tag darauf sang man überall in der Schule, Mädchen und Jungen gleichermaßen, das Gayatri. Manchmal schauten sie ihn dabei erheitert von der Seite an; aber meist schenkten sie Jeffrey gar keine Beachtung. Wahrscheinlich, dachte er, wußten sie nicht einmal, woher Lucy die Worte kannte. Sooft er die Klasse betrat und sein Blick dem ihren begegnete, wich Lucy rasch seinen Augen aus.

Warum hatte sie das getan? Andererseits: Warum auch nicht? Er war ein Fremder; sein Verhalten war seltsam und ungewöhnlich. Wäre Lucy Smith plötzlich in seinem Dorf aufgetaucht, hätte auch er sie mit ihrem nasalen amerikanischen Akzent, den Blue jeans, den Ponyfransen und der

Zahnregulierung für seltsam, vielleicht sogar für verrückt gehalten. Vater hätte ihm geraten, die Sache mit einem Schulterzucken abzutun. Ja, das würde er jetzt versuchen! Was bedeutete ihm das Mantra denn auch noch? Wahrscheinlich glaubte er gar nicht mehr an Mantras – und an die Götter, die ihn im Stich gelassen hatten, als er ihrer Hilfe am dringendsten bedurfte. Etwas Wunderbares war am Cauvery-River geschehen, etwas so Übermächtiges, daß er es noch nicht verarbeitet hatte; stets machte es sich in einem Winkel seines Bewußtseins bemerkbar, wie ein Licht hinter einer Tür, von dem nur ein heller Saum auf den dunklen Flur dringt; aber wahrscheinlich hatte diese einzigartige, seltsame Erfahrung nichts mit Mantras, Ritualen und Götteranbetung zu tun.

Trotzdem: Wäre er noch in seinem alten Dorf, hätte er es bestimmt als schreckliche Sünde empfunden, sich über ein Mantra lustig zu machen. Jetzt und hier aber war er sich dessen nicht mehr so sicher. Hier trotteten keine Kühe durch die Straßen; hier war es in den Mittagsstunden nicht brütend heiß; hier gab es keine Teeläden und keine Irulas, die mit geflochtenen Körben voller Kobras dahergeschlendert kamen. Hier gab es keine Tempel für Shiva, Hanuman und Krishna. Hier gab es christliche Kirchen, aber er hatte noch keine von innen gesehen. Eines Sonntags hatte ihn die Tante vorsichtig gefragt, ob er mit ihr in die Kirche gehen wolle, aber damals – nicht nur mit dem Christentum, sondern auch mit Amerika noch gänzlich unerfahren – wollte er nicht mitkommen.

Und jetzt ging er durch die Korridore einer immer noch fremden Schule, während rings um ihn das heilige Gayatri-Mantra gesungen wurde. Ein Trost blieb ihm: Niemand sprach die Worte völlig fehlerfrei aus, und nach der herkömmlichen Übung der Hindus war ein nicht makellos rezitiertes Mantra null und nichtig. Seine Mitschüler brabbelten also nur bedeutungsloses Zeug. Sollte ihnen daran gelegen sein, ihn zu ärgern oder zu verletzen, mußte er sie enttäuschen. Ihr Sanskrit war einfach stümperhaft, und nicht einmal den Kopf schütteln konnten sie so lässig und harmonisch wie ein richtiger Inder!

Ein einziges Mal wurde Jeffrey im Verlauf des Tages direkt auf das Mantra angesprochen. Ein Junge kam auf ihn zu und sagte: »He! Bist du nicht der Neue aus Indien? Was ist hier eigentlich los? Stimmt es, daß dieses Gejammer ein komischer Voodoo-Zauber aus Indien ist?«

»Nein, mein Freund«, antwortete Jeffrey. »Bloß ein Mantra.«

Der Junge verstand kein Wort. »Nun mal im Ernst! Was bedeutet das Zeug?«

»Das Zeug ist ein Gayatri – das ist eine bestimmte Strophenform – und bedeutet«, erwiderte Jeffrey, ohne eine Miene zu verziehen: »Oh, laßt uns alle eingedenk sein des sengenden Lichts der Strahlenden, auf daß die göttliche, unantastbare Quelle unsere Seelen erhelle!«

»He?«

»Das ist die eigentliche Bedeutung. Wenn man das schlechte Sanskrit hört, sind die Worte allerdings kaum wiederzuerkennen – findest du nicht auch?«

Der Junge ließ die Kinnlade fallen. »Wie? Nun, ja. Okay. Aber warum singen sie das?«

»Damit Leute wie du sich darüber den Kopf zerbrechen«, sagte Jeffrey.

Der Junge überlegte einen Augenblick und grinste Jeffrey dann an: »Stimmt! Du hast es kapiert.«

Und immer wieder, den ganzen Nachmittag lang, klang das mißhandelte Gayatri-Mantra durch die Schule. Blinzelte man jetzt verstohlen zu Jeffrey herüber, antwortete er einfach mit einem entwaffnenden Lächeln, und dem vermochte keiner standzuhalten.

Dann aber, nach dem Unterricht, beim Fahrradständer, stieß Jeffrey auf Lucy Smith, die soeben ihr Rad auf die Straße schob. Sie konnte ihm nicht mehr ausweichen, sosehr sie sich auch nach einer Fluchtmöglichkeit umsah. Jeffrey trat ihr einfach in den Weg.

Eine Weile erwiderte sie seinen Blick. Dann schlug sie die dunklen Augen nieder und seufzte. »Du lieber Himmel! Ich habe es ja nicht böse gemeint! Ein paar Mädchen wollten das Mantra eben kennenlernen, und so, nur so zum Spaß, habe ich es ihnen beigebracht.«

»Du hast die Worte zwar rasch gelernt, aber nicht in der richtigen Aussprache weitergegeben. Auch rezitierst du das Mantra nicht ganz richtig. Soll ich es dir noch einmal vorsingen?«

Lucy musterte ihn aufmerksam. »Wir wollten doch bloß ein wenig Spaß haben. Es ist ja nicht gerade das Vaterunser.«

»Es ist ein geheiligtes Gebet der Hindus.«

»Und bist du ein Hindu?«

Diese Frage ließ Jeffrey zögern. Vor Vaters Tod hätte er spontan gesagt: »Natürlich bin ich ein Hindu!« Jetzt war er sich dessen nicht mehr so sicher.

Bevor er noch geantwortet hatte, stellte Lucy bereits die nächste Frage: »Was hast du eigentlich Tom Carrington gesagt?«

»Was soll ich gesagt haben?«

»Das weiß ich nicht. Aber irgend etwas mußt du ihm doch gesagt haben, weil er seitdem so sauer auf uns ist.«

»Tut mir leid, aber ich verstehe kein Wort.«

»Tom behauptet jedenfalls, das Mantra ist für einen Inder so etwas ähnliches wie für uns das Vaterunser.«

»Das hat Tom Carrington gesagt?« Jeffrey konnte kaum glauben, daß der schweigsame, hochaufgeschossene Tom ihn auf diese Weise verteidigt hatte.

»Tom behauptet es jedenfalls«, sagte Lucy leichthin. »Also: Bist du jetzt einer oder nicht?«

»Ein was?«

»Ein Hindu.«

»Ich weiß es nicht genau«, gab er offen zu.

Sie blickte ihn zweifelnd an. »Aber jedenfalls bist du kein Christ.«

»Nein.«

»Bist du sauer?«

Der Begriff »sauer« war Jeffrey in diesem Zusammenhang neu, obwohl er ihn auf Anhieb verstanden hatte. »Nein, ich bin auch nicht sauer. Ich bin bloß überrascht.«

»Worüber?«

»Daß es Spaß machen kann, ein Gebet zu verspotten.«

Lucys Lippen begannen zu zittern. »Mach bloß kein Theater deswegen.«

»Ganz bestimmt nicht.«

»Gut«, erwiderte sie knapp und schob ihr Rad an ihm vorbei. »Es hat nichts zu bedeuten.«

Nein, dachte Jeffrey, so, wie du das Mantra gesungen hast, hat es wirklich nichts zu bedeuten.

Am Abend begann er einen langen Brief an Rama. Er beschrieb darin den Flug über den Atlantik, den Eindruck, den das kalte Wetter auf ihn gemacht hatte, das alte Haus, in dem er jetzt wohnte (»Es ist so groß wie Deines, Rama!«), seine liebenswerte Tante und seine neuen Schulkollegen. Der Brief schloß mit den Worten:

Du fehlst mir. Ich kann nicht mehr mit Dir schwimmen und Kricket spielen. Bist Du in Kricket noch immer so gut? Und hast du schon jemanden gefunden, mit dem Du Schlangen fangen kannst? Ich werde hier bestimmt niemanden finden, der mit mir auf Schlangenjagd geht. Aber ich bin nicht wirklich einsam. Ich habe meine Tante und das Haus, und bald werde ich auch meine Mitschüler besser kennen. Aber du fehlst mir. Grüße Subramanian, Kuppuswamy und Vasu. Schreibe mir! Du mußt mir immer schreiben!
Dein Freund
Ganesh«

Innerhalb einer Woche war das Gayatri-Mantra nicht mehr in der Schule zu hören. Es hatte seinen Reiz verloren und war so schnell vergessen, wie man es gelernt hatte.

Allmählich kam man mit dem Neuen aus Indien in Kontakt. Man borgte sich von ihm einen Bleistift aus, fragte ihn, wie spät es war (obwohl Jeffrey keine Uhr besaß), wollte wissen, was er von der Schule hielt: Fühlte er sich wohl? Fiel ihm das Lernen hier schwerer als daheim? Hatte er da drüben weniger Stunden gehabt? Ja, er fühlte sich wohl; ja, die Arbeit fiel ihm hier schwerer; nein, der Unterricht hatte in Indien länger gedauert. Man fragte ihn eher aus Höflichkeit als aus ernsthafter Neugierde und nie mit jenem Eifer, mit dem er antwortete. Jeffrey hatte aber erkannt, daß er nur auf diese Weise, langsam und Schritt für Schritt, im Schulgeschehen Fuß fassen konnte. »Mit Geduld und Zuversicht«, wie sein Großvater so oft gesagt hatte. Und doch sehnte sich Jeffrey danach, die Kluft zwischen den beiden Welten überbrücken zu können, jener, die er noch nicht endgültig verlassen hatte, und der anderen, zu der er noch nicht endgültig gehörte. Einmal, an einem warmen Frühlingstag, als er nach der Schule ein paar Jungen beim Lauftraining auf der Aschenbahn beobachtete, kam ihm der Gedanke, daß er es vielleicht wieder mit Yoga versuchen sollte. Ja, das konnte die Lösung sein. Er hatte Yoga in Indien gelernt und konnte es hier in Amerika praktizieren. An dem Tag, an dem sein Vater gestorben war, hatte Jeffrey Yoga ebenso wie alles andere aufgegeben: die Hindugötter, das Leben im Dorf, seine Hoffnungen in die Zukunft. Als er aber nun die Jungen laufen sah, fühlte er das Bedürfnis, auch den eigenen Körper herauszufordern und die Übungen wieder aufzunehmen, die ihm früher einmal so viel bedeutet hatten.

Er betrat die Turnhalle und fand sie verlassen. Nur Tom Carrington war auf dem Basketballfeld und übte Zielwürfe in den Korb. Einige Minuten lang sah Jeffrey ihm aus sicherer Entfernung zu. Tom Carrington sprang hoch in die

Luft und hielt den Ball in der abgewinkelten Hand. Die Haltung seines Armes erinnerte Jeffrey an eine aufgerichtete Kobra. Einen Augenblick lang schien die Hand mit dem Ball regungslos in der Luft zu verharren, dann schlug sie ihn hart durch das Netz – wie ein Tischler mit einem kräftigen Schlag einen Nagel ins Holz treibt. Jeffrey konnte die Freude über diesen Erfolg geradezu mit dem eigenen Körper nachempfinden. Er beobachtete, wie Tom den Ball rhythmisch und harmonisch über das Feld führte, wie er ihn immer wieder gegen den Boden prallen ließ, ihn unablässig in Bewegung hielt, und das mit einer Sanftheit und Präzision, die man diesen riesenhaften Händen kaum zugetraut hätte. Plötzlich sprang Tom los: Die Beine waren gestreckt und aneinandergepreßt, aber nicht verkrampft; die Arme reckten sich hoch; wie schwerelos glitt der Körper durch die Luft, und schon kam wieder diese knappe, trockene Bewegung aus dem Handgelenk – die Kobra stieß zu –; der Ball landete im Korb und glitt durch das Netz.

Beim Anblick dieser perfekten Demonstration fühlte sich Jeffrey erneut ermutigt, es wieder mit Yoga zu versuchen. Im Umkleideraum zog er Turnhosen an und ging dann in jenen kleinen Raum, in dem der Boden für Ringkämpfe mit Matten ausgelegt war. Eine Wand war mit Spiegeln verkleidet. Jeffrey betrachtete sich neugierig und aufmerksam: Er war klein, dünn, sommersprossig, blond. Auch im Dorf hatte er manchmal, nach der Rückkehr von der Schule, das Tuch vom Spiegel genommen (niemand ließ einen Spiegel unverhüllt im Haus herumstehen) und, so wie jetzt, seine helle Haut betrachtet, seine blauen Augen, sein blondes Haar. Keiner der anderen Jungen in der Missionsschule hatte jemals so angegriffen, so mitgenommen gewirkt wie er. Sie waren alle wie geschaffen für die starke Sonne. Wie sehr hatte er sie um ihre sattbraune Haut beneidet.

Jeffrey kniete sich auf die Matte und beugte als Zeichen der Ehrerbietung den Rücken, als stünde sein Yoga-Meister ihm gegenüber und erwarte Jeffreys Gruß. Dann begann er entschlossen Asanas zu üben. Er wechselte rasch von einer Position zur anderen, um herauszufinden, wieviel er noch von dem beherrschte, was seine Muskeln so mühsam und geduldig trainiert hatten. Bald stellte er fest, daß er nichts, absolut nichts von seinen Fähigkeiten eingebüßt hatte. Körper und Geist verhielten sich hier, in diesem Turnsaal in Amerika, nicht anders als daheim. Weiter von einer Asana zur anderen wechselnd – im Stehen, Sitzen und Liegen –, konstatierte er mit großer Befriedigung, daß die veränderten Lebensbedingungen in einem anderen Land nicht unbedingt auslöschen mußten, was man an Kenntnissen und Fertigkeiten mitgebracht hatte.

Jeffrey übte lange, duschte dann, kleidete sich an, fuhr mit dem Rad in die Dunkelheit hinaus und pfiff dazu eine indische Volksweise.

»He! Warte doch!«

Jeffrey blickte über die Schulter zurück und sah, daß sich Tom Carrington rasch auf dem Rad näherte. Bald hatte er zu Jeffrey aufgeholt und fuhr schwer atmend neben ihm her.

»Du bist gerade gegangen, als ich noch unter der Dusche stand. Ich dachte, wir könnten miteinander fahren. Wir haben nämlich denselben Weg.«

»Ich weiß. Ich war ja schon einmal bei dir zu Hause.«

»Ja. Richtig. Ja, genau«, sagte Tom etwas unbehaglich. »Du hast dich nicht gerade übermäßig amüsiert, was?«

»Oh, doch.« Mehr wußte Jeffrey nicht zu sagen. Schweigend fuhren sie Seite an Seite.

»Ich arbeite gerade an meinem Prellwurf«, begann Tom plötzlich. »Bis zum Beginn der Saison müßte ich ihn eigentlich perfekt können.«

Jeffrey nickte. Er hatte keine Ahnung, was ein Prellwurf war.

Als führe er bloß ein Gespräch weiter, das sie zuvor unterbrochen hatten, sagte Tom: »Jetzt muß ich nur noch ein Stück wachsen. Ab eins neunzig kann ich vor allem auf Angriff spielen. Das liegt mir am besten. Mit eins fünfundachtzig muß ich eher in der Verteidigung bleiben, und dafür bin ich nicht schnell genug.« Nachdenklich fügte er hinzu: »Ich muß also noch mindestens sieben Zentimeter größer werden.«

Jeffrey hätte nie gedacht, daß Tom Carrington so gesprächig sein konnte.

»Dann könnte ich es durchaus schaffen, in die Auswahlmannschaft für die Juniorenmeisterschaft zu kommen! Das hat nichts mit angeben zu tun, das ist nur eine Sache des Selbstvertrauens. Vater sagt, wenn man sich nichts zutraut, schafft man auch nichts. Du, zum Beispiel, du hast Selbstvertrauen.«

»Ich?«

»Und wie! Ich habe dich vorhin heimlich beim Training beobachtet. Das war Yoga, nicht wahr? Ich habe es einmal im Fernsehen gesehen.«

Jeffrey nickte.

»Die haben das aber nicht so gut gemacht. Du warst besser. Vor allem: ganz anders.«

Die beiden traten in die Pedale. Nach einiger Zeit sagte Tom, als hätte er die richtige Formulierung erst lange überlegen müssen: »Wie du das machst, sieht Yoga ganz einfach aus. So selbstverständlich. Einfach so, als sei es Teil deines Lebens.«

»Das soll Yoga auch sein«, sagte Jeffrey. »Vielen Dank für das Kompliment.«

»Aber ich könnte wetten, daß es gar nicht so einfach ist.«

»Ist es auch nicht. Man betreibt Yoga, um den Geist zu beruhigen.«

»Ja?« erwiderte Tom überrascht. Er schüttelte den Kopf. »Ich kann mir nicht vorstellen, daß sich mein Geist beruhigt, wenn ich mich dabei zu einer Brezel verknoten muß.«

Jeffrey erwiderte nichts darauf. Schweigend fuhren sie weiter.

»Hier muß ich abbiegen«, sagte Tom schließlich und blieb stehen. »Kommst du morgen wieder zum Training? Ich warte dann beim Fahrradständer auf dich; sagen wir: um sechs? Dann könnten wir gemeinsam zurückfahren, okay?«

Jeffrey nickte. Er war so überrascht und erfreut, daß er nicht wußte, was er antworten sollte. Sie fuhren weiter, jeder in seine Richtung.

So begann es. Von nun an trafen sie einander Abend für Abend, entweder bereits im Turnsaal oder beim Radständer, und fuhren miteinander nach Hause. In dieser halben Stunde sprachen sie über alles mögliche – oder vielmehr sprach Tom sich aus. Jeffrey hatte ihn eindeutig falsch eingeschätzt: Tom war offen und freundlich. Er war auch ehrlich. Er gab ohne Zögern zu, daß manche Mitschüler Jeffrey nicht ohne Argwohn betrachteten. Andere nannten ihn »Die blasse Maus«, weil er so verängstigt wirkte.

»Dabei hast du gar nicht wirklich Angst gehabt«, stellte Tom nüchtern fest. »Und seit deinem Rekord in der Schwimmstunde nennt dich ohnehin keiner mehr so.«

»Wahrscheinlich war ich eine blasse Maus«, gab Jeffrey zu.

»Nun ja, sehr gesprächig warst du ja gerade nicht.«

»Ich wußte nie, was ich hätte sagen sollen.«

»Und wenn der Lehrer etwas von dir wollte, bist du aufgesprungen und stramm gestanden!«

»Das habe ich so gelernt.«

»Hat man dir auch beigebracht, wie man den Atem anhält?«

»Ja. Ich kann es dir zeigen.«

»Das würde ich gern lernen.«

Jeffrey erkannte, daß sie alle – und er nahm sich selbst nicht aus – unwahrscheinlich dumm und feige gewesen waren. Sogar Tom räumte eines Abends ein: »Ich habe dich zwar eingeladen, aber ich hatte keine Ahnung, was ich mit dir reden sollte. Was weiß ich denn schon von Indien? Das Land ist groß, und die Leute sind arm. Und es gibt jede Menge Schlangen. Habt ihr wirklich so viele Kobras?«

Jeffrey erzählte ihm nicht nur von den Kobras und Kraits, sondern auch von den Kettenvipern und den anderen Giftschlangen. Jede Frage, die Tom stellte, war eine neue Einladung, Indien zu erklären, und so war Jeffrey bald ebenso gesprächig wie Tom. Er versuchte den Monsun zu beschrieben: Wo Jeffrey gelebt hatte, regnete es nur einmal im Jahr, dafür aber einen ganzen Monat lang; und wenn das Wasser nicht für die verbleibenden elf Monate reichte, führte das zu Dürre, Hunger und Tod. Er schilderte, wie er im Morgengrauen aufgestanden war, um Seite an Seite mit den Büffeln im Fluß zu baden. Wie er zum Frühstück starken Kaffee mit heißer Ziegenmilch getrunken und dazu Reiskuchen mit Kokosbrühe gegessen hatte. Er beschrieb, wie Reis angebaut wurde: Frauen in hellen Saris wateten auf die überfluteten Felder und setzten die zarten Schößlinge ein, während der Aufseher unter einem schwarzen Schirm im Trockenen, am Feldrand, stand. Jeffrey erzählte, daß er mit den anderen Jungen am Rande des Dorfes Kricket gespielt hatte, daß sein Freund Rama noch kleiner war als er und doch ein großartiger Aufschläger, der eines Tages mit dem All-India-Team gegen Pakistan antreten wolle. Jeffrey verschwieg nicht, daß es viele kranke Menschen im Dorf gab, daß sie an Typhus, Ruhr und Malaria starben, daß die Leprakranken verkrüppelte Finger hatten und daß ihre Beine schwärende Stumpen waren. Nachts, sagte Jeffrey, konnte man alle Sterne sehen, denn nur wenige Häuser hatten Obergeschosse, und über den Kronen der Palmen begann bereits der Himmel.

Tom hörte zu und murmelte zwischendurch: »Ja?« oder: »So?« Diese exotischen Schilderungen aus einer anderen Welt beeindruckten ihn.

Bald konnte man die beiden auch in den Pausen auf dem

Flur antreffen. Seit er vom Baskettball-As der Schule akzeptiert wurde, ließen sich auch andere Jungen mit Jeffrey ein, vor allem die guten Sportler. Ein paarmal brachte Tom sie sogar dazu, zuzusehen, wenn Jeffrey auf den Turnmatten Asanas übte. Stumm umstanden sie ihn, während er mit Leichtigkeit von einer Position in die andere wechselte, sich wieder streckte, erneut die Glieder verrenkte – wie »Brezeln«, wie Tom die Asanas noch immer nannte. Einige Jungen versuchten sie nachzuahmen, vor allem Phil Booker, der am besten durchtrainiert war, aber keiner schaffte die Supta Kurmasana, die Schildkröten-Position, oder Urdhva Kukkutasana, den stolzen Hahn, denn für diese beiden Übungen mußte man nicht nur stark sein, sondern auch überaus geschmeidig und einen ausgeprägten Gleichgewichtssinn haben. Fluchend und verärgert gab Phil Booker schließlich auf. Einer der Fußballspieler, die Jeffrey beobachteten, sagte: »Du bist zwar klein, aber ein Athlet bist du trotzdem.«

Jeffrey bot sich an, ihnen die Asanas beizubringen. »Was ich kann, schafft ihr bestimmt auch«, gab er sich bescheiden.

Als sie später gemeinsam heimfuhren, fragte Jeffrey Tom, warum seine Mitschüler ihn als Athleten bezeichnet hatten.

»Um dieses Zeug zu beherrschen, muß man einfach ein Athlet sein«, erwiderte Tom schlüssig.

Jeffrey akzeptierte die Erklärung, obwohl er sich keineswegs für athletisch hielt. Yoga – eine Sportart? Jeffreys Guru hätte bei diesem Gedanken nur verächtlich geschnaubt und Jeffrey als Schüler entlassen, sollte der in diesen Übungen des Körpers mehr sehen als eine bloße Vorbereitung auf die Übungen des Geistes. Jeffrey genügte es, daß Tom und die anderen Jungen ihn jetzt anerkannten. Seine Yoga-Kenntnisse machten in der Schule die Runde und festigten sogar Jeffreys Ansehen bei den Mädchen. Nur Lucy Smith mied ihn seit ihrer Begegnung beim Fahrradständer und der Auseinandersetzung über das Mantra. Hin und wieder hatte Jeffrey während der Schulstunden das Gefühl, heimlich beobachtet zu werden, und dann blickte er sich rasch nach Lucy um. Manchmal ertappte er sie, aber sie gab ihm nie Gelegenheit, ihr zuzulächeln.

Als sich das Frühjahrssemester dem Ende näherte, wurden die Tage länger, und Tom und Jeffrey fuhren mit dem Rad aufs Land hinaus, zu den Mais- und Weizenfeldern. Zwischen den grünen Feldern hoben sich rot die Silos vom blauen Himmel ab. Einmal erreichten sie einen Felsvorsprung, hoch über den Ufern des Mississippi. Meilenweit erstreckte sich ringsum das fruchtbare Land des Mittelwestens und verschwamm am Horizont in der Farbe des Himmels. Jeffrey genoß das Panorama. Es erinnerte ihn an die unbegrenzte Weite Indiens, seine schlummernde Macht, seine unübertreffliche Schönheit.

»Was ist das?« fragte er plötzlich und zeigte zum Fluß, wo neben einer Brücke Traktoren und Zugmaschinen abgestellt waren.

»Das wird die neue Schnellstraße«, sagte Tom. »Bis zur Brücke führt sie schon. Jetzt kommt noch die Trasse durch unser Nest, und dann haben wir eine durchgehende Verbindung bis zur Hauptstadt.«

Aus der Entfernung wirkte die Straße auf Jeffrey wie eine riesige dunkle Schlange, die geschmeidig durch das grüne Land glitt.

»Habt ihr bei euch in Indien auch solche Schnellstraßen?« wollte Tom wissen.

Jeffrey mußte lachen. »In unserem Dorf sind nur zwei enge Straßen asphaltiert. Sonst gibt es bloß – je nach Jahreszeit – Schlamm oder Sand.«

Eines Abends hielt Tom plötzlich an, ehe er zu seinem Haus abbog, und sagte: »Hast du eigentlich gar keinen Spitznamen? Jeffrey klingt so schrecklich förmlich.«

»Im Dorf nannte man mich Ganesh.«

»Ganesh? Was bedeutet das?«

»Es ist der Name eines Gottes mit einem Elefantenkopf.« Tom kicherte. »Und das hast du dir gefallen lassen?«

Jeffrey ließ auf indische Art den Kopf pendeln. »Ganesh ist der Überwinder der Hindernisse. Ja, der Name gefiel mir.«

»Wenn du ihn in Indien gemocht hast, mußt du ihn auch hier mögen. Für mich bist du von jetzt an Ganesh.« Tom winkte ihm zu und fuhr in die Dunkelheit davon.

Am Abend, nach Tisch, während Tante Betty vor dem Fernsehapparat saß, schrieb Ganesh Rama wieder einen langen Brief. Er beschrieb Tom, den großen Sportler, der sich mit ihm angefreundet hatte. Er erzählte von der Schule und seinem prächtigen neuen Fahrrad. Er wollte den Brief schon abschließen, als ihm auffiel, daß er sich weder nach den Neuigkeiten im Dorf noch nach Ramas Wohlergehen erkundigt hatte.

Jeffrey überlegte lange und schrieb dann:

»Ich darf Dich und unsere Freundschaft nie vergessen. Das könnte mir leichter widerfahren als Dir. Du wirst das verstehen: Ich lebe in einer neuen Welt, aber Du bleibst in der, die wir gemeinsam hatten. Du mußt mir daher alles erzählen. Du mußt meine Erinnerung am Leben halten. Ich rechne mit Dir, mein Freund.
Dein
Ganesh«

DRITTER TEIL

In den letzten Wochen des Frühjahrssemesters wurde Ganesh immer tiefer in sein neues Leben verstrickt. Als ein Lehrer ihn einlud, vor der Klasse über Indien zu sprechen, nahm er an, nicht zuletzt ermutigt durch Tom Carringtons kaltblütige Bemerkung: »Wer sich zu einer Brezel schlingen kann, kann auch zu einem Pack von Kindern reden.«

Was Ganesh zuvor bereits Tom erzählt hatte, wiederholte er nun vor allen Klassenkameraden. Daraufhin forderten ihn auch andere Lehrer auf, ein Referat zu halten. Ermutigt vom Erfolg, nahm er die Einladungen an. Jeder Auftritt brachte auch eine körperliche Veränderung mit sich: Beim erstenmal war er noch steif dagestanden, die Hände an der Hosennaht, wie er es in der Missionsschule gelernt hatte. Beim zweitenmal begannen sich seine Arme zu entspannen, er bewegte ein wenig die Hände und wechselte von Zeit zu Zeit das Standbein. Beim dritten Vortrag lächelte er bereits und wagte einen gelegentlichen Blick auf die Zuhörer. Er hatte kaum noch Schwierigkeiten mit der amerikanischen Umgangssprache, eher noch mit dem Akzent, und manchmal provozierten seine Versuche, sich anzupassen, ein Kichern; aber das störte Jeffrey nicht. Mit Genugtuung nahm er zur Kenntnis, daß man ihn jetzt ganz allgemein »Ganesh« rief.

Die letzte Schulwoche kam, und Ganesh setzte sich ein großes Ziel: Er wollte einige Freunde nach Hause einladen. Sein größtes Problem war, daß er nicht wußte, was er mit ihnen tun sollte, falls sie wirklich kamen. Er besaß weder einen Plattenspieler, noch verstand er etwas von amerikanischer Musik oder vom Tanzen. Im Gegensatz zu Tom konnte er auch keinen Billardtisch zur Unterhaltung anbieten. Im Dorf war alles viel einfacher gewesen: Man ging gemeinsam spazieren oder setzte sich unter einen Baum und sah dem Sonnenuntergang zu. Das reichte. Aber Ganesh war sich klar darüber, daß hierzulande mehr von ihm erwartet wurde. Er entschloß sich daher, bescheiden zu beginnen und zunächst nur einen Klassenkameraden einzuladen – seinen Freund Tom –, bevor er auch andere aufforderte.

Und so fragte er Tom eines Abends schüchtern, als sie zu zweit heimfuhren: »Würdest du morgen zum Tee zu mir kommen?«

»Zum – was?«

»Zu Tee und Keksen.«

Nach einigem Zögern nahm Tom an. Als sie sich verabschiedeten, sagte er mit einem verlegenen Lächeln: »Das ist das erste Mal in meinem Leben, daß ich zum *Tee* eingeladen werde!«

Daß Tom die Einladung angenommen hatte, freute Ganesh, bereitete ihm aber auch ziemliches Herzklopfen. Mit detaillierten Anweisungen trieb er Tante Betty beinahe zur Verzweiflung. Er bat sie, ganz bestimmte Kekse einzukaufen – meinte er wirklich Kekse oder nicht vielleicht Kuchen? –, und dazu Darjeeling-Tee und Süßigkeiten. Sie lachte. In der ganzen Stadt gab es nur einen einzigen Delikatessen-Laden, und falls man Darjeeling-Tee dort nicht bekam, war er überhaupt nicht zu beschaffen.

Ganesh zeigte sich unbeeindruckt. Zumindest müsse der Tee aus losen Blättern bereitet werden; die amerikanischen Teebeutel verdürben bloß den Geschmack.

»Zu Befehl, Eure Hohheit!« sagte Tante Betty und verneigte sich tief.

Als die beiden Jungen anderntags mit dem Rad kamen, begann es bereits zu dämmern. Das mächtige alte Haus ragte hoch über die Spitzen der Bäume, grau und schwer vor dem tiefen Orange des Himmels.

Tom stieg vom Rad und schaute hinauf zum Wetterhahn.

»Ich bin schon oft hier vorbeigekommen. Als ich klein war, dachte ich, das Haus sei verhext. Das dachten wir alle.«

Ganesh war überrascht. »Warum?«

»Weil es so alt ist.«

Als sie eintraten, wurden sie bereits von Tante Betty auf dem Flur erwartet. Ganesh bemerkte sofort, daß sie anders war als sonst. Üblicherweise begrüßte sie ihn herzlich, geradezu überschwenglich und plauderte gleich drauflos. Heute wirkte sie seltsam gedämpft und sprach kaum ein Wort mit Tom. Ihr Gesicht sah besorgt aus, die großen Augen verrieten Trauer. Dieser plötzliche Stimmungsumschwung, der so gar nicht zu ihrer üblichen Fröhlichkeit paßte, beunruhigte Ganesh. Er beobachtete sie besorgt, als sie das Tablett mit dem Tee brachte und gleich darauf stumm das Zimmer verließ. Ihr Verhalten bestürzte Ganesh, der in seiner Rolle als Gastgeber ohnedies bereits recht nervös war.

Tom schien sich auch nicht gerade behaglich zu fühlen und starrte unsicher auf die Teekanne. Als Ganesh zwei Tassen eingoß, packte Tom die seine zaghaft mit beiden Händen. Die Tasse wirkte leer und schutzlos in seinen riesigen Pranken. Ganesh begriff plötzlich, daß Tom wahrscheinlich in seinem ganzen Leben noch nie aus einem so zerbrechlichen Gefäß getrunken hatte. Den Kindern im Dorf bot man den Tee, mit sehr viel Milch, in Wassergläsern an; aus einer richtigen Tasse zu trinken galt selbst unter Erwachsenen als Statussymbol. Immerhin gehörte Tee zum Alltag; jeder im Dorf trank ihn, war ihn von klein auf gewöhnt. Tom hingegen nippte nur zögernd daran, verzog das Gesicht und setzte die Tasse mit äußerster Sorgfalt wieder ab.

Zum Glück hatte Tante Betty nicht nur Kekse besorgt, sondern zur Feier des Tages auch Schokoladenkuchen gebacken. Sobald Tom sich der Teetasse entledigt hatte, langte er zu und schlang drei oder vier Scheiben hinunter.

Es war wohl die Förmlichkeit des Anlasses, die beide

Jungen verunsicherte. Sie saßen im Zwielicht und redeten fast gar nichts.

»Mein Urgroßvater«, bemerkte Ganesh plötzlich und wies auf das Gemälde über dem Kamin.

»Er schaut ziemlich grimmig drein«, urteilte Tom.

»Er war stark«, sagte Ganesh stolz. »Er hat dieses Haus mit eigenen Händen gebaut.«

Tom pfiff anerkennend.

Wieder folgte eine lange Gesprächspause. Weil ihm nichts Besseres einfiel, schlug Ganesh schließlich vor, Tom sein Zimmer zu zeigen.

»So ein riesiges Haus!« sagte Tom auf der Treppe. »Hat dein Urgroßvater wirklich den ganzen Kasten allein gebaut?«

»Wenn er nicht gerade prozessiert hat.«

»Prozessiert?«

»Er war Advokat«, erklärte Ganesh.

Im Zimmer setzte Tom sich verlegen an den Schreibtisch und winkelte die langen Beine ab, als fänden sie nicht genügend Spielraum.

Ganesh geriet allmählich in Panik. Vielleicht war diese Einladung ein Fehler gewesen. Wenn ihm und seinen Freunden im Dorf langweilig wurde, fand sich immer eine Beschäftigung: Man konnte Fahrradreifen um die Wette den Hügel hinunterrollen lassen oder im Tümpel nach Ochsenfröschen jagen und wetten, wer den größten fangen würde (mit viel Glück hatte Ganesh einmal einen erwischt, der beinahe sechzig Zentimeter maß). Aber da saß er nun mit seinem amerikanischen Freund, hilflos und stumm in einem Zimmer ohne Stereoanlage, ohne irgendein Spiel, einen Experimentierbaukasten oder einer anderen vergleichbaren Attraktion, die den hiesigen Vorstellungen entsprach.

Ganesh kramte in einer Schreibtischlade und zog zuletzt eine Fotografie heraus. Sie war abgegriffen und hatte Eselsohren – ein Schnappschuß, aufgenommen vor vielen

Jahren, jedenfalls noch vor seiner Geburt. Es war das einzige Foto seiner Eltern, das er besaß.

Vater war nur in ein Lendentuch gekleidet und trug auf der Stirn die drei Aschenzeichen der Shiva-Anhänger. Mutter wirkte klein und zerbrechlich und war in einen wallenden Sari gewickelt. Über der Nasenwurzel hatte sie einen dunklen Punkt auf die Stirn gemalt.

Vorsichtig drückte Ganesh seinem Freund das Foto in die Hand.

»Meine Eltern.«

Tom zog die Stirn in Falten, biß sich nervös auf die Lippe und betrachtete lange Zeit das Bild. »Deine Eltern?«

»Ja. Das sind sie.«

»Ich dachte, sie waren Amerikaner.«

»Ja, sie sind hier geboren. Mein Vater in dieser Stadt, meine Mutter in Ann Arbor in Michigan.«

Tom tippte mit der Fingerspitze auf das Foto. »Aber – aber angezogen sind sie wie Inder.«

»Sie lebten wie Inder. Meine Mutter hat oft gesagt: ›Unter unserer hellen Haut sind wir dunkelhäutige Inder!‹ Siehst du diese Zeichen auf der Stirn meines Vaters? Sie bedeuten, daß er sich zu Lord Shiva bekennt.«

»Wer ist Lord Shiva?«

Für einen Augenblick war Ganesh geradezu schockiert. Wie konnte jemand, selbst wenn er Amerikaner war, Lord Shiva nicht kennen? »Shiva ist eine Hindu-Gottheit«, erklärte er.

Tom gab ihm das Foto zurück. »Glaubst du auch an diesen Shiva?«

»Ich weiß es nicht«, gestand Ganesh. »Früher einmal habe ich an ihn geglaubt, jetzt weiß ich es nicht mehr.«

»Deine Eltern sind tot, nicht wahr?«

»Ja. Ich bin nur nach Amerika gekommen, weil mein Vater gestorben ist.«

»Davon habe ich gehört«, sagte Tom mitfühlend. Dann

schlug er sich aufmunternd auf die Knie. »Nun, hast du dich schon einigermaßen an uns gewöhnt?«

»Danke. Es geht.« Ganesh blickte sich in seinem Zimmer mit dem alten Bett, den bunten Tapeten und dem Fenster zum Garten um. »Doch, ja. Ich fühle mich bereits als Teil dieses Hauses.«

Tom lachte. »Wie kann man sich als Teil eines Hauses fühlen?«

»Ich kann das.«

Wieder folgte eine unbehagliche Gesprächspause. Tom massierte seine Kniescheiben, musterte alle Gegenstände im Raum und suchte verzweifelt nach einem neuen Thema. Endlich sagte er: »Fehlt dir Indien sehr?«

»Natürlich.«

»Wärest du lieber wieder dort?«

»Das weiß ich nicht«, gab Ganesh offen zu. »Ich habe jetzt eben zwei Heimatländer.«

Tom trommelte mit den Handflächen einen nervösen Rhythmus auf die Kniescheiben. Es war nicht zu verkennen, daß er sich bemühte – vergeblich bemühte –, nicht gelangweilt zu scheinen. Ganesh holte tief Atem und sagte dann entschlossen: »Ich möchte dich um einen Gefallen bitten, Tom.«

»Klar. Worum geht es?«

»Bringe mir bei, wie ich Freunde unterhalten soll, die mich besuchen kommen.«

Tom verzog das Gesicht. »Ach, da mußt du gar nichts Besonderes tun. Laß sie einfach.«

»Aber ich tanze nicht, ich kenne eure Spiele nicht, ich kann mich nicht mit euch über Sport unterhalten ...«

Tom musterte ihn ernsthaft und seufzte dann. »Ja, ich verstehe schon, was du meinst. Aber zerbrich dir darüber bloß nicht den Kopf. Das wirst du alles noch lernen. Hauptsache, die Jungen mögen dich.«

»Wirklich?«

»Aber klar. Auch die Mädchen. Du machst keinen Stunk,

und wenn man etwas sagt, hörst du zu. Also bist du okay. Mach dir bloß keine Sorgen!«

Tom stand auf und strich sich mit einer fahrigen Handbewegung die Haare aus der Stirn. »Ich muß mich jetzt auf die Socken machen.«

An der Haustür wandte er sich noch einmal um und grinste. »Also: Kopf hoch!«

»Ja, das würde mein Vater jetzt auch sagen.«

Ganesh blieb in der Einfahrt stehen und schaute seinem Freund nach, bis er mit dem Rad um die Ecke bog und im Dämmerlicht verschwand.

Es war nicht immer einfach, einen guten Rat zu befolgen. »Kopf hoch!« Ein ausgezeichneter Rat! Aber deshalb konnte er noch immer nicht tanzen oder Billard spielen oder eine dieser amerikanischen Sportarten betreiben.

Ganesh kehrte ins Haus zurück und suchte seine Tante. Sie war weder im Wohnraum noch in der Küche. Er ging nach oben und klopfte an die Tür ihres Schlafzimmers. Zuerst dachte er, sie sei dort auch nicht, aber dann hörte er ihre Kleider rascheln. Zögernd öffnete sie die Tür.

Ihre Augen waren gerötet und verschwollen. Ihre Hand umklammerte ein zerknittertes Papiertaschentuch.

»Ist dein Freund schon gegangen? Er scheint ein netter Junge zu sein. Und wie groß er ist! Hat euch der Kuchen geschmeckt? Ich habe auch echten Darjeeling-Tee gekocht.«

Sie schlurfte durchs Zimmer und ließ sich mühsam auf der Bettkante nieder. Ganesh blieb an der Tür stehen. Im Licht der Bettlampe sah ihr Gesicht älter aus. Ihre Wangen lagen im Schatten und wirkten hohl, die Falten auf ihrer Stirn waren tief ausgeprägt, durch das hellbraune Haar zogen stahlgraue Strähnen. Tante Betty tupfte sich mit dem Taschentuch auf die Augen, strich es mit beiden Händen glatt, zerknüllte es wieder. »Ja«, sagte sie, als beantworte sie eine Frage, »so ist das eben. Wenn man zu zweit ist, findet man sich immer irgendwie zurecht, aber allein ist man schutzlos allem ausgeliefert. – Komm näher, Jeffrey!«

Er trat ans Bett. Draußen brannte trüb eine Straßenlampe. Ein Ahornzweig zitterte im Wind und kratzte an die Scheiben – ein Geräusch, das die düstere Stimmung nur noch verstärkte.

Sie sprach weiter – nicht nur zu ihm, sondern auch zu sich selbst. »Ich habe dir bisher noch nie von Onkel Henry erzählt. Die Leute haben gesagt, die Tochter eines Rechtsanwalts dürfe keinen Automechaniker heiraten, aber ich kümmerte mich nicht darum. Und ich habe recht behalten! Achtundzwanzig gute Jahre haben wir gemeinsam verbracht, und nicht einen Augenblick habe ich mein Leben mit Henry Strepski bereut. – Gib mir ein Taschentuch, bitte.« Sie wies zur Anrichte. »Ach, Junge, ich bin ja so durcheinander. Wovon habe ich gerade gesprochen?«

Ganesh reichte ihr die ganze Packung. »Von Onkel Henry, Tante.«

»Ja, von meinem Henry. Wir hatten keine Kinder, wir konnten keine bekommen. Man sagt, erst der Kindersegen schweißt ein Ehepaar zusammen. Ich weiß es nicht. Aber ich weiß, daß wir trotzdem ein Herz und eine Seele waren. Und Henry stand seinen Mann! Er hat als einfacher Mechaniker begonnen, aber als er in die Hauptstadt fuhr, um die Papiere für eine neue Tankstelle zu beschaffen, besaß er bereits *drei*!« Ihre Verwirrung hatte sich gelegt; die Stimme klang wieder hell. »Henry war wie dein Vater, Jeffrey: Er konnte keinen roten Heller in der Tasche behalten. Wenn jemand Geld brauchte und zu ihm kam, winkte Henry bloß mit der Hand ab und sagte: ›Aber gern! Kein Problem! Wieviel soll es denn sein?‹ Und kein Dritter erfuhr jemals davon. Nicht einmal mich weihte er ein. Als Henry starb, hatte ich keine Ahnung, wie viele Schuldner er hatte. Manche Leute meldeten sich zum Glück von selbst und zahlten; aber die meisten ließen es natürlich bleiben. – Jeffrey?«

»Ja, Tante?«

Sie fuhr sich mit den Fingern durch die Locken. »Er kam bei einem Autounfall ums Leben. An genau dem Tag, als er in die Hauptstadt wollte, um die Papiere für die neue Tankstelle zu beschaffen. Auf der alten Straße gibt es eine Menge gefährlicher Kurven. Plötzlich kam ihm in voller Fahrt ein Fernlaster entgegen und –« Sie verstummte und sprach nicht weiter.

»Wie furchtbar«, sagte Ganesh leise. Und dann: »Ich weiß, was du gelitten haben mußt.«

Tante Betty rieb sich die Augen und sagte: »Ja, du kennst das.« Sie blickte ihn angestrengt an. »Du kennst das. – Komm zu mir!«

Ganesh trat einen Schritt näher an das Bett heran. Sie streckte ihm die Hand entgegen, und er nahm sie. »Das ist jetzt fünf Jahre her, Jeffrey, und ich habe mich Tag für Tag nach ihm gesehnt. Manchmal glaube ich ihn zu hören: Er steht im Flur und kommt von der Arbeit heim.« Sie lächelte verkrampft und ließ Ganeshs Hand wieder fallen. »Ist das nicht verrückt?«

»Nein«, sagte Ganesh.

»Fünf Jahre. Und ich kann ihn nicht vergessen«, fuhr Tante Betty fort, ohne auf seine Antwort zu achten. »Manchmal fühle ich geradezu, daß er hier ist.«

»Das ist er«, bestätigte Ganesh. »Er ist überall. Wie meine Eltern.«

Aber Tante Betty war so in ihre Gedanken verstrickt, daß sie ihn gar nicht hörte. »Seit Henry nicht mehr da ist, bin ich allem hilflos ausgesetzt. Die Leute haben es oft gesagt, aber jetzt erst weiß ich, daß es stimmt: Eine Witwe hat keine Chance.«

»Ich verstehe dich nicht.«

Sie blickte zu Ganesh auf. »Ganz einfach. Jetzt, da ich keinen Mann mehr habe, der meine Rechte verteidigen könnte, hat der Staat beschlossen, mir dieses Haus wegzunehmen. Junge, wir müssen von hier fort!«

Den folgenden Tag verbrachte Ganesh in einem Wachtraum. Er hatte die letzten Prüfungen zu bestehen, nahm sie aber kaum wahr. »Wir müssen von hier fort!« Diese Worte schmerzten wie eine offene Wunde, und doch mußte er versuchen, sie zu vergessen, und die Prüfungsfragen beantworten.

Am Abend ging er nach dem Unterricht in die Turnhalle. Er wußte, daß er auf dem Basketballfeld Tom antreffen würde. Sie hatten den ganzen Tag kaum ein Wort gewechselt.

Tom lief spielerisch über das Feld, wich aus, schlug einen Haken, täuschte unsichtbare Gegner und setzte plötzlich zu einem mächtigen Zielwurf an. Als er Ganesh entdeckte, winkte er ihm zu. Wieder zielte er präzise und ließ den Ball hochschnellen; er fiel glatt durchs Netz. »Diesen Weitwurf habe ich von Jerry West!« rief er. Dann versuchte er andere Tricks: einen Leap wie Bill Walton, einen Jump-Shot aus vollem Lauf wie Julius Erving – und jedesmal rief er die Namen der Profis, wenn der Ball den Korb traf, und schwieg nur, wenn er ihn verfehlte. Endlich klemmte er den Ball unter den Arm und kam schweißnaß zu Ganesh herüber.

»Kaum zu glauben, was? Die Prüfungen sind vorbei!« sagte er mit strahlendem Lächeln. »Wie hast du eigentlich abgeschnitten?«

»Ich weiß es nicht.«

Tom lachte. »Sag bloß noch, es ist dir gleichgültig!«

»Ja, es ist mir gleichgültig.«

»Also hör einmal, *so* nebensächlich ist das auch wieder nicht!« erwiderte Tom und musterte seinen Freund neugierig. »He, ist etwas nicht in Ordnung?«

Ganesh sagte ihm, was geschehen war: Die Regierung wollte das alte Haus für die neue Schnellstraße haben. Er bemühte sich, möglichst exakt die Formulierungen zu wiederholen, die seine Tante gebraucht hatte. Nach zweijährigen Verhandlungen hatte das Gericht nun endgültig zugunsten des Staates entschieden. Jede weitere Berufung war ausgeschlossen; die Unterzeichnung der Enteignungsurkunde konnte nicht mehr verzögert werden. Nach Ablauf einer Woche werde der Staat das Recht erhalten, das Haus abzureißen und an seiner Stelle die neue Straße zu errichten.

Tom ließ den Ball aus der Hand fallen; er sprang noch ein paarmal hoch und rollte dann gegen die Wand.

»So ein Mist!« sagte Tom. »Verfluchte Bande! – Wo werdet ihr denn dann wohnen?«

»Dort.«

»Wo?«

»In unserem Haus.«

Tom kratzte sich hinter dem Ohr. »Aber hast du nicht gerade gesagt, daß der Staat es euch wegnimmt?«

»Ich werde bleiben.«

»Das wird nicht möglich sein, Ganesh.«

»Ich werde bleiben.«

»Ja? Und wie willst du das schaffen?«

»Das weiß ich noch nicht.« Ganesh wandte sich zum Gehen. »Aber morgen werde ich es dir sagen.«

Tom stützte die Hände in die Hüften. »Im Ernst? Oder willst du mich auf den Arm nehmen?«

Ganesh ging weiter.

»He! Meinst du das im Ernst?«

Ganesh sagte über die Schulter: »Ja, im Ernst!«

Tom blickte seinem schmächtigen Freund nach. Als Ganesh die Halle verließ, rief er ihm impulsiv nach: »Sag mir, wenn du Hilfe brauchst!«

An jenem Abend ging Ganesh nach dem Essen in sein Zimmer und öffnete die unterste Kommodenschublade, wo er unter alten Hemden die Bronzestatue seines göttlichen Namensvetters versteckt hielt. Nicht ein einziges Mal hatte er sie bis jetzt hervorgeholt, nicht einmal, auch nur um sie zu betrachten. Dieses Standbild vertrat etwas, an das er vielleicht nicht länger glaubte. Oder doch? Er wußte es nicht mehr. Im Dorf hatte er oft auf Hindu-Art die kleine

Statue des elefantenköpfigen Gottes angebetet. Er hatte sein »Puja« verrichtet: Er hatte Sandelholzpaste, Blumen, Kokosnüsse, Bananen und Räucherstäbchen als Opfergaben gebracht und zur Lobpreisung ein Mantra rezitiert. »Om Shri Maha! – Ganapataye Namah!« – »Sei gegrüßt, großer Ganapati!« Bevor sein Vater krank wurde und starb, hatte Ganesh aus diesen Gebeten und Ritualen Befriedigung gewonnen. Sie schienen ihn einer Kraft näherzubringen, die jenseits seiner eigenen Macht stand, und irgendwie verbanden sie ihn mit ihr. Aber seit die Götter ihn betrogen hatten, brachte er ihnen keine Pujas mehr. »Rettet meinen Vater!« hatte er gebettelt, aber ihr Ohr war taub geblieben, sie hatten ihn nicht erhört. Würde er ihnen je wieder ein Puja darbringen?

Ganesh stellte die Statue auf den Tisch. Im Dorf würde er der beleibten Gottheit einige Mimosenblüten zu Füßen legen. Hier konnte er sich darauf beschränken, das Standbild zu betrachten: den dicken Bauch, die vier Arme, den Rüssel, die Elefantenohren, die kleinen Augen, die geschmückte Krone auf dem massigen Schädel. Was sollte er mit dem Standbild anfangen? Jedenfalls würde er es nicht um Hilfe anflehen, das war gewiß. Und doch rief die Betrachtung Erinnerungen an das Dämmerlicht im Inneren der Hindu-Tempel wach, an die Opferflämmchen, den Rauch des Kampfers, an den süß-scharfen Sandelholzgeruch.

Plötzlich schloß er die Augen und preßte vor dem großen Ganapati wie zum Gebet die Handflächen aneinander. Er fragte und bat um nichts; und doch fühlte er, mit geschlossenen Augen und den Händen in der unterwürfigen Geste des Puja, wie eine große, sanfte Ruhe auf ihn einströmte. Lange Zeit verharrte er so. Dann öffnete er die Augen wieder und richtete sich auf. Er fühlte sich gestärkt. Fühlte er sich wirklich stärker? Ja. War das auf den kleinen Bronze-Ganesh zurückzuführen? Er wußte es nicht. Er wußte nur eines: Er würde dieses Haus nicht verlassen. Es war so, wie er Tom Carrington gesagt hatte: Er und seine Tante würden nicht weichen, wenn die Vertreter des Gesetzes kamen, um das Grundstück zu beanspruchen. Sie würden sitzen bleiben und nicht weichen, denn dies hier war ihr Haus, ihre Heimat, hierher gehörten sie; und nichts, nicht einmal eine Regierung, nicht einmal jene der Vereinigten Staaten von Amerika, konnte sie je von hier vertreiben.

Das war es, was er morgen Tom Carrington sagen würde: Wir werden Satyagraha bieten.

Das Idol Ganapatis, der elefantenköpfige Ganesh, behielt seinen Platz auf dem Schreibtisch.

Am nächsten Morgen kam Ganesh früher als sonst zur Schule und wartete beim Fahrradständer auf Tom. Als sein Freund kam, sagte er ohne weitere Umschweife: »Ich habe mich für Satyagraha entschieden.«

Tom lächelte ihn verlegen an und sagte: »Und was bedeutet das?«

»Das bedeutet, daß ich mich auf die Veranda setze. Ich werde die Regierung davon überzeugen, daß sie einen Fehler gemacht hat.«

Tom zuckte resigniert mit den Schultern. »Also gut, Ganesh. Du erreichst damit nur, daß die Polizei kommt, dich vom Grundstück schleppt und den Planierraupen Tür und Tor öffnet.«

»Dann komme ich eben zurück«, erklärte Ganesh. »So lange, bis die Regierung ihren Irrtum einsieht und die Trassenführung der Schnellstraße ändert.«

Tom zog eine Grimasse. »Ich kann einfach nicht glauben, daß das dein Ernst ist.«

»Doch.«

»Was hält denn deine Tante davon?«

»Ich habe es ihr noch nicht gesagt.«

Aufgeregt fuchtelte Tom mit seinen riesigen Händen. »Wie kannst du irgend jemanden von irgend etwas überzeugen, indem du dich auf eine Veranda hockst? Kein Mensch wird dir zuhören!«

»Man wird mich anhören müssen. Das ist der tiefere Sinn von Satyagraha. Das Wort bedeutet: ›Die Kraft der Wahrheit‹. Die Wahrheit ist: Wir müssen im Haus unseres Urgroßvaters leben dürfen. Und warum? Weil er es mit eigenen Händen für uns gebaut hat. Sobald die Regierung das erkennt, ist das Haus gerettet.«

Tom schüttelte immer wieder den Kopf. »Ich werde verrückt! Du meinst das ja wirklich! Ich kann es einfach nicht glauben! – Aber andererseits kenne ich dich mittlerweile gut genug, um dir so etwas durchaus zuzutrauen.« Er schritt auf das Schultor zu, durch das bereits die Massen drängten. »Also gut«, sagte er schließlich und seufzte resigniert, »du kannst mit mir rechnen. Ich hocke mich neben dich.«

»Ich danke dir!«

»Geteiltes Leid ist halbes Leid. Vielleicht können wir auch ein paar andere überreden. Wann brauchst du sie denn?«

Ganesh sagte ihm, daß die Regierung die Enteignung am kommenden Dienstag vornehmen würde.

»Das ist gut. Da haben wir keine Schule mehr, und wer nicht gerade einen Ferienjob gefunden hat – und diese Jobs sind dieses Jahr sehr rar –, sucht ohnehin einen Zeitvertreib. Ein paar Leute werden wir bestimmt zusammenkratzen.« Toms Stimme verriet bereits eine Spur von Begeisterung. »Klar, es ist einfach ein Sit-in. Auf der Uni gehört so etwas schon beinahe zur Tagesordnung. Die Studenten besetzen das Büro des Rektors, singen Kampflieder, rauchen Hasch, lassen sich ins Kittchen werfen und haben einen Riesenspaß dabei. Aber dafür sind sie immerhin bereits Studenten; von ihnen kann man erwarten, daß sie eine derartige Demonstration glatt durchziehen.«

»So habe ich es nicht gemeint.«

Tom blickte ihn zweifelnd an. »Dann weiß ich nicht, wie

du dir das Ganze vorstellst. Aber laß uns zuerst einmal eine Bande zusammentrommeln, und alles weitere wirst du ihnen schon erklären. Lade sie doch für Montag zu dir ein!« Und mit einem Lächeln fügte er hinzu: »Siehst du, da hast du gleich deine Chance, eine Party zu schmeißen!«

An den kommenden beiden Tagen nützten Tom und Ganesh jede Gelegenheit, in den Pausen, während der Mittagsstunden und nach der Schule Gesinnungsgenossen anzuwerben. Manche Mitschüler lachten bloß. Andere zeigten sich uninteressiert. Aber immerhin schien mehr als einem Dutzend der Gedanke zu gefallen, daß die gesamte Regierung des Bundesstaates herausgefordert werden sollte, und sie versprachen, am Montagnachmittag in Ganeshs Haus zu kommen.

Als Ganesh am letzten Schultag zum Fahrradständer ging, begegnete er Lucy Smith. Diesmal trat sie ihm in den Weg. Ihr hübsches Gesicht war ernst; entschlossen preßte sie die Lippen zusammen; ihre Augen hatten einen harten Glanz.

»Ich habe gehört, was mit deinem Haus geschehen soll«, sprach sie ihn an. »Das tut mir leid.«

»Danke«, sagte er. Es war dumm, aber etwas Besseres fiel ihm nicht ein.

»Du und Tom, ihr habt eine ganze Schar Helfer angeworben. Aber mich habt ihr nicht gefragt.«

Ganesh wußte nicht, was er antworten sollte. Er fühlte sich unbehaglich. Lucy starrte ihn ungeniert an. »Du trägst mir noch immer die Sache mit dem Mantra nach«, stellte sie fest.

»Nein. Aber wir sind nicht miteinander befreundet.«

Seine Offenheit überraschte Lucy, aber nur für einen Augenblick lang. Sie nickte ihm in aufrichtiger Achtung zu, lächelte und sagte: »Es kommt überhaupt nicht darauf an, ob wir Freunde sind oder nicht. Du brauchst Leute, die dir helfen – wenn auch keiner von uns weiß, was du eigentlich vorhast. Ich habe dieses Jahr keinen Job und jede Menge Zeit. Also werde ich am Montag kommen.«

Sie schob ihn sanft zur Seite und ging, ohne ein weiteres Wort zu verlieren.

Ganeshs nächstes Problem war, seine Tante davon zu überzeugen, daß sie um das alte Haus kämpfen mußten. Er kannte Tante Betty nun gut genug, um ihre gefühlvolle und empfindsame Art zu schätzen. Entschlossenheit und Widerstandswille traute er ihr aber nicht gerade zu.

Als er mit Tante Betty nach dem Essen noch eine Weile im Wohnzimmer saß, musterte Ganesh sie nachdenklich. Sie wirkte mutlos und ungewöhnlich schweigsam. Dann faßte er sich ein Herz. In sachlichem Ton erklärte er ihr, welchen Plan er gefaßt hatte, um das Haus zu retten. Sie saß reglos in ihrem Stuhl, hörte ihn an, ohne ihn ein einziges Mal zu unterbrechen, und je länger er sprach, um so größer und runder wurden ihre Augen. Schließlich schüttelte sie den Kopf und sagte traurig: »Jeffrey, du weißt, daß wir so etwas nicht machen können.«

»Doch, Tante.«

Sie seufzte tief. »Ich habe alle rechtlichen Möglichkeiten ausgeschöpft, und nichts hat geholfen.« Dem Staat sei es gelungen, »öffentliches Interesse« für die Enteignung nachzuweisen; niemand konnte jetzt noch eine Änderung herbeiführen – den Obersten Leiter der Straßenbaubehörde ausgenommen, aber selbst dessen Kompetenzen waren begrenzt. Alle gerichtlichen Einsprüche anderer Betroffener hatte man auf gleiche Weise zurückgewiesen. Alle Häuser, Läden, Werkstätten und sonstige Grundstücke im Zuge der künftigen Schnellstraße waren bereits evakuiert – oder würden es in naher Zukunft werden –, und alle Eigentümer waren auf den Cent genau nach den gesetzlichen Bestimmungen entschädigt worden. »Wir sind eben die letzten«, schloß Tante Betty.

»Könnte denn die Straße nicht über eine andere Route geführt werden?«

»Diese Frage hat auch mein Anwalt gestellt. Zwei Häuserblocks weiter steht der Imbißladen. Warum verlegt man ihn nicht?«

»Ja, warum eigentlich nicht? Das wäre doch kein Problem.«

»Doch, Jeffrey. Der Laden gehört zu einer großen Kette von Snack-Restaurants, und der Besitzer unterhält gute Kontakte zu einflußreichen Politikern. Der Geschäftsgang ist zwar eher flau, aber die Gesellschaft gibt das Land nicht her. Vielleicht will sie später einmal vergrößern.«

»Dann müssen eben wir die Regierung davon überzeugen, daß es besser wäre, die Straße dort entlang zu führen.«

Tante Betty mußte über seinen Eifer lachen. »Verstehst du denn überhaupt, was ich dir klarmachen will?«

»Daß die Regierung nicht weiß, wie sehr wir unser Haus brauchen.«

»Mehr als das, Jeffrey. Erstens: Es ist nun einmal so im Leben, daß man gegen Geld und Macht nicht ankämpfen kann. Zweitens: Wir können nicht einfach die Gesetze brechen und ungeschoren davonkommen.«

Ganesh hatte sich in seinem Stuhl kerzengerade aufgerichtet. Niemand würde ihn von seinem Vorsatz abbringen. Er war sogar bereit, sich gegen seine Tante zu stellen. »Ein Imbißrestaurant ist kein Haus, kein Zuhause«, sagte er ruhig. Von seinem Platz aus konnte Ganesh das Bild des alten Mannes über dem Kamin sehen und den ernsten Blick erwidern. Leise, aber mit Nachdruck, ergänzte er: »Urgroßvater würde von uns erwarten, daß wir das Haus retten, das er selbst gebaut hat!«

Tante Betty antwortete nicht sofort, sondern schien nachzudenken. Sie sah alt, müde und klein aus.

Ganesh rührte sich nicht; er wartete auf ihre Entscheidung.

Zuletzt schlug Tante Betty hart mit der Faust auf die Stuhllehne. »Jeffrey, aus dir spricht dein Urgroßvater – in all seiner hartnäckigen Entschlossenheit. Weder dein

Großvater noch dein Vater sind ihm nachgeraten. Seine Willensstärke hat sich direkt auf dich vererbt.«

Noch immer saß Ganesh unbeweglich und zu allem entschlossen auf seinem Platz. »Wenn am Dienstag die Polizei kommt, müssen wir bereit sein.«

Tante Betty seufzte. Dann klatschte sie sich, wie zur Bestätigung, auf die Schenkel. »Du sollst deinen Willen haben, Junge! Wir werden bereit sein.«

Er saß neben Tom Carrington auf der obersten Treppenstufe zur Veranda und sah zu, wie einer nach dem anderen in den Garten geschlendert kam; er beobachtete seine Mitschüler: Sie blinzelten zum Wetterhahn hoch, der sich im warmen Frühsommerwind drehte. Sie kamen über den Weg, vorbei an den Ligusterbüschen – und am Blumenbeet mit den Tulpen, die Tante Betty in diesem Jahr nicht so richtig zum Blühen gebracht hatte. Sie bestaunten die abblätternden Schindeln des alten Hauses, die altmodische Schnitzarbeit über den gardinenverhangenen Fenstern. Er konnte verstehen, daß dies für seine Freunde ein fremdartiger, ja vielleicht sogar unheimlicher Ort war – ein Außenseiter unter den Häusern, wie Ganesh ein Außenseiter unter seinen Schulkameraden war. Wie sollten sie denn auch wissen, was das stille Glänzen des polierten Treppengeländers bedeutete, das leise Knarren der Bodenbretter, der Lichtstreifen auf dunklen Paneelen: ein Flüstern aus einer Vergangenheit, die nahtlos in die Gegenwart fortwirkte. Als Ganesh sie vor sich sah, unbekümmert, selbstsicher, junge Amerikaner, verlor er für einen Augenblick seine Sicherheit. Sie riefen ihm lässig »Hallo!« zu oder winkten bloß und setzten sich im Halbkreis vor der Veranda ins Gras, musterten ihn, nicht ohne Neugierde, und warteten auf eine Erklärung.

»Los!« flüsterte Tom ihm zu. »Sprich zu ihnen!«

Diese Aufforderung seines Freundes wirkte auf Ganesh wie ein Kommando. Ein wahrer Wortschwall brach aus ihm hervor. Er hatte noch nie so rasch, so ernsthaft gesprochen.

Er erklärte den anderen, daß morgen die Polizei kommen würde, um das Haus in Besitz zu nehmen – aber nur, weil die Regierung nie bedacht hatte, wieviel es den Menschen bedeutete, die hier wohnten. Sobald die zuständigen Behörden dies aber einmal erführen und begriffen, würden sie die Schnellstraße über eine andere Route führen. So einfach sei alles. Natürlich müsse man die Verantwortlichen zunächst von der Notwendigkeit dieser Maßnahme überzeugen; sie müßten die Kraft der reinen Wahrheit verstehen lernen. Eben darauf beruhe Satyagraha, genau das könne es bewirken. Sein Vater habe ihm erklärt, daß Satyagraha weit mehr sei als eine Form zivilen Ungehorsams, nämlich eine Methode, einem Gegner überzeugend klarzumachen, daß er sich im Unrecht befindet. Um Satyagraha bieten zu können, müsse man zunächst die Wahrheit, das Recht besitzen – in ihrem konkreten Fall offensichtlich das Haus. Man besetzt es und weigert sich, es zu verlassen, komme, was wolle. In diesem Stadium reagieren die Gegner – die Verantwortlichen der Behörden – zunächst überrascht und versuchen herauszubekommen, warum man sich trotz des Risikos einer Bestrafung so halsstarrig verhält: Was kann denn schon an einem alten Haus so wichtig sein? Warum setzen sich Menschen auf die Veranda und weigern sich, den Platz zu räumen? Vielleicht beginnt man erst jetzt, die getroffenen Entscheidungen zum Abbruch des Hauses ernsthaft zu überdenken – und auf eine neue Weise, nicht bloß in Hinblick auf bestehende Gesetze und Verordnungen, sondern in Hinblick auf das Leben der Menschen, denen ihre Heimat so viel bedeutet.

»Sie werden dich rausschmeißen!« rief ihm einer der Jungen entgegen.

Ganesh schüttelte den Kopf. »Dann kommen wir zurück. Durch unsere Entschlossenheit erringen wir ihre Achtung.«

»Es wird also ein Sit-in!« rief ein anderer.

Wieder schüttelte Ganesh den Kopf. »Nein, es wird um mehr gehen, als nur dazusitzen. Das wirst du schon sehen.«

»Inwiefern wird es um mehr gehen?«

»Das hängt vom Verhalten unserer Gegner ab«, sagte Ganesh.

»Und was tun wir, wenn unsere Eltern kommen und uns fortschleppen?« wollte ein Junge wissen.

»Wir kommen zurück.«

»Ja? Das ist leichter gesagt als getan.«

»Wir kommen zurück.«

»Bleiben wir über Nacht hier?«

»Nacht für Nacht.«

»Und wie lange?«

»Bis die Regierung sagt, das Haus könne stehenbleiben.«

»Dazu kommt es nie«, kommentierte eines der Mädchen.

»Wie sollten sie auch jetzt noch ihren Entschluß ändern?« fragte Lucy Smith. »Ist denn die Routenführung nicht bereits festgelegt?«

»Die Straße kann verlegt werden«, erklärte Ganesh unbeirrt.

Lucy blieb hartnäckig. »Woher willst du das wissen?«

»Weil sie bisher nur aus einer Reihe von Linien auf Bauplänen besteht.«

Ein Junge stand auf, klopfte die Erde vom Hosenboden seiner Jeans und sagte knapp: »Ich will mit dieser idiotischen Sache nichts zu tun haben!« Er drehte sich um und ging.

»Eine Frage«, rief ein anderer. »Wie bringen wir unseren Eltern bei, daß wir etwas Ungesetzliches vorhaben?«

In der tiefen Stille, die nun folgte, konnte man die sommerliche Brise in den Blättern rascheln hören – als sei sie ein zufälliger Zaungast, der sich seine eigenen Gedanken macht. Alle, Ganesh nicht ausgenommen, erkannten, daß dies die Kernfrage war. Wenn er darauf keine Antwort fand, würde keiner morgen wiederkommen.

Tom Carrington lehnte sich vor und sagte, noch ehe Ganesh den Zuruf erwidert hatte: »Sagt euren Eltern, ihr müßt einem Freund helfen, dem man Unrecht antut. Sagt ihnen das und versucht, nicht zu kneifen.«

Wieder blieb es lange Zeit still. Dann rief jemand: »Helfen? Okay, aber wozu eigentlich. Nur damit er in diesem häßlichen alten Haus bleiben kann?«

»Es bedeutet ihm eine Menge«, argumentierte Tom. Und dann, als erkenne er selbst erst jetzt die ganze Wahrheit, fügte er hinzu: »Es bedeutet ihm sozusagen alles.«

»Ehrlich? Wieso?«

Diesmal gab Ganesh die Antwort. »Weil ich zu diesem Haus gehöre. Weil ich mein Leben lang nirgendwohin sonst wirklich gehört habe.« Er überlegte. »Und weil meine Tante nichts auf der Welt besitzt als dieses Haus.«

»Hat noch jemand eine Frage?« wollte Tom wissen. Er stand auf. »Wenn nicht, treffen wir einander morgen hier froh und munter wieder.«

Einer nach dem anderen erhob sich, und sie gingen, einzeln oder in kleinen Gruppen.

»Werden sie morgen kommen?« fragte Ganesh Tom, als sie wieder allein waren.

Tom zuckte mit den Schultern. »Keine Ahnung.«

Sie kamen tatsächlich am nächsten Morgen – zumindest zehn von vierzehn. Sie brachten Schlafsäcke mit, standen wortkarg auf dem Betonweg herum und verstauten schließlich ihre Sachen in den Räumen im Obergeschoß, die Tante Betty ihnen zuwies. Sie war überwältigt von diesem Sympathiebeweis und murmelte immer wieder: »Sie sind da! Sie sind wirklich da!« Den ganzen Vormittag lief sie mit dem Servierbrett herum und verteilte Kuchen, Chips und Cola an die Satyagrahis – so hatte Ganesh sie genannt –, die auf dem Rasen und auf der Veranda lagerten und Karten oder Schach spielten.

Auch Lucy Smith stellte Ganesh ein Schachbrett vor die Füße.

»Spielen wir?« fragte sie. Er nickte. Sie setzte sich zu ihm und stellte die Figuren auf. Sie spielten, Lucy gewann. Sie spielten eine zweite Partie, Lucy gewann wieder. Als sie mit dem dritten Spiel begannen, rief jemand: »Feind in Sicht!«

Ein Streifenwagen hielt vor dem Gartenzaun.

»Würdest du bitte meine Tante holen?« sagte Ganesh. Lucy nickte und ging ins Haus. Die anderen Satyagrahis verließen den Garten und versammelten sich auf der Veranda.

Ganesh saß allein auf der obersten Treppenstufe.

»Das ist Halstead, der Polizeichef«, flüsterte jemand hinter ihm. Der Mann war hochgewachsen, trug blaue Uniformhosen, Polizeistiefel und eine Tellerkappe, nicht aber den üblichen Patronengurt mit dem Pistolenhalfter. Als er sich der Veranda auf drei oder vier Meter genähert hatte, blieb er – wie vor einer unsichtbaren Wand – stehen, tippte mit der Spitze seines Zeigefingers die Kappe aus der Stirn und fragte ganz allgemein: »Ist Mrs. Strepski da?«

»Sie kommt gleich, Sir«, sagte Ganesh.

Während der Polizist auf sie wartete, musterte er ein wenig erstaunt die Gruppe, betrachtete eingehend das ramponierte Tulpenbeet und ließ zuletzt den Blick über die Eichen und Ahornbäume im Garten schweifen. Es gab in der Stadt wohl nicht mehr viel Häuser mit so schönen alten Bäumen.

Tante Betty kam aus dem Haus und blieb im Türrahmen stehen. Halstead legte die Hand an die Kappe und sagte: »Guten Morgen, Mrs. Strepski!«

»Guten Morgen, Inspektor.« Tante Betty setzte sich in die Schaukel auf der Veranda; die rostigen Angeln quietschten.

»Ziemlich heiß heute, und dabei ist es noch nicht einmal Mittag.«

»Ja, es sieht ganz so aus, als bekämen wir bereits Anfang Juli die erste Hitzewelle«, erwiderte sie höflich.

»Das glaube ich auch. – Mrs. Strepski, ich nehme an, Sie wissen, was mich herführt.«

»Ja, Inspektor, ich weiß es.«

»Heute mittag läuft die Frist ab; dann müssen Sie das Haus räumen.« Er blinzelte gegen das Licht auf die Jugendlichen, die wie Zuschauer bei einem Spiel die Veranda säumten. »Haben Sie Ihre Sachen schon gepackt?«

»Nein, Inspektor«, sagte Tante Betty mit etwas dünner Stimme.

Er blinzelte wieder. »Wenn das so ist, kann ich Ihnen bis morgen früh Zeit geben.«

»Das ist sehr nett von Ihnen, Inspektor, aber...« Sie wußte nicht, wie sie es ihm erklären sollte. »Aber...«

Ganesh ergriff die Gelegenheit. »Wir werden das Haus nicht verlassen, Sir.«

Der Polizeichef wandte ihm langsam den Kopf zu und betrachtete nicht uninteressiert den blonden, sommersprossigen Jungen, der auf der obersten Verandastufe saß. »Was hast du gesagt, Bürschchen?«

»Wir werden das Haus nicht verlassen, Euer Ehren.«

Der Polizist runzelte erstaunt die Stirn. »Wer ist das?« fragte er Tante Betty.

»Mein Neffe. Jeffrey Moore.«

Der Polizist zog ein Blatt aus der Gesäßtasche, trat mit einigen raschen Schritten an die Veranda heran und drückte es Ganesh in die Hand. »Hier, das solltest du vielleicht deiner Tante geben, Jeffrey Moore. Es ist der Räumungsbefehl.« Dann machte er kehrt und zog sich auf seinen ursprünglichen Platz auf dem Betonweg zurück.

Ganesh reichte das Blatt über die Schulter nach hinten weiter. Es ging von Hand zu Hand, bis es Tante Betty erreichte.

»Ich gebe Ihnen also bis morgen früh Zeit, Mrs. Strepski«, sagte Halstead großzügig.

»Nein, Euer Ehren«, erwiderte Ganesh. »Wir werden das Haus nicht verlassen.«

Der Polizeichef wandte sich wieder an Tante Betty, die in der Schaukel saß und mit beiden Händen das Formular hielt, als wolle sie es wie ein nasses Handtuch auswinden. »Spricht Ihr Neffe in Ihrem Namen?«

Sie nickte schweigend.

»Dieses Grundstück ist mittlerweile in den Besitz des Staates übergegangen«, sagte der Polizist betont sachlich zu Ganesh. »So will es das Gesetz. Ich fürchte, das ist dir noch nicht ganz klar geworden.«

Ganesh antwortete: »Das Gesetz muß auch wollen können, daß die Straße anders geführt wird und wir unser Haus behalten.«

Der Polizeichef blinzelte angestrengt. Er schob seine Kappe noch weiter in den Nacken, bis sie hinunterzufallen drohte.

»Ich bin bevollmächtigt«, wandte er sich nun an die gesamte Versammlung auf der Veranda, »dieses Haus von den darin befindlichen Personen und Sachwerten auf *jede* erforderliche Weise zu räumen. Habe ich mich allgemeinverständlich ausgedrückt?«

Ganesh schien die Erklärung zu ignorieren, denn er erwiderte ungerührt: »Mein Urgroßvater hat dieses Haus mit eigenen Händen gebaut.« Er hatte jetzt die Siddhasana eingenommen, die Volle Lotosstellung der Yogis: im Sitzen ruhte der linke Fuß mit dem Rist auf dem rechten Schenkel, der rechte auf dem linken. So fühlte Ganesh sich unverrückbar, sicher – wie ein mächtiger Fels. Sein Körper verwuchs mit den Bodenbrettern der Veranda. Sein Rückgrat bohrte sich in die Erde, tief und immer tiefer, bis er im heißen Granit sicher verankert war.

Auf Ganeshs Argument, einer seiner Vorfahren habe dieses riesige, jetzt halb verfallene Haus selbst gebaut, wußte der Polizist keine Antwort. Er murmelte bloß: »Ja, so ist das nun leider einmal.« Mißbilligend musterte er die Versammlung auf der Veranda. »Was habt ihr alle hier eigentlich zu suchen?«

»Es sind Freunde. Sie bleiben mit uns in diesem Haus«, erklärte Ganesh.

»Außer, wir schaffen sie ebenfalls fort.«

»Dann würden sie zurückkommen. Alle.«

Der Polizeichef zog ein schiefes Lächeln. »Sofern ihre Eltern es ihnen nicht verbieten.«

»In diesem Fall«, sagte Ganesh und holte tief Luft, »werden sie fasten!«

»Was?«

»Sie werden so lange keine feste Nahrung zu sich nehmen, bis ihre Eltern ihnen gestatten, hierher zurückzukommen.«

Polizeichef Halstead nahm die Kappe ab, fuhr sich über die Stirn, setzte die Kappe wieder auf, machte kehrt und ging wortlos und gemessenen Schritts zum Streifenwagen zurück. Mit verärgert quietschenden Reifen brauste das Auto davon.

Sobald es außer Sichtweite war, atmeten alle erleichtert auf, redeten wild durcheinander und lachten.

»So etwas kriegt der nicht alle Tage zu hören!« sagte jemand.

»He, Ganesh! Einen Bullen nennt man nicht: ›Euer Ehren‹!«

Nur einer der Jungen kam zu Ganesh, funkelte ihn an und fragte: »Wer hat dir eigentlich erlaubt, zu behaupten, daß wir hungern würden?«

Ganesh zuckte mit den Schultern. »Es hat sich so ergeben; ich mußte es darauf ankommen lassen.« Er sah, daß Lucy Smith ihm zustimmend zulächelte.

In der Schaukel saß noch immer Tante Betty und fächelte mit dem Räumungsbefehl ihr schweißnasses Gesicht. Leise und besorgt fragte sie: »Wie geht es jetzt bloß weiter?«

Am Nachmittag betrat eine elegant gekleidete Dame den Garten, schloß sorgfältig das Tor hinter sich und ging auf einige der Satyagrahis zu, die vor der Veranda im Gras lagen. Ganesh saß auf der obersten Treppenstufe und beobachtete sie.

»Ist Mrs. Strepski da?« fragte die Frau und kratzte sich dabei unsicher mit einem grellrot lackierten Fingernagel an der Wange. »Und meine Tochter – Ruth Hoving?«

Ein Mädchen stand schweigend auf und ging ins Haus. Wenig später kam Tante Betty auf die Veranda, blickte die Frau an und runzelte fragend die Stirn.

»Kennen Sie mich noch, Mrs. Strepski? Ich bin Dorothy Hoving.«

»Ja, ich kenne Sie«, sagte Tante Betty kühl. »Mein Mann und der Ihre standen in geschäftlicher Verbindung.«

Die Frau senkte den Kopf und starrte verwirrt auf ihre Schuhspitzen. »Ihr Gatte war eine außergewöhnliche Persönlichkeit, Mrs. Strepski.«

Tante Betty wartete in eisigem Schweigen darauf, daß die Frau das Gespräch fortsetzte. Ganesh schloß daraus, daß die Geschäfte der beiden Männer kein gutes Ende genommen hatten. Wahrscheinlich hatte sich Mr. Hoving von Onkel Henry Geld geliehen. Mrs. Hoving biß sich auf die Lippe und wirkte nervös. Die Sonne schien ihr ins Gesicht, sie mußte die Augen zu schmalen Schlitzen schließen, und Schweißperlen begannen ihr Make-up zu verschmieren. Tante Betty forderte sie nicht auf, zu ihr auf die Veranda, in den Schatten, zu kommen.

»Ich kann ja so gut verstehen, wie Ihnen zumute sein muß«, sagte Mrs. Hoving schließlich mit Nachdruck. »Es muß schrecklich sein, auf solche Weise das Haus zu verlieren! Aber Sie müssen auch mich verstehen. Ich meine, was Ruth betrifft. Ruth, also meine Tochter – also sie ist ja noch so jung! Ich kann sie doch unmöglich mit all den Jungen hier im Haus lassen.« Sie legte schützend die Hand vor die Augen und starrte die Satyagrahis an, die sich beinahe vollständig auf der Veranda versammelt hatten. »Es ist eine Schande, daß Ihnen der Staat das Haus wegnehmen will, mein Mann sagt das auch. Er hat Ihren Gatten ja so bewundert ...« Ihre Stimme erstarb. Dann faßte sie sich wieder. »Glauben Sie mir, wenn Sie ein Bittgesuch verfassen, werde ich es sofort unterschreiben. Nur – ich kann doch Ruth nicht über Nacht hierlassen! Bei aller Achtung vor Ihrem ...«

»Ruth Hoving!« Tante Betty hatte die Tür geöffnet und rief ins Innere des Hauses: »Ruth Hoving soll herauskommen!«

»Wirklich, bei aller Achtung ...«, murmelte die Frau, kramte ein Taschentuch aus ihrer Handtasche und wischte sich den Schweiß aus dem Gesicht. Der blaue Lidschatten verschmierte sich und verlieh ihr den jammervollen Ausdruck eines Zirkusclowns.

»Mrs. Hoving«, sagte Tante Betty, die Hände in die Hüften gestützt, »die Räume der Jungen befinden sich im ersten Stock und jene der Mädchen im zweiten. Haben Sie wirklich ernsthaft geglaubt, ich würde sie zusammenlegen?«

»Selbstverständlich nicht. Nur ...«

Ein blondes Mädchen kam aus dem Haus. Es war klein und dünn und hatte große Augen.

»Ich wußte nicht, daß du Hoving heißt«, sagte Tante Betty, wie zur Erklärung. »Deine Mutter möchte, daß du nach Hause gehst, Ruth.«

Das Mädchen blickte ihre Mutter an. »Mama, ich möchte bleiben.«

»Du kommst sofort mit!« Mrs. Hoving starrte Tante Betty böse an. »Ich ließ sie nur herkommen, weil Sie Hilfe brauchten; aber Sie haben kein Recht, meine Tochter festzuhalten.«

»Vielen Dank für Ihre Unterstützung, Mrs. Hoving, aber ich brauche sie nicht. Und ich halte Ihre Tochter selbstverständlich nicht fest.«

»Also, dann komm, Ruth«, sagte die Frau beleidigt.

»Laß mich doch nur noch eine Nacht bleiben, Mama! Bitte!«

»Du kommst sofort mit, oder ich hole deinen Vater!« Wieder starrte sie böse auf Tante Betty. »Mein Mann weiß ja nicht einmal, daß sie hier ist. Nur meinem guten Willen ist es zu verdanken, daß ich ... Und das hat man nun davon.«

Ganesh, der alles aufmerksam verfolgt hatte, sah, daß dem Mädchen Tränen in die Augen traten, als es auf Tante Betty zutrat und sagte: »Es tut mir wirklich leid.«

Tante Betty zögerte einen Augenblick, dann lächelte sie und tätschelte dem Mädchen die Hand. »Ich weiß, daß du uns helfen wolltest, Ruth. Ich danke dir dafür und werde es nicht vergessen. Aber jetzt mußt du nach Hause.«

Zögernd verließ das Mädchen die Veranda und ging zu seiner Mutter. Mrs. Hoving packte Ruth am Ellbogen und steuerte mit ihr auf das Gartentor zu. Dort wandte sie sich noch einmal um und rief: »Ein Bittgesuch unterschreibe ich jederzeit!«

Sie schob Ruth vor sich her auf die Straße.

Ganesh hatte seine Tante noch nie so aufgebracht, so zornig gesehen. Der Ärger ließ ihr Gesicht jünger wirken. Zornig ging sie auf dem Rasen auf und ab. Nach einigen Minuten schloß Ganesh sich ihr an.

»War Mr. Hoving Onkel Henry Geld schuldig?« fragte er.

Tante Betty bückte sich, roch an einer gelben Rose im Beet und lächelte grimmig. »Natürlich. Und er hat es nie zurückbezahlt. Er ist Mechaniker und wollte seine eigene Tankstelle aufziehen. Er dachte wohl, mit Henry konkurrieren zu können. Als er in die Klemme kam, war Henry trotzdem bereit, ihm zu helfen – und jetzt hat diese Frau die Unverfrorenheit, hierher zu kommen und zu behaupten, sie wolle *mir* helfen! Ein Bittgesuch unterschreiben! Hochachtung vor Henry? Diese Frau und ihr Mann? Sie haben doch bloß seine Großzügigkeit für ein Zeichen von Schwäche gehalten.«

Tante Betty richtete sich auf, räusperte sich und erklärte

mit Bestimmtheit: »Wir werden um dieses Haus kämpfen, Ganesh! Henry hat hier viele Jahre gelebt; auch er hat es geliebt!«

Onkel Henry. Und Vater! Manche Menschen verstanden es nicht, mit Geld umzugehen, und trotzdem lebten sie in der Erinnerung jener weiter, die sie liebten und achteten. Onkel Henry hatte Tante Betty die Kraft gegeben, gegen Mrs. Hoving aufzutreten. Ganesh wußte, daß seine Tante von nun an im Kampf um das Haus nicht nachgeben würde. Sie hatte Mut und Kraft; sie zählte für zwei.

Man beschloß, Nachtwachen aufzustellen. Tom hatte den Vorschlag gemacht, weil er meinte, Satyagraha müsse wie eine militärische Operation geplant werden. Ganesh übernahm die erste Wache, gab die Kontrolle über die Veranda dann an Tom ab und stapfte müde hinauf in sein Zimmer, das er nun mit Tom teilte. Durch das offene Fenster hörte er das Rascheln in den Pappeln; die Zweige der Eiche schlugen rhythmisch gegen die Wand des alten Hauses. Seines Hauses. So viele Menschen nahm es auf, heute wie einst. Im Augenblick beherbergte es mehr als ein Dutzend. Dafür hatte es sein Urgroßvater bestimmt, so hatte er es geplant: als ein Haus für viele. In Indien hielt man es nicht anders. Wenn er bei Rama übernachtet hatte, waren dort sogar noch mehr Menschen im Haus gewesen.

Er stand auf, ging zu seinem Schreibtisch und betrachtete im Mondlicht den elefantenköpfigen Gott. Er betete nicht, stimmte auch keinen Gesang an, aber er streckte die Hand aus und berührte mit den Fingerspitzen die Bronzefigur. Ganesh, der Überwinder der Hindernisse. War dies alles Wirklichkeit? Halfen ihm seine amerikanischen Freunde tatsächlich, gegen ihre eigene Regierung, ein Haus zu verteidigen?

Er legte sich auf sein Bett und schlief sofort ein.

Am Morgen schlug Tom vor, Ganesh sollte der ganzen Gruppe Yoga-Unterricht geben. Die meisten wollten einen Versuch wagen. Also ließ Ganesh sie auf dem Rasen in einer Reihe antreten und lehrte sie einige Grundpositionen im Stehen, Sitzen und Liegen. Während er seine Anweisungen gab, dachte er über Tom nach. Nicht einmal Rama hätte sich hilfreicher verhalten können! Tom hatte erkannt, daß dieser Yoga-Unterricht Ganesh Gelegenheit bot, den Satyagrahis seine Dankbarkeit zu beweisen. Noch vor wenigen Monaten hätte Ganesh nicht geglaubt, daß in seinem neuen Leben ein solcher Freund auftauchen würde. Er war Tom dankbar.

Nach den Übungen kam Lucy Smith auf ihn zu. »Ich glaube, du solltest einmal mit deiner Tante reden. Sie war die ganze Nacht wach und blieb auf der Treppe sitzen, um uns vor euch Jungen zu schützen. Wir brauchen aber keine Schildwache, verstanden? Wir können recht gut selbst auf uns aufpassen.«

Tom Carrington hatte ihre zornige Bemerkung mitangehört und mußte lachen – noch mehr, als er Ganeshs Bestürzung und Verwirrung bemerkte. »Die Mädchen in Indien sind offenbar nicht so selbständig, was?«

Ganesh nickte lebhaft. Kaum etwas war ihm schwerer gefallen, als sich an diese unbekümmerte Selbstsicherheit der amerikanischen Mädchen zu gewöhnen. In seinem Dorf mußten die Mädchen leise und mit Zurückhaltung sprechen, den Blick senken und sich so unauffällig verhalten, daß man ihre Anwesenheit kaum wahrnahm.

Wenige Minuten später kam Tante Betty auf die Veranda und brachte einen Stapel Papiertassen und eine riesige Pfanne mit Eiern und Schinken, was mit lautstarker Begeisterung quittiert wurde. Als sie die zweite Rate anschleppte, mit geröteten Augen und müde von der schlaflosen Nacht, trat ihr Lucy Smith in den Weg. »Mrs. Strepski, von nun an helfen wir in der Küche!« Es war eine Erklärung, die keinen Widerspruch duldete. »Und noch etwas, Mrs. Strepski: Wir Mädchen können selbst auf uns aufpassen.«

Ihre Blicke trafen sich. Tante Betty lächelte. »Ja, das will ich gern glauben.«

Das Gespräch war kaum beendet, da rief schon jemand: »Achtung! Es ist wieder ein Feind in Sicht!«

Jetzt sahen sie alle den Streifenwagen kommen. Vor dem Haus hielt er an. Als Polizeichef Halstead ausstieg, bemerkten sie, daß er diesmal die Dienstpistole umgeschnallt hatte und seine Augen hinter einer großen Sonnenbrille verbarg, wohl auch, um überzeugender auftreten zu können als bei seinem ersten Besuch. An seiner Seite ging ein Mann in der blaugrauen Uniform der Bundespolizei. Er war sogar noch größer als Halstead und trug, wie ein Sheriff in einem Western, einen Cowboyhut.

Die Satyagrahis unterbrachen ihre Mahlzeit und legten die Papierteller ins Gras, als die beiden Polizisten die unsichtbare Barriere vier Meter vor der Veranda erreicht hatten.

»Guten Morgen, Mrs. Strepski«, sagte Halstead, und beide Männer salutierten. »Dies ist Officer Baxter von der Bundespolizei.«

»Guten Morgen, Madam.«

Tante Betty nickte ihnen zu und setzte sich in die rostige Schaukel. Das leise Quietschen erinnerte Ganesh an das Krächzen der Krähen, wenn sie sich im Dorf vor seinem Fenster versammelten. Halstead blickte sich nach Ganesh um, der jetzt vortrat und seinen Stammplatz auf der obersten Treppenstufe einnahm. »Also, Jeffrey, was hast du uns heute morgen zu berichten?« erkundigte er sich leutselig.

»Nichts anderes als gestern, Sir.«

Halsteads Gesichtsausdruck verhärtete sich; er blinzelte seinem Begleiter zu, als wolle er ihm sagen: »Das ist der Junge, von dem ich erzählt habe.«

Officer Baxter wiederholte, was der Polizeichef am Tag

zuvor über die Zwanggsräumung gesagt hatte. Er blickte Tante Betty mit strenger Miene an und schloß: »Ich muß demnach feststellen, daß Sie sich widerrechtlich auf staatlichem Grund und Boden befinden.«

»Sir«, begann Ganesh, »in diesem Haus wurden meine Tante und mein Vater geboren. Mein Urgroßvater hat es mit eigenen Händen gebaut.«

Der Officer schenkte Ganesh keine Beachtung, sondern fixierte nach wie vor Tante Betty auf der Schaukel. »Wie ich höre, hat Ihnen Mr. Halstead bis heute mittag Zeit gegeben. Bis dahin werden Sie das Haus verlassen haben.«

»Nein, Sir«, sagte Ganesh von seiner Treppenstufe.

Baxter wandte sich an Halstead. »Er heißt Jeffrey?«

Halstead nickte.

»Jeffrey«, sagte der Officer, »wir sind befugt, euch, wenn es sein muß, von hier fortzutragen.«

»Tragen Sie uns fort, Sir«, erwiderte Ganesh mit seinem freundlichsten Lächeln, »und von diesem Augenblick an wird keiner von uns einen einzigen Bissen zu sich nehmen.«

Auch der Officer lächelte jetzt. »Ja, das hast du gestern schon Mr. Halstead erzählt.«

»Und wir haben unsere Meinung nicht geändert.« Ganesh schwang seine Beine wieder in die Volle Lotosposition. Sie gab ihm Festigkeit und Stärke. Er konzentrierte sich, ließ im Geist Wellen von seinem Rückgrat ausgehen und sich tief, ganz tief in die Erde senken, wie eine Bohrsonde.

»Ihr handelt euch bloß unnütze Scherereien ein«, sagte der Officer drohend. »Das hat doch keinen Sinn.«

»Doch, Sir. Man kann dieses Haus stehen lassen und trotzdem die Straße bauen – oder etwa nicht?«

»Sag ihnen noch einmal, was wir vorhaben«, flüsterte Tom, der sich direkt hinter Ganesh gesetzt hatte.

»Wir werden so lange jede Nahrungsaufnahme verweigern, bis die Regierung auf unser Anliegen eingeht«, sagte Ganesh. »Wir werden nur Wasser zu uns nehmen und vielleicht etwas kohlensaures Natron. Aber sonst nichts.« Er atmete tief durch, wie um seinen plötzlichen Entschluß zu bekräftigen. »Und wir werden *heute mittag* damit beginnen.«

»Was soll das bedeuten?« fragte Halstead mit einem bemühten Lächeln, aber merklich verunsichert.

»Daß wir heute mittag zum letzten Mal essen werden. Und dann nicht mehr – bis die Regierung uns anhört.«

Die beiden Polizisten starrten ihn schweigend an. Dann trat Halstead dicht an die Veranda heran, stopfte die Hände in die Taschen und ließ hinter seiner dunklen Sonnenbrille den Blick langsam über die Jugendlichen wandern.

Plötzlich streckte er den Arm aus und stieß mit seinem dicken Zeigefinger gegen eines der Mädchen. Es war Helen Soderstrom, die zwar zur Diskussionsgruppe der Schule gehörte, bisher aber kaum gesprochen hatte. »Du da!« fuhr Halstead sie an. »Willst du tatsächlich aufhören zu essen, wie er es behauptet?«

Alle Augen wandten sich ihr zu. Helen hatte einen besonders kleinen Mund und ein Muttermal auf dem Kinn. Sie wog knapp hundert Pfund und war nicht einmal einen Meter fünfzig groß. Ihre Lippen begannen zu zittern, und ihre Stimme war kaum zu hören, aber sie sagte: »Ja, Officer.«

»Noch einmal, ich verstehe dich nicht!« brüllte er.

Ihre blauen Augen begannen verdächtig zu zucken. Etwas lauter wiederholte sie: »Ja, Officer!«

Halstead brauchte ein paar Sekunden, um diese Niederlage zu verwinden. Dann schritt er vor der Veranda auf und ab und starrte einen nach dem anderen an.

»Du da!« rief er.

»Ja!« bestätigte Lucy.

»Und du!«

»Ja, Sir!«

»Du!«

»Ja!«

»Du!«

»Ja!«

Halstead breitete in einer hilflosen Geste die Arme aus und verzichtete darauf, die Befragung fortzusetzen. Statt dessen machte er auf dem Absatz kehrt und schloß sich wieder Officer Baxter an, der auf dem Weg stehengeblieben war. Sie flüsterten erregt miteinander und kehrten schließlich, ohne ein weiteres Wort an die Satyagrahis zu richten, zum Streifenwagen zurück. Betont langsam fuhren sie davon.

»Ist das dein Ernst?« fragte einer, als sie gemeinsam auf der Veranda zum Mittagessen Platz nahmen. »Du willst nach dieser Mahlzeit wirklich nichts mehr essen?«

Ganesh nickte beiläufig, als hätte jemand festgestellt, heute sei ein besonders schöner Tag.

»Und so wie er werden auch wir es halten«, sagte Tom.

»Dann müßt ihr mich aus dem Spiel lassen«, erklärte Ron Merril, ein dicker Junge mit gerötetem Gesicht. »Ich bleibe gern sitzen, aber ich will nicht hungern. Ich nicht.«

»Wenn du bei uns bleibst«, sagte Ganesh kühl, »mußt du auch fasten.«

»Ja? Warum?«

»Weil die Regierung erkennen muß, daß wir *alle* bereit sind, Versagungen auf uns zu nehmen. Damit stellen wir unsere Überzeugung unter Beweis.«

Lange Zeit sprach niemand. Dann sagte Ron Merril leise und resigniert: »Okay. Ich werde es versuchen. Einen Tag lang.«

Tante Betty und die beiden Mädchen kamen aus dem Haus und brachten auf Papptellern Hot dogs und Kartoffelsalat. Als Ganesh an der Reihe war, reichte ihm Helen eine Portion ohne Würstchen. Er schüttelte den Kopf. »Ich möchte bitte auch eins haben.«

Alle starrten ihn an.

Ganesh zuckte mit den Schultern. »Wenn ihr bereit seid, mit mir hier zu sitzen, muß ich auch bereit sein, euer Essen zu teilen.« Und schon lag ein dampfendes Würstchen auf seinem Teller. Langsam, vorsichtig, mit äußerster Sorgfalt schnitt er eine kleine Scheibe ab und spießte sie auf die Gabel. Dann führte er mit derselben Entschlossenheit den Bissen zum Mund. Mit leisem Seufzen biß er hinein – zum ersten Mal in seinem Leben aß er Fleisch. Anfangs wagte er nicht zu kauen, aber dann nahm er allen Mut zusammen und zwang seine Kiefer, sich mit dieser nachgiebigen, zähen Masse zu beschäftigen. Der Geschmack war scharf und unappetitlich, aber Ganesh kaute und kaute, bis er zuletzt mit geschlossenen Augen den Bissen schluckte. Schweißperlen traten ihm auf die Stirn, so große Anstrengung kostete es ihn, zumindest die Hälfte seines Hot dogs hinunterzuwürgen.

»Nun, wie schmeckt es dir?« fragte Tom, selbst mit vollem Mund kauend.

Ganesh bemühte sich zu lächeln, aber sein Ekel war so offensichtlich, daß einige der Freunde verlegen lachten.

»Du bist okay, Ganesh!« rief ein Junge spontan. Es war jener, der am Vortag so ärgerlich reagiert hatte, als Ganesh den Beschluß zu fasten verkündet hatte.

»Und von nun an«, sagte Ron bedrückt, »gibt es für uns wirklich nichts als Wasser?«

»Und kohlensaures Natron«, bekräftigte Ganesh, als sei damit das ganze Problem gelöst.

»Wofür ist das Zeug gut?« wollte jemand wissen.

»Gandhi, unser großer Vorkämpfer, nahm Soda ein, wenn er fastete, weil es den leeren Magen beruhigt.«

»Hat sich nicht Gandhi beinahe zu Tode gehungert?« fragte eines der Mädchen.

Ganesh nickte. Das war etwas, das jeder Inder wußte. »Wenn man fastet, zehrt der Körper vom gespeicherten Fett; ist es aufgebraucht, werden die Proteine angegriffen. So hat es mir mein Vater erklärt.«

»Und das bedeutet?«

»Daß der Körper beginnt, sich selbst aufzuessen.«

Langes, nachdenkliches Schweigen. »Und wie lange dauert es, bis es dazu kommt?« fragte eine andere Stimme.

»Das hängt ganz vom Alter und von der Gesundheit des Betroffenen ab.« Ganesh blickte verstohlen zu seiner Tante hinüber, die nach wie vor in der Schaukel saß.

»Mach dir bloß um mich keine Sorgen«, sagte sie. »Ich werde mithalten. Vergiß nicht, Jeffrey, daß du mir einmal erzählt hast, Gandhi habe noch gefastet, als er schon über siebzig war. Dann werde ich es wohl auch noch schaffen.«

Den Nachmittag verbrachten die Satyagrahis damit, auf dem Rasen oder auf der Veranda zu sitzen und zu spielen. Einige gingen ins Haus und verfolgten das Fernsehprogramm. Ein paar Jungen, darunter auch Tom, spielten Fußball. Zwischendurch riefen sie, einer nach dem anderen, daheim an, um ihren Eltern zu sagen, daß sie bleiben wollten, zumindest für eine weitere Nacht. Keiner erwähnte, daß sie fasten wollten. Aber sie diskutierten gemeinsam darüber, wann sie ihren Beschluß am besten öffentlich bekanntgeben sollten. Ganesh saß auf der obersten Treppenstufe, hörte zu und lächelte. Er verriet ihnen nicht, daß ihr Fasten wenig Sinn hatte, solange man nicht in der Öffentlichkeit davon wußte. »Eines nach dem anderen, und alles zu seiner Zeit«, pflegte sein Vater zu sagen, wenn er auf die Felder ging, um den Bauern landwirtschaftliche Verbesserungen nahezubringen.

Im Laufe des Nachmittags bemerkten sie, daß ein paar Autos langsam am Haus vorbeifuhren und die Leute die Köpfe aus den Wagenfenstern steckten, um die neun Jugendlichen und die Frau zu sehen, die sich gegen das Gesetz gestellt hatten. Die Satyagrahis erregten allmählich Aufmerksamkeit. Zunächst lachten sie darüber und verhielten sich nicht anders als in den Pausen zwischen den Schulstunden. Mit der Zeit aber, als immer mehr Neugierige am Haus vorbeikamen, wurden sie nachdenklich und gaben sich ernsthafter. Das war es, was Ganesh wollte. Er hatte von seinem Vater gelernt, was sie noch nicht wußten: daß der Erfolg des Satyagraha von kompromißloser Entschlossenheit abhing – und von der Bereitschaft, Versagungen zu erleiden. Bald würden sie die Konsequenzen ihres Entschlusses, ihm zu helfen, erkennen, aber noch war es nicht so weit. Er hatte Fleisch gegessen, um einer von ihnen zu werden. Jetzt mußten sie für ihn fasten. Etwas sehr Wichtiges begann sich zwischen ihm und ihnen zu entwikkeln. Ganesh erinnerte sich, was er gefühlt hatte, als er an der Spitze des Leichenzugs ging und zum erstenmal den Holzstoß erblickte: Sein Herz hatte wie rasend zu klopfen begonnen, ein seltsamer Druck lastete auf seiner Magengrube, die Kiefer schmerzten, so sehr mußte er die Zähne zusammenbeißen. Jetzt war es nicht anders: Wieder stand er vor etwas Neuem, Schwierigem, aber er würde ihm mit derselben Entschiedenheit begegnen. Während der Nachmittag verstrich, blickte er sich immer wieder im Kreis der Satyagrahis um. Dem Scheiterhaufen war er allein gegenübergestanden; jetzt, wo es darum ging, einer ganzen Regierung gegenüberzustehen, hatte er seine Mitschüler, die ihm halfen. Nie wieder würde er sich in Amerika einsam fühlen; nicht, solange solche Menschen hier lebten.

Am nächsten Morgen erteilte er wieder Yoga-Unterricht, aber nur etwa die Hälfte der Satyagrahis nahm daran teil. Die anderen gestanden, daß sie sich nicht wohl fühlten, sogar Tom, der wie ein verwundetes Tier durch den Garten schlich.

Als nächstes wäre das Frühstück fällig gewesen, es blieb aber aus. Automatisch wandten sich die Gesichter der Tür zu, durch die Tante Betty hätte kommen und auf einem großen Tablett Schinken und Eier bringen sollen. Aber niemand sagte ein Wort, bis Ron Merril in den Garten kam, den Schlafsack über der Schulter. Er fuhr sich immer wieder mit dem Taschentuch über sein gerötetes Gesicht und gestand ein, es sei ihm unmöglich, ohne Essen durchzuhalten. Seit gestern mittag habe er nichts mehr zu sich genommen, jetzt sei er am Verhungern! Mit raschen Schritten ging er über den Weg, nach Hause, wo es buttertriefenden Toast gab.

Nachdem Ron sie verlassen hatte, begannen die Satyagrahis einander ihre Hungersymptome zu beschreiben. Einer sagte, er spüre ein stetes Kribbeln im Magen; ein anderer meinte, er müsse sich vor Übelkeit übergeben; ein dritter fühlte sich ganz leicht, ein vierter klagte über Magenschmerzen. Übereinstimmend stellten sie fest, der eine Tag sei ihnen länger vorgekommen als drei oder vier Tage sonst. Eine Mahlzeit auslassen zu müssen, war nicht weiter schlimm; auf zwei konnte man noch verzichten. Aber das Schlimmste war, am Morgen aufzuwachen, sich auf das Frühstück zu freuen und feststellen zu müssen, daß dieses Gefühl der Leere Minuten, Stunden, den ganzen Tag anhalten würde! Jemand meinte, was sie täten, sei geradezu gesundheitsschädlich. Ein anderer sagte, sie seien alle noch im Wachstum begriffen und brauchten daher mehr Nahrung als die Erwachsenen. Was passiert mit den Zähnen, fragte jemand vorwurfsvoll, wenn sie nicht ausreichend Kalzium bekommen? War ihr Wachstum gefährdet? Waren sie von Zahnausfall bedroht? Würden ihre Beine nachgeben, ihre Herzen zu schlagen aufhören? Und wie bald würde das alles eintreffen? Ganesh, murrten einige, hätte sich alles andere als wissenschaftlich exakt ausgedrückt, als er sagte: »Es hängt vom Gesundheitszustand und vom Alter ab.« Ja, das gewiß, aber was hatte es tatsächlich zu bedeuten?

Solche trüben und bitteren Spekulationen beschäftigten die Satyagrahis, während die Sonne immer höher stieg und sich der gußeiserne Wetterhahn auf der Spitze des Hauses in der Windstille um keinen Millimeter bewegte. Wie angewachsen stand er vor dem blauen Sommerhimmel.

Ganesh hoffte, es werde bald etwas geschehen. In den ersten Tagen würden seine Freunde von argen Hungergefühlen geplagt werden – einige mehr, andere weniger, aber alle in einem Maß, mit dem sie nie gerechnet hatten. Sollte ihre Standhaftigkeit nicht leiden, mußte etwas geschehen, das sie noch fester aneinander band, das ihre Schmerzen gegenüber der Verpflichtung, die sie auf sich genommen hatten, unwichtig machte.

Zum Glück geschah tatsächlich etwas – und zwar kurz nach Mittag – einem Mittag ohne Mittagessen.

»Und wieder einmal ist der Feind in Sicht!« rief einer der Satyagrahis, und wie auf ein geheimes Zeichen versammelten sie sich alle auf der Veranda und setzten sich mit dem Blick zum Garten, durch den mit entschlossenen Schritten drei Männer auf das Haus zukamen. Sie waren einer schwarzen Limousine entstiegen, die am Randstein parkte.

Zwei der drei Männer waren ihnen bekannt: Polizeichef Halstead und Officer Baxter von der Bundespolizei. Der dritte, im karierten Anzug, trug einen Aktenkoffer. Die beiden Polizisten wirkten ernst und gemessen, ihr Begleiter aber grinste beim Gehen, als habe er allen eine gute Nachricht zu überbringen. Alle drei blieben vor der unsichtbaren Mauer stehen und wagten sich erst näher, als Tante Betty, die wieder in der Schaukel saß, sie einlud: »Kommen Sie doch, meine Herren!« Sie zwängten sich an den sitzenden Kindern vorbei, wobei es die beiden Polizisten nicht versäumten, Ganesh, auf der obersten Treppenstufe, mit einem besonders unfreundlichen Blick zu bedenken.

Halstead stellte den Mann im karierten Anzug als Kommissar Walton von der Bundesstraßenverwaltung vor. Der Mann lächelte zuvorkommend und sagte: »Wir haben bereits miteinander korrespondiert, Mrs. Strepski. Ich freue mich, Sie nun auch persönlich kennenzulernen.«

Tante Betty begnügte sich mit der Andeutung eines Lächelns; die schönen Worte machten sie eher skeptisch. »Bringt dem Kommissar einen Stuhl!« Ein Junge lief ins Haus und kam gleich darauf mit einem der Wohnzimmerstühle zurück.

»Haben Sie vielen Dank«, sagte Kommissar Walton, dessen einladendes Lächeln offenbar auf seinem leicht geröteten Gesicht festgewachsen war. Er nahm, flankiert von den Polizisten, unmittelbar gegenüber der Schaukel Platz. »Wenn Sie gestatten, Mrs. Strepski, möchte ich mir einige Bemerkungen erlauben.« Er öffnete den Koffer und entnahm ihm mit großer Gebärde einen dicken Aktenordner. »Dieser Band enthält sämtliche Anträge und Pläne für die neue Schnellstraße.« Mit freundlicher Stimme, bemüht, überzeugend zu wirken, beschrieb er den gewaltigen Kostenrahmen, den Zeitplan für die Fertigstellung der Straße, die geschätzte Anzahl von Fahrzeugen, die sie pro Jahr benützen würden, und die zu erwartenden Einnahmen aus den Straßengebühren. Der Erlös, sagte er, werde ausschließlich der Öffentlichkeit zugute kommen und in Wohlfahrtsprogramme und andere Bürgerdienste investiert werden.

Tante Betty strich ihr Hauskleid glatt und antwortete: »Ich freue mich, daß dem Staat die öffentliche Wohlfahrt so sehr am Herzen liegt. Mein Mann hat der Stadt in seinem Testament ein Grundstück zum Geschenk gemacht, das wohltätigen Zwecken dienen soll. Aber *dieses* Stück Land, auf dem wir alle uns jetzt befinden, ist ausschließlich *mein* Besitz. Wenn ich einmal nicht mehr sein werde, wird es mein Neffe erben.«

Immer noch lächelnd, lehnte sich der Kommissar vor und sagte: »Ich muß Sie auf einen Umstand hinweisen, Mrs. Strepski, der Ihnen und Ihrem Anwalt hinlänglich bekannt ist: Dieses Grundstück gehört Ihnen nicht mehr. Wie Sie wissen, haben wir Ihnen einen Scheck geschickt, der in voller Höhe der gesetzlich vorgesehenen Ablösesumme ausgestellt wurde.«

»Und ich habe ihn zurückgeschickt. Ich brauche Ihr Geld nicht. Henry hat mir zwar keine Reichtümer hinterlassen, bei Gott nicht, aber er hat mich so ausreichend versorgt, daß ich von dem Geld leben und meine Steuern bezahlen kann.«

Jetzt endlich runzelte der Kommissar die Stirn. Er blickte von einem zum anderen, und im Gegensatz zu ihm grinsten jetzt die Satyagrahis. Sein Blick blieb an Ganesh hängen. »Ist er das?« erkundigte er sich leise bei Halstead.

»Ja, das ist er«, bestätigte der Polizeichef.

»Du kommst also aus Indien, mein Sohn?« wandte sich der Kommissar an Ganesh.

»Ja, Euer Ehren.«

Die Anrede ließ ihn einen Augenblick zurückzucken, als müsse er erst erwägen, ob sich der Junge nicht etwa über ihn lustig machte. »Und jetzt, wenn ich es recht verstehe, lebst du bei deiner Tante. Wie schön! Wir werden dafür Sorge tragen, daß ihr beide eine hübsche Wohnung in der Stadt bekommt – natürlich zusätzlich zu der großzügigen Ablösesumme. Ich bin sicher, mit dem Geld könntest du sogar dein Universitätsstudium finanzieren.«

Ganesh sagte nichts.

Der Kommissar räusperte sich nervös und richtete das Wort wieder an Tante Betty. »Alle anderen Betroffenen haben sich mit der Enteignung ihrer Grundstücke abgefunden. Ihr Nachbar, zum Beispiel.«

»Der Mann lebt irgendwo an der Ostküste«, sagte Tante Betty voll Verachtung. »Ihm liegt nichts an dieser Stadt und an seinem Haus. Aber wie steht es mit dem Imbißladen nebenan? Warum hat man nicht den enteignet?«

»Dafür gibt es eine einfache Erklärung, Mrs. Strepski...«

»... nämlich, daß die Kette, der das Restaurant gehört, hier einen noch größeren Klotz hinbauen oder das Grundstück später zu einem höheren Preis verkaufen will!«

»... die einfache Erklärung, Mrs. Strepski, hat man Ihnen, wie ich weiß, bereits wiederholt gegeben: Das Grundstück befindet sich nicht im Zug der projektierten Trasse.«

»Dann müssen Sie eben den Verlauf der Schnellstraße ändern.«

Sie hat Mut und Kraft und zählt für zwei, dachte Ganesh.

Der Kommissar schien ihr keineswegs böse zu sein. Zuvorkommend reichte er Tante Betty den Aktenordner. »Ich darf Sie herzlichst bitten, diese Unterlagen zu studieren! Sie sind doch eine intelligente Frau und werden zweifelsohne erkennen, wie wichtig es ist, kleinliche Privatinteressen zugunsten der Allgemeinheit zurückzustellen.« Und als folge er einem plötzlichen Impuls, rutschte er auf seinem Stuhl herum und richtete das Wort direkt an Ganesh: »Nun, mein Sohn, wie gefällt dir denn Amerika?«

»Sehr gut, Euer Ehren. Aber wir werden dieses Haus nicht verlassen.«

Der Kommissar erhob sich, unfähig, seinen Unwillen länger zu verbergen.

»Wir haben wirklich nicht die Absicht, dir und deiner Tante Unannehmlichkeiten zu bereiten.« Er nickte den anderen zu. »Auch euch nicht. Aber nicht einmal in Amerika kann man einfach tun, was einem gerade gefällt. Ich habe gehört, daß ihr sogar droht, in den Hungerstreik zu treten.«

»Wir haben bereits damit angefangen, Euer Ehren.«

»Dann laßt euch von uns nicht daran hindern.« Flankiert von den beiden Polizisten, verließ er die Veranda, hielt aber auf dem Weg noch einmal kurz an. Gegen die Sonne blinzelte er den Satyagrahis zu. »Wir werden euch von hier nicht fortschleppen. Wir sind schließlich keine Wilden – aber ewig könnt ihr ja nicht fasten.« Auch Tante Betty bekam seinen Unmut zu spüren. »Informieren Sie uns, sobald Sie bereit sind, das Haus zu verlassen, und wir werden Sie in einem Hotel unterbringen, Mrs. Strepski.« Und, wieder mit dem Blick zu Ganesh: »Sie und Ihren Neffen.«

Alle sahen den drei Männern nach, die würdevoll und doch recht kläglich zu ihrer Limousine zurückgingen und fortfuhren.

Als der Wagen außer Sichtweite war, lachte einer der

Jungen und rief Ganesh zu: »He! Du hättest aber den Kerl nicht gleich ›Euer Ehren‹ nennen müssen.«

Tom Carrington neigte sich Ganesh zu und klatschte ihm mit seiner großen Hand auf die Schulter. »Du machst von dir reden, Ganesh. Man hat über dich Erkundigungen eingezogen – wie sonst hätte der Bursche gewußt, daß du aus Indien kommst?«

Ganesh, nach wie vor auf der obersten Treppenstufe, lächelte. Aber seine Gedanken waren mit Wichtigerem beschäftigt: Die Satyagrahis hatten die erste Runde gewonnen: Der Kommissar hatte ausdrücklich festgestellt, daß man sie nicht mit Gewalt aus dem Haus schleppen werde. Die Behörden wollten sich nicht dem Vorwurf aussetzen, eine Schar Kinder an die Luft befördert zu haben, nur um zu erreichen, daß diese daraufhin nach Hause gingen und hungerten. Der Kommissar und die Polizisten hatten demnach ihre Drohung nicht wahrgemacht und ihren ursprünglichen Plan aufgegeben.

Nachdem Ganesh den anderen die eigentliche Bedeutung ihres Sieges erklärt hatte, lehnte er sich an eine Säule der Veranda und ließ seinen Gedanken freien Lauf. Wie schade, daß Rama nicht hier sein konnte, um mit ihm diesen Triumph zu teilen, den Sieg einer Kraft, die Indien von der britischen Herrschaft befreit hatte.

»So also funktioniert Satyagraha«, sagte Lucy nachdenklich.

Der Erfolg gab ihnen für einen Tag neuen Schwung; gegen den Druck der leeren Mägen konnte er aber doch nicht ankommen. Obwohl die Satyagrahis vorzugeben versuchten, an ihrem Fasten kaum zu leiden, zeigten sich bald die ersten Auswirkungen, die von Stunde zu Stunde schlimmer wurden. Um ihre Beschwerden zu vergessen, widmeten sich manche von ihnen mit wilder Konzentration dem Kartenspiel, gerieten dabei immer wieder in Streit und wußten gelegentlich nicht mehr, wer eigentlich an der Reihe war. Andere starrten dumpf auf den Fernsehschirm. Wer es nicht aushielt, länger als einige Minuten stillzusitzen, streifte ziellos durch den Garten, kickte Grasbüschel los, zupfte Blätter von einem Ahornbaum und glotzte die anderen an.

Als die Sonne sank, versammelten sie sich alle auf der Veranda und begannen miteinander zu sprechen. Zuerst redeten sie einfach drauflos, mechanisch, über irgend etwas: über Mitschüler und Lehrer – das übliche Geschwätz. Später, als die Nacht dunkler wurde, legte sich die Nervosität, und sie erörterten ernsthaft ihre Zukunft, viel ehrlicher und offener als in der Schule oder bei Partys. Lucy wollte Ärztin werden, Tom – was unschwer zu erraten war – Basketballprofi. Und dann gestand Brad Hoover, ein bulliger, muskulöser Junge mit einer Knollennase, seinen heimlichsten Wunsch: Filmstar zu werden. In der Schule hätten sie ihn jetzt aus Leibeskräften verhöhnt – ausgerechnet er, der dicke Brad! Aber hier, während der Hunger wie eine Ratte in ihren Mägen nagte, lachte keiner. Brad gab zu, weder besonders groß noch hübsch zu sein, aber darauf käme es letztlich bei einem Schauspieler nicht an. Wichtig sei es vor allem, den Text zu beherrschen, und deshalb stünde er daheim jeden Abend vor dem Spiegel und rezitiere Shakespeare. Das achtungsvolle Schweigen wurde erst unterbrochen, als Helen Soderstrom, die übrigens Lehrerin werden wollte, daran erinnerte, daß einmal ein Star, der kaum größer war als Brad, einen Oscar gewonnen hatte.

Die Satyagrahis blieben nicht lange auf der Veranda; sie waren müde, Brad übernahm die erste Wache.

Tom, der mit Ganesh das Schlafzimmer teilte, schlief sofort ein. Ganesh setzte sich ans Fenster und dachte noch einmal über den Tag nach – wie lange und beschwerlich war er doch gewesen! Wie ein Tag im Dorf, wenn eine Hitzewelle das Thermometer auf fünfundvierzig Grad ansteigen ließ, die Menschen niederdrückte und stumpf werden ließ und doch zugleich an den Nerven zerrte und sie jähzornig machte.

Jemand klopfte leise an die Tür. Es war Tante Betty; sie wollte mit ihm sprechen und bat ihn, in ihr Zimmer zu kommen.

Sobald sie allein waren, kam Tante Betty ohne Umschweife zur Sache. »Jeffrey, ich möchte lieber aufgeben, als diese Kinder hungern sehen zu müssen. Das Haus ist dieses Opfer nicht wert. Sie versuchen zwar tapfer, ihre Gefühle nicht zu zeigen, aber ich weiß, was in ihnen vorgeht. Wenn überhaupt weitergefastet werden muß, dann will ich es sein, die hungert. Ich allein, und sonst niemand.«

Mit den Lockenwicklern im Haar wirkte sie ein wenig komisch. Ganesh hockte in einem Sessel und blinzelte Tante Betty aus müden Augen an. »Das würden sie dir nie verzeihen.«

»Daß sie wieder ein normales Leben führen dürfen? Sie würden mir nicht verzeihen, daß ich sie wieder essen lasse? Ich hätte heute mehr als einmal losheulen können, als ich sie so hungern sah! Hunger ist etwas Furchtbares – etwas Schreckliches!«

Ganesh hätte beinahe gesagt: »Ja, das weiß ich. In Indien mußte ich Tag für Tag Menschen hungern sehen.« Statt dessen bemühte er sich, sie zu überzeugen, daß es nicht fair sei, seinen Freunden die Möglichkeit zu verweigern, in einer kritischen Situation zu helfen. Ohne Tante Bettys Antwort abzuwarten – als gäbe es gegen sein Argument keine Widerrede –, stand er auf und verließ den Raum.

Auf dem Flur, auf halbem Weg zu seinem Zimmer, blieb er plötzlich stehen und lauschte. Er war soeben am Porträt seines Großvaters vorbeigegangen, das diesen am Schreibtisch zeigte, die Hand auf dem Gesetzbuch. Hatte das Bild zu ihm gesprochen? Natürlich nicht. Und doch spürte Ganesh die Gegenwart des alten Mannes auf dem Korridor, als wären Tante Betty und sein Vater wieder kleine Kinder, aufgeregt und erwartungsvoll, im Schlepptau eines würdigen, wohlbeleibten Mannes, der ein riesiges Gesetzbuch trug.

Der nächste Tag war besonders schwer. Der Hunger machte ihnen zu schaffen; alle waren aggressiv, überreizt, oft am Rande der Panik. Kaum saßen sie irgendwo, standen sie wieder auf; kaum standen sie, setzten sie sich wieder. Sie hielten sich nur auf der Veranda auf. Der Fernsehapparat im Wohnzimmer blieb unbeachtet.

Am späten Vormittag kam ein Junge auf Ganesh zu und bat ihn um ein Gespräch im Garten, unter vier Augen. Es war Ralph Carlson, ein Mitglied der Ringerstaffel der Schule. Zuerst wollte er nicht mit der Sprache herausrükken, schließlich aber erklärte er, seine Eltern hätten angerufen und ihn aufgefordert, nach Hause zu kommen. Sie wollten für einige Zeit verreisen und bestünden darauf, daß er mitkäme.

Es war nicht zu übersehen, daß Ralph die Gruppe verlassen wollte. Warum auch nicht? Vielleicht würde auch Ganesh, von seinen Eltern dazu aufgefordert, eine Fahrt ins Grüne vorziehen; vielleicht würde auch er dafür die Mühsal eines Satyagraha mit Freude hingeben. Er wußte es nicht. Er würde es nie erfahren. Er hatte keine Eltern mehr. Selbst die Behauptung, sich durch nichts von seinem Entschluß abbringen zu lassen, konnte eine Lüge sein. Er wußte nur, daß Ralph Carlson eine Wahl getroffen hatte, die zu respektieren war. Immerhin hatte Ralph ihm vier Tage seines Lebens geschenkt – mehr als manche Leute jemals zu geben bereit waren. Spontan faßte Ganesh Ralph am Arm und sagte: »Ich danke dir, daß du gekommen bist.«

»Du darfst nicht glauben, daß ich kneifen will. Ehrlich nicht ...«

Ralph war so unsicher, daß seine Stimme zu versagen drohte. Ohne sich von der Versammlung auf der Veranda auch nur mit einem letzten Blick zu verabschieden, drehte er sich um und schlich aus dem Garten.

Als Ganesh zu den anderen zurückkehrte, schüttelte Lucy Smith den Kopf. »Ralph hat uns also verlassen«, sagte sie bitter.

»Er mußte.«

»Wirklich?« Sie lächelte ironisch. »Ich weiß zufällig, daß seine Eltern ein Häuschen am See haben. Dorthin fahren sie jeden Sommer. Er hat nur darauf gewartet, daß sie endlich anrufen.«

»Da kommt jemand!« rief Tom warnend.

Es war eine hübsche blonde Frau, etwa Mitte Zwanzig, in Hosen und einer bunt gemusterten Bluse; von einem Schulterriemen baumelte eine große Tasche. Lächelnd kam sie den Weg herauf, und statt vor der unsichtbaren Mauer stehenzubleiben, setzte sie den Fuß auf die erste Treppenstufe zur Veranda und reichte Tom Carrington ein Kärtchen hinauf.

Einige Jungen drängten sich an Tom heran und lasen laut mit: »Sally Kane. *The Express.*«

»Was ist der *Express*?« fragte Ganesh.

»Die größte Zeitung im Bundesstaat«, sagte jemand, und alle musterten neugierig die hübsche junge Frau.

»Ich möchte den Jungen aus Indien kennenlernen«, sagte Sally Kane und nickte Ganesh lächelnd zu. »Wenn du den *Express* nicht kennst, kannst das nur du sein.« Sie fragte ihn, ob er bereit sei, mit ihr ein wenig im Garten auf und ab zu gehen. Ganesh stimmte zu, und sie schlenderten, vorbei am Beet mit den verwelkten Tulpen, bis unter eine große Eiche und blieben im Schatten stehen.

»So ein nettes Haus«, sagte Miss Kane und betrachtete anerkennend die hohe, schindelgeschützte Seitenwand, den gußeisernen Wetterhahn auf dem Dach, der sich gemächlich in der leichten Brise drehte, die Pappelreihe, die das Grundstück abgrenzte, den kleinen Gemüsegarten an der Rückfront.

»Für mich ist das Haus nicht bloß nett – es ist einmalig schön«, sagte Ganesh mit Nachdruck.

»Stimmt es, daß du dieses Sit-in organisiert hast?«

»Das ist kein Sit-in, Madam. Das ist Satyagraha.«

Miss Kane ließ ihre Tasche von der Schulter gleiten, setzte sich ins Gras und klopfte mit der Handfläche neben sich auf den Boden. »Setz dich hin und erzähle mir etwas darüber.«

Das tat Ganesh. Mit dem leichten Akzent aus dem Dorf, den er noch immer nicht abgelegt hatte, erklärte er ihr, daß Satyagraha nicht einfach passiven Widerstand bedeute oder ein Zeichen der Schwäche sei, sondern eine ganz bestimmte Handlungsweise, mit dem Ziel, den Gegner mit einer konkreten Forderung zu einer Entscheidung zu zwingen. Es sei möglich, auf diese Weise Einverständnis herbeizuführen, weil man davon ausginge, daß sich der Schuldtragende zur eigenen, besseren Ansicht bekehren ließe. Ein weiterer Grundsatz sei, daß man durch Satyagraha selbst gezwungen werde, sein Gewissen zu erforschen, und aus der Prüfung der eigenen Motive erfahren könne, ob der Einsatz gerechtfertigt sei. Daher müsse Satyagraha am Ende zu einer gemeinsamen, befreienden Lösung führen, schloß Ganesh. »Und das ist es, was wir bezwecken. Genau das.«

Miss Kane hatte mitgeschrieben. Jetzt ließ sie den Notizblock sinken. »Wer hat dir das alles beigebracht?«

»Mein Vater. Aber die meisten Inder sind mit diesen Gedanken vertraut.«

»Viele Leute haben Gandhi kritisiert. Sie meinen, er sei zu idealistisch gewesen.«

Ganesh zuckte mit den Schultern.

»Diese Kritik berührt dich nicht?«

»Nicht, wenn es um das Haus geht.«

»Und wovon hängt der Erfolg von Satyagraha letztlich ab?«

»Von der Selbstkontrolle«, erwiderte Ganesh, ohne zu zögern.

»Und die glaubt ihr alle zu haben?«

Ganesh nickte.

»Du hast also mit deinen Freunden ernsthaft zu fasten begonnen. Ihr meint es doch ernsthaft. Nicht wahr?«

»Ja, Madam. Wir trinken nur ein wenig Wasser.«

»Wie konntest du sie davon überzeugen, so etwas mitzumachen?«

»Ich habe ihnen gesagt, daß das Haus alles ist, was meine Tante und ich auf der Welt besitzen, und sie haben mir geglaubt.«

Die Reporterin betrachtete nachdenklich den sommersprossigen Jungen. »Also, Jeffrey Moore, wenn du mich fragst, habt ihr keine Chance. Immerhin hat sich eure Aktion bis in die Hauptstadt herumgesprochen, sonst hätte mich meine Zeitung wohl kaum für ein Interview hergeschickt. Wer weiß – vielleicht...« Die junge Frau stand auf und blickte sich nach den anderen auf der Veranda um. »Hungern ist mit Schmerzen verbunden, nicht wahr, Jeffrey?«

»Ja, Madam.«

»Deine Tante macht ebenfalls mit?« fragte sie. »Für sie könnte es gefährlich werden.«

»Sie hat sich trotzdem dazu entschlossen.«

»Machst du dir denn nicht Sorgen um ihre Gesundheit?«

»Doch, Madam«, sagte Ganesh leise.

Die Journalistin musterte ihn lange und aufmerksam: seine blonden Haare, seine hellen, blauen Augen, seine Sommersprossen. »Viel Glück«, sagte sie dann. »Viel Glück, Jeffrey Moore – ihr werdet es brauchen!«

Den ganzen Tag kamen Menschen am Tor vorbei, manche lehnten sich über den Zaun, um einen neugierigen Blick auf die hungernde Schar zu erhaschen. Die Zuschauer teilten sich in zwei Lager: jene, die für, und jene, die gegen Mrs. Strepski, ihren Neffen aus Indien und die Jugendlichen aus der Stadt waren, die bei der Sache mitmachten. Die einen hielten sie für ein trauriges Häufchen, das sich einen sommerlichen Spaß daraus machte, die Gesetze zu brechen. Die anderen meinten, es sei ungerecht, so ein hübsches Haus, eines der ältesten in der Stadt, zu zerstören – und wofür? Für eine Betonpiste, die nur noch mehr Autofahrern Gelegenheit geben würde, einander umzubringen. Einige Zaungäste wiesen auf die zusätzlichen Kosten hin, die eine Änderung der Pläne und neue Grundstückskäufe nach sich ziehen würden. Andere sagten, der Staat habe sich rücksichtslos über die Rechte der Bürger hinweggesetzt, und es sei an der Zeit, solchen undemokratischen Praktiken ein Ende zu setzen. Bis zum Einbruch der Dunkelheit wurde diese Auseinandersetzung entlang des weiß lackierten Lattenzauns geführt; und selbst dann noch fuhren immer wieder Autos langsam auf der Straße vorbei, wie um den Satyagrahis zu beweisen, daß man sich in der Stadt ihrer Aktion mittlerweile deutlich bewußt war.

An diesem Abend, etwa um die Zeit, zu der es üblicherweise Essen gegeben hätte, begann Culver Williamson plötzlich zu toben. Er war ein beliebter Junge, ein guter Sportler und ausgezeichneter Schüler; sein unvermuteter Ausbruch kam für alle überraschend.

»Das ist ja zum Verrücktwerden!« brüllte er Ganesh an. »Was, zum Teufel, mache ich denn hier? Kannst du mir das sagen?«

Als Ganesh keine Antwort gab, wiederholte Culver böse: »Komm schon, sag es mir! Was soll der Blödsinn? Ich hocke hier Stunde um Stunde und kann an nichts anderes mehr denken als ans Essen. Und wozu das Ganze?«

»Weil du glaubst, daß es notwendig ist«, sagte Ganesh kühl.

»Notwendig?« Culver schnaubte verächtlich. »Warum soll es notwendig sein, daß man sich auf die Veranda eines alten Hauses hockt und nur darauf wartet, so hungrig zu werden, daß man schließlich doch das Handtuch wirft –

worauf dieser alte Kasten prompt abgerissen wird? Das ist doch total sinnlos! Und wer hat entschieden, daß wir uns auf diese Idiotie einlassen? Du?«

»Wenn du es nicht für dich selbst entscheiden kannst, mußt du gehen.«

Culver verstummte; er mußte sich diese ungeschminkte Antwort erst durch den Kopf gehen lassen. Dann wandte er sich an die anderen, die unter dem Sternenhimmel neben ihm saßen: »Ich weiß nicht, was ihr dazu sagt, aber für mich war das alles zuerst nur ein Abenteuer. Habe ich recht?«

Einige stimmten ihm leise zu.

»Aber das ist es längst nicht mehr.«

»Nein«, sagte einer. »Stimmt. Es ist keins mehr.«

»Also: Was sonst?«

Niemand, nicht einmal Ganesh, gab ihm Antwort. Einer nach dem anderen verließen die Satyagrahis die Veranda und gingen auf ihre Zimmer.

»Culver«, sagte Ganesh und stand ebenfalls auf, »du hast heute die erste Wache.«

In der Nacht, um ein Uhr, kam Culver nach oben und weckte Tom, der ihn ablösen sollte.

Ganesh war wach und lauschte.

»Ist alles okay mit dir?« flüsterte Tom beunruhigt.

»Natürlich ist alles okay«, sagte Culver. »Was sollte ich denn haben?«

»Ich glaube, wir alle waren froh, daß du diese Frage gestellt hast«, sagte Tom.

»Meinst du?« Culver klang erleichtert.

»Es war eine Frage, die jeder von uns schon längst stellen wollte.«

»Und keiner hat geglaubt, daß ich bloß kneifen wollte?«

»Keiner«, versicherte Tom.

»Wenn ich es mir nämlich so recht überlege«, sagte Culver langsam, »könnte ich wetten, daß ich als einer der letzten aufgeben würde.«

Ganesh schloß die Augen und atmete auf. Jetzt endlich konnte er einschlafen.

Im Laufe des folgenden Tages meldeten sich immer mehr Eltern, die erkannten, daß das »Abenteuer« im Haus von Mrs. Strepski länger dauern würde, als sie erwartet hatten. Sie riefen entweder an oder kamen in den Garten und fragten besorgt: »Geht es dir gut? Bekommt ihr ausreichend zu essen?« (Eine Frage, der die Satyagrahis auswichen, seit sie beschlossen hatten, ihr Fasten erst bekanntzugeben, wenn es für sie kein Zurück mehr gab.) »Macht dir die Sache Spaß? Haben die Behörden euch belästigt? Das also ist Ganesh! Guten Tag, Ganesh.«

Aber das Geheimnis konnte nur bis zum Nachmittag aufrechterhalten werden, dann brachte ein Nachbar die neueste Ausgabe des *Express* ins Haus. Alle drängten heran, um den Bericht zu lesen, der auf der Titelseite zu finden war und die Überschrift trug:

JUNGE MENSCHEN KÄMPFEN UM ALTES HAUS

Der Artikel enthielt eine sachliche Zusammenfassung der Situation und ihrer Hintergründe. Er endete mit den Worten:

»Dies ist der erste derartige Zwischenfall im Bundesstaat seit den Sit-ins der sechziger Jahre in den Universitäten. Ein Sprecher der jungen Hausbesetzer lehnte jedoch die Bezeichnung ›Sit-in‹ ab, weil sie als bewußte Rebellion mißverstanden werden könne. Es gehe bei der Aktion vielmehr darum, eine gerechte Sicht der Zusammenhänge aufzuzeigen. Absicht des Protests sei es, an das Gewissen der Verantwortlichen zu appellieren. Kommissar Walton von der Bundesstraßenverwaltung betonte jedoch gestern erneut, es sei das legale Recht der Regierung, das Grund-

stück in Besitz zu nehmen. Er ließ durchblicken, daß man beabsichtige, die erforderlichen Schritte zu unternehmen, um dieses Recht durchzusetzen. Der Gouverneur gab zu der Angelegenheit bislang keine Stellungnahme ab.

Mittlerweile haben die jungen Hausbesetzer beschlossen, in den Hungerstreik zu treten, bis die Behörden ihre Haltung ändern. Die Jugendlichen fasten bereits seit fünf Tagen und nehmen seither nur etwas Wasser zu sich.«

Dieser letzte Absatz des Berichts veranlaßte die Eltern erst recht, zum Haus zu eilen oder aufgeregt zu telefonieren. Sie fänden nichts dagegen einzuwenden, daß ihre Kinder sich auf eine Veranda setzten, aber sie könnten nicht zulassen, daß die Gesundheit ihrer Kinder gefährdet werde. Alle Mütter und Väter stießen jedoch auf taube Ohren; die Satyagrahis hatten fünf lange Tage für dieses Haus gelitten und beharrten nun entschieden auf ihrem Entschluß – ganz im Gegensatz zu dem, was ihre Eltern von ihnen erwartet hatten. Ein einziger Satyagrahi ließ sich zum Gehen überreden. Es war ein untergewichtiger Junge, der immer schon gekränkelt hatte, und auch er gab erst auf, als die anderen ihn beschworen, seinen Eltern nachzugeben. Ganesh versicherte ihm, daß sie ihn täglich am Morgen und Abend anrufen würden, um ihm ausführlich über den Stand der Ereignisse zu berichten. Dieses Versprechen erreichte mehr als alle Überzeugungsversuche. So nahm der Junge schließlich seinen Schlafsack und ging – aber nur zögernd. Nach beinahe jedem Schritt drehte er sich auf dem Weg um und winkte den Gefährten zu. Die Eltern des Jungen begleiteten diesen traurigen Rückzug schweigend und bedrückt, bis sie endlich den Wagen erreichten.

An diesem Tag fühlten sich alle eher geschwächt als hungrig. Sie verschliefen die meiste Zeit; Perioden unbewußten Dahindämmerns wechselten rasch mit Phasen tiefsten Schlafs. Zusammengerollt lagen sie auf den Bodenbrettern der Veranda und ließen die Stunden verstreichen wie einen heißen, sommerlichen Windhauch. Das Kartenspiel hatten sie aufgegeben, sie sprachen auch nur noch selten. Matt und gleichgültig, kümmerten sie sich nicht länger um die wachsende Schar der Zuschauer, die vom Bericht im *Express* angelockt worden war. In regelmäßigen Abständen patrouillierte ein Streifenwagen auf der Straße, um mögliche Zwischenfälle im Keim zu ersticken.

Am Abend brachten die Satyagrahis ihre Schlafsäcke aus den Zimmern und legten sie auf Decken, die sie auf der Veranda ausbreiteten. Nur Tante Betty schleppte sich geschwächt ins Haus.

Es wurde eine heiße, schwüle Nacht. Sie erinnerte Ganesh an das Dorf, an seine Gespräche mit Vater unter dem Pipul-Baum, als selbst die geringste Bewegung sie schwitzen ließ. In einer Nacht wie dieser schienen die beiden Welten – die Stadt in Amerika und das Dorf in Indien – ineinander zu verschmelzen. Mit den Satyagrahis an seiner Seite fühlte er sich weder einsam noch fremd. Das Zirpen der Grillen in den Gräsern verstärkte dieses Gefühl der Verbundenheit – von klein auf war ihm dieses Geräusch vertraut. Nacht für Nacht war sein kleines Haus im Dorf vom Gesang der Grillen wie von einem tönenden Wall umschlossen gewesen, und nun wuchs auch hier dieser Wall in die Dunkelheit und ließ Ganesh erkennen, daß die Welt ein einziges Ganzes war.

Der nächste Tag verlief genauso monoton. Der Hunger drückte immer weniger, statt dessen nahm das Gefühl schrecklicher Langeweile immer mehr zu. Die Satyagrahis lungerten auf der Veranda herum wie Kühe oder Ziegen, die in der Hitze eines indischen Nachmittags Schatten suchen. Sie lehnten sich gegen die Wände, kauerten sich zusammen oder lagen ausgestreckt auf dem Rücken und erinnerten Ganesh an die lähmende Stille im Dorf, wenn die Sommerhitze bis ins Blut kroch, es langsamer fließen ließ, jeder Muskel erschlaffte und sich nur noch Eidechsen und Vögel durch den brütenden Glast bewegten. Vater hatte ihm einmal ausführlich geschildert, wie seltsam Körper und Geist auf langes Fasten reagierten; aber es war ein großer Unterschied, ob man bloß darüber hörte oder es selbst erlebte. Wie schafften es seine amerikanischen Freunde nur, so gut durchzuhalten? Ganesh hatte immerhin gelernt, zu meditieren und seinen Geist zu beruhigen; das machte ihn standfest gegen die verzweifelte Panik, die immer wieder seine Entschlossenheit ins Wanken brachte. Aber irgendwie gelang es seinen Freunden, gleich stark zu sein. Ohne sie, erkannte Ganesh, hätte er wohl trotz der Meditation nicht durchgehalten. Vielleicht lag darin das Geheimnis: Sie litten mit vereinter Kraft.

Und doch gab es auch Zwischenfälle. Am Abend behauptete Brad Hoover plötzlich, das Fasten werde keinen Erfolg bringen. Der Plan sei zum Scheitern verurteilt, weil die Behörden nur zuzuwarten brauchten. »Sie können sich zurücklehnen und zuschauen, wie wir uns allmählich zu Tode hungern.«

»Ach, darauf lassen sie es nie ankommen«, widersprach Tom Carrington. Aber seine Stimme klang nicht überzeugt.

»Ich habe mir das genau ausgemalt«, fuhr Brad fort. »Man hat uns alle aufgereiht, und da liegen wir nun auf der Veranda. Die Polizisten und eine Menge anderer Leute steigen über unsere Körper hinweg und untersuchen uns nach Lebenszeichen. Jemand sagt: ›Diese Kinder sind einfach zu weit gegangen; sie haben den Punkt überschritten, von dem an es kein Zurück mehr gab!‹«

»Ich glaube, ich bin gar nicht mehr wirklich hungrig«, bemerkte Helen Soderstrom nach einer langen Pause des Schweigens. »Nein, ich habe keinen Hunger mehr. Was bedeutet das, wenn man sich nicht mehr hungrig fühlt? Daß man – stirbt?«

»Man hört nach einigen Tagen auf, hungrig zu sein«, erklärte Ganesh. »Wir alle werden uns bald besser fühlen.«

»Woher willst du das wissen?«

»Von meinem Vater. Er hat einmal mit Swamiji einundzwanzig Tage lang gefastet.«

»Und das hat ihm nicht geschadet?«

»Doch«, sagte Ganesh offen. »Er bekam einen Nierenschaden. Es hat lange gedauert, bis er wieder ganz gesund war.« Und dann fügte er hinzu: »Aber er hatte ja auch besonders lange gefastet.«

»Und wie lange werden wir durchhalten müssen?« meldete sich eine Stimme aus dem Schatten.

Ganesh gab keine Antwort. Die Frage lag in der Luft, blieb aber unausgesprochen: Werden auch wir krank werden?

Was Ganesh vorhergesagt hatte, traf ein: Am nächsten Tag fühlten sie sich alle besser. Die Lebensgeister erwachten wieder, sie waren frei von nagenden Hungergefühlen und lähmender Müdigkeit. So schlenderten sie durch den Garten und bestaunten die Blumen und Gräser, als sähen sie das alles zum erstenmal.

Ganesh nickte, als sie einander gegenseitig bestätigten, wie wohl ihnen zumute war. »Es ist, als hätten wir alles Schlechte und Schädliche aus unseren Körpern herausgebrannt. Man fühlt sich frei und leicht. Genau so, wie mein Vater es mir erklärt hat.«

»Ja, aber dann wurde er krank«, erinnerte jemand Ganesh.

Gegen Mittag bewölkte sich der Himmel, und der Garten lag unter einem wäßriggrauen Licht, in dem das Grün der Blätter und Gräser um so intensiver leuchtete. Dann begann es leicht, aber gleichmäßig zu regnen, und alle mußten sich auf die Veranda zurückziehen. Sie drängten sich an die Hauswand, lauschten auf das leise Rauschen des Regens und betrachteten nachdenklich die glitzernde Nässe des Weges.

Keiner der Satyagrahis hatte Lust zu schlafen; ihre

neuerwachte Energie machte sie vielmehr ungeduldig; sie fühlten sich durch den unablässigen Regen auf dem schmalen Rechteck der Veranda wie eingekerkert.

Tom Carrington erklärte unvermutet, dies sei das Schlimmste von allem.

Alle starrten ihn an.

»Da hocken wir endlos herum und haben nichts zu tun«, klagte er. »Daran bin ich nicht gewöhnt.«

»Ich auch nicht!« stimmten die anderen zu.

Sie starrten in den Regen und waren von ihrem gemeinsamen Schicksal so bedrückt, daß sie sich nicht aufraffen konnten, ins Haus zu gehen. Zäh harrten sie auf der Veranda aus, von grauen Nässeschleiern umgeben wie von Gitterstangen.

»Ich weiß, wie wir unsere Rastlosigkeit überwinden könnten«, sagte Ganesh zuletzt.

Jemand lachte. »Kommt jetzt wieder eine dieser indischen Ideen?«

Er nickte lebhaft. »Wir könnten meditieren und unsere Gedanken beruhigen.«

»Und was bringt uns das?«

»Die Gedanken sind wie Affen«, sagte Ganesh. »Sie wollen nie stillhalten. Wenn man sie aber dazu zwingt, fühlt man sich nicht mehr so rast- und ruhelos.«

»Und dann?«

Ganesh mußte die Antwort erst überlegen. Plötzlich, blitzartig, kam ihm die Erkenntnis, daß Meditation eine Erfahrung war, die sich mit dem vergleichen ließ, was er am Cauvery-River erlebt hatte. Er sagte: »Man fühlt sich als Teil des Ganzen. Man ist hier und überall. Wir alle sind hier und überall.«

Keiner sprach.

Dann seufzte er und sagte ergänzend: »Es gibt im Leben allerdings kaum etwas Schwierigeres als den Versuch, ernsthaft zu meditieren.«

»Und du kannst es?« fragte jemand.

»Nicht sehr gut«, gab Ganesh zu.

»Womit fängt man an?«

Ganesh nahm den Lotossitz ein: Er kreuzte die Beine, drehte die Fußinnenseiten gegen die Schenkel und legte die Hände, die Handflächen nach oben, vor sich hin. »Und dann schließt man die Augen«, sagte er.

»Das ist alles?«

Ganesh lachte. »Das ist alles. Aber es ist sehr schwer.«

»Warum?«

»Versucht es doch selbst!«

Sie folgten seinem Beispiel. Nicht alle konnten die Lotoshaltung einnehmen, weil sie viel Geschmeidigkeit und Stärke verlangt. Sie begnügten sich daher mit der »Leichten Haltung«, bei der nur ein Fuß auf dem gegenüberliegenden Schenkel liegt. Sie schlossen die Augen, ließen die Hände im Schoß ruhen – und meditierten. Schon nach wenigen Minuten begann der erste zu kichern; die meisten anderen kicherten auch. Alle öffneten wieder die Augen und blickten sich erheitert um.

»Jetzt begreife ich, was du gemeint hast«, brummte Tom wie belämmert. »Man macht die Augen zu, aber das Hirn kommt nicht zur Ruhe!«

»Wie ein Affe in seinem Käfig«, sagte Ganesh lächelnd.

»Und was kann man tun, um ihn zu bändigen?«

Ganesh erklärte, daß es dafür mehrere Möglichkeiten gab: Man wiederholt unablässig, hunderte Male ohne Unterbrechung ein Mantra. Oder man stellt sich immer wieder dieselbe Frage: »Wer bin ich?« Und dann eine andere: »Wer will wissen, wer ich bin?« Diese beiden Fragen verfolgt man dann wie ein Jäger. Man kann aber auch versuchen, sich ein Bild zu vergegenwärtigen, jemand heraufbeschwören, den man liebt oder verehrt, und sich beständig darauf konzentrieren.

»Zum Beispiel auf das Gesicht von Jesus?« fragte Helen Soderstrom.

Ganesh nickte. Er verriet ihr nicht, daß die Menschen in

seinem Dorf über die Gesichter von Shiva, Vishnu oder Shatki zu meditieren pflegten.

»Und was ist deine Methode?« wollte Lucy Smith wissen.

»Ich kontrolliere meinen Atem.«

Darüber mußten einige Satyagrahis lachen.

»Ja«, bestätigte Ganesh. »Ich versuche es zumindest. Ich sitze mit geschlossenen Augen da und stelle mir vor, daß ich sehen kann, wie mein Atem in die Nase fließt, durch den ganzen Körper strömt und ihn durch die Nase wieder verläßt. Ich spüre ihn kommen und gehen, kommen und gehen; und ich lasse nichts anderes mehr gelten, nur die Betrachtung meines Atems. Und wenn die Gedanken wieder wie ein Affe davonturnen wollen, bringe ich sie auf den Atem zurück, immer wieder auf den Atem.«

Jemand fragte, ob das denn wirklich funktioniere.

»Für mich – gelegentlich«, sagte Ganesh. »Aber mit der Zeit klappt es bei allen. Einfach so. Wenn man oft und oft geduldig übt, ist es nicht mehr notwendig, den Atem zu beobachten; der Geist wird dann von selbst ruhig und beständig – wie das Licht der Sonne. Versuchen wir es noch einmal!«

Sie befolgten seinen Rat, jeder auf seine Weise, aber das Experiment gelang nur knappe fünf Minuten, dann mußten sie alle wieder kichern, und belustigt erzählten sie einander, was sie in dieser kurzen Zeit gefühlt hatten. Ganesh hörte zu, und es schien ihm, als höre er sich selbst zu – damals, als er im Haus seines Yoga-Meisters dieselben Schwierigkeiten entdeckt hatte wie jetzt seine Freunde. Was er im Dorf erfahren hatte, erfuhren jetzt sie auf der Veranda: die Konzentration wurde plötzlich gestört durch das Geräusch des Regens, durch eine Fliege, die über die Wange krabbelte, durch eine Sorge, eine Erinnerung – oder einfach, weil man erkannte: Hier sitze ich und mühe mich ab, meinen Geist zu beruhigen.

Trotzdem meinte er, im Dorf, in der Gemeinschaft seiner Freunde und geleitet von seinem Guru, mehr Geduld erworben zu haben als jetzt die Satyagrahis. Zumindest dachte er so bis zum Abend. Dann hörte der Regen auf, und er konnte wieder durch den Garten gehen. Culver Williamson schloß sich ihm an und stapfte an seiner Seite durch das nasse Gras.

»Diese Meditation ...«, begann er – beinahe flüsternd, als fürchte er, man könne ihn hören. »Für kurze Zeit, glaube ich, war mein Geist ganz ruhig. Das heißt: ich habe einfach an nichts mehr gedacht. Ich habe nur noch meinen Atem gespürt. Zumindest bilde ich mir ein, daß es so war.«

»Und wie hast du dich gefühlt?«

»Es war ... unvergleichlich. So schön, daß ich mir wünschte, es würde nie mehr aufhören. Bis es doch aufgehört hat.«

»Dann ist es dir wirklich gelungen«, sagte Ganesh und erinnerte sich, wie sein Guru einst dieselben Worte zu ihm gesagt hatte. Er berührte Culvers muskulösen Arm, unfähig, diesem ausgezeichneten Sportler zu erklären, was diese Leistung in Wahrheit bedeutete: mehr ließ sich auch auf einem Fußballfeld nicht erreichen.

Am nächsten Morgen schleppten sich die Satyagrahis einer nach dem anderen ins Obergeschoß, um zu duschen – ihr täglicher Ersatz für das Frühstück –, und kehrten dann auf die Veranda zurück, die sie tagsüber nicht mehr verließen. Auch hier hielten sie sich nur im mittleren Bereich und im Westteil auf und mieden die Ostseite des Hauses, als lauerten dort unbekannte Gefahren.

Lucy Smith sah, daß Ganesh zum Briefkasten ging. Sie stand auf und begleitete ihn. »Ich mache mir Sorgen um Helen«, sagte sie unterwegs. »Ihre Hände zittern.«

»Hast du sie gefragt, wie sie sich fühlt?«

»Gerade das beunruhigt mich ja. Helen behauptet, es geht ihr gut, und dabei schaut sie einen so seltsam an ...«

»Wenn sie krank ist, muß sie aufgeben.«

»Ich glaube nicht, daß wir sie zum Aufgeben überreden können.«

»Wir könnten ihre Eltern anrufen.«

»Wenn wir das tun, spricht sie nie wieder ein einziges Wort mit uns. Ich kenne Helen doch.«

Ganesh blieb stehen und blickte Lucy zweifelnd an. »Bist du sicher?«

»Helen ist klein und wirkt eher schwach, aber ich möchte ihr trotzdem nicht in den Weg geraten.«

Ganesh starrte auf den Weg und überlegte. Vater hatte ihn gelehrt, wenn man in einer bestimmten Situation keinen Ausweg wisse, sei es am besten, abzuwarten.

»Was sollen wir denn machen?« fragte Lucy. »Abwarten, was geschieht?«

Ganesh konnte sich ein Lächeln nicht verkneifen. »Das ist eine gute Idee«, sagte er. »Genau das werden wir tun.«

Dann ging er zum Briefkasten und entnahm ihm eine Zeitschrift und einen Brief – aus Indien, von Rama!

Du darfst ihn noch nicht lesen! sagte sich Ganesh plötzlich. Er wußte nicht, warum, aber eine innere Stimme gebot ihm, den Brief für später aufzuheben. Für wann? Auch das wußte er nicht. Aber fürs erste mußte er den Brief jedenfalls verwahren.

Kaum waren er und Lucy auf die Veranda zurückgekehrt, kam Besuch: Ein beleibter, älterer Mann kam den Weg heraufgewatschelt und wischte sich unentwegt mit einem Taschentuch den Schweiß von der Glatze. »Ist Mrs. Strepski hier?« fragte er. »Sagt ihr, Mr. Patton sei gekommen.«

Wenige Minuten später kam Tante Betty auf die Veranda; sie sah blaß und schwach aus. Ihr Schritt war unsicher, als sie zur Schaukel ging und sich hineinsetzte. »Guten Morgen, Bruce«, sagte sie mit leiser Stimme. »Nimm doch Platz.«

»Nein, Betty. Ich habe es heute sehr eilig.« Er blieb auf der untersten Verandastufe stehen und betrachtete Tante Betty besorgt. »Du siehst nicht gut aus.«

»Ich fühle mich prima.«

»Und wie! Das Fasten muß ein wahrer Genuß sein!« Er bedachte die Schar, die sich auf der Veranda versammelt hatte, mit einem vorwurfsvollen Blick. »Gestern abend hat mich Kommissar Walton angerufen.«

»Sieh da, er telefoniert bereits mit meinem Rechtsanwalt!« meinte Tante Betty überrascht. »Ist er endlich bereit, Vernunft anzunehmen?«

»Seine Bereitschaft hält sich in Grenzen«, sagte Mr. Patton. »Er ist verdammt böse auf dich, Betty, weil du der Presse Interviews gibst.«

»Ich war sehr froh darüber, daß der *Express* eine Reporterin zu uns geschickt hat. Das bringt uns eine Menge guter Publicity und wird in der Öffentlichkeit einen Meinungsumschwung herbeiführen.«

»Bis jetzt hat es bloß einen Wutausbruch von Walton herbeigeführt. Jetzt hör mir einmal einen Augenblick zu, Betty«, sagte der Rechtsanwalt, und seine Stimme wurde butterweich und einschmeichelnd. »Du darfst einfach nicht so weitermachen. Die Sache führt zu nichts; du hast überhaupt keine Chance. Walton hat mich davon überzeugt. Warum hast du dich denn nicht von Anfang an mit mir beraten? Ein Hungerstreik! – In deinem Alter!«

»Auch Gandhi hat gefastet.«

»Stimmt. Aber das war in Indien, wo solche kleinen Hungerleider ...« Das erinnerte Patton offenbar an Tante Bettys Neffen. Er unterbrach sich und wandte sich fragend an die Versammlung: »Wer von euch ist eigentlich Jeffrey?« Aber schon war er wieder bei der Sache: »Nun, wie wär's? Wollen wir hineingehen, Betty, und unter vier Augen weiterreden?«

»Nein«, erwiderte sie. »Was du mir zu sagen hast, kannst du mir auch vor meinen Freunden mitteilen.«

»Ach – deine Freunde«, wiederholte er mit ironischer Herablassung und musterte die Satyagrahis. »Nun gut, wenn du es unbedingt willst.«

»So und nicht anders.«

»Kommissar Walton hat mir versichert, man habe definitiv dafür gesorgt, daß ihr beide eine hübsche Vier-Zimmer-Wohnung in dem neuen Gebäude Ecke Vine-Street und Second-Avenue bekommt. Du kennst es bestimmt. Die Wohnungen werden gerade vermietet.«

»Ich habe davon gehört.«

Mr. Patton sprühte vor gezwungener Heiterkeit. »Die Leute reißen sich geradezu um diese Wohnungen! Aber es ist bereist alles geregelt für dich und –« Er blickte sich erneut um und forschte unter den Gesichtern, die ihm böse entgegenstarrten, nach einem, das ihr ähnlich sah. »– und deinen Neffen.«

Ohne zu zögern, erwiderte Tante Betty: »Du kannst Walton sagen, daß ich ihm danke. Und du kannst ihm auch sagen, wenn ihm mein Wohlergehen wirklich am Herzen liegt, soll er der Restaurantkette den Imbißladen abkaufen und mir mein Haus lassen.«

Sie hat Mut und Kraft für zwei, dachte Ganesh.

»Dein Entschluß steht fest?« fragte Mr. Patton förmlich.

»Ja, Bruce.«

»Als dein Rechtsanwalt kann ich dir nur dringend raten, Waltons Angebot anzunehmen. Du wirst diese Schlacht nicht gewinnen – auch nicht mit Hilfe deiner sogenannten Freunde.« Wieder drehte er sich nach den Satyagrahis um und starrte sie böse an. »Alles, was du damit erreichst, ist, die Beamten zu verärgern, die dir wohlgesonnen sind – und außerdem ruinierst du dabei deine Gesundheit, das steht fest! Habe ich wirklich dein letztes Wort?«

»Ja, Bruce. Mein letztes Wort.«

Die Satyagrahis brachen in spontanen Beifall aus, als der dicke Mann sich geschlagen gab und auf dem sonnenbeschienenen Weg den Rückzug antrat.

Die Nacht war mondhell. Ganesh lehnte mit dem Rükken an der Brüstung der Veranda, streckte die Beine von sich und betrachtete seine schlafenden Gefährten. Vor wenigen Augenblicken war er aus tiefem Schlaf erwacht, wie ein Tier, das sich einer plötzlichen Gefahr bewußt wird. Jetzt ging sein Atem wieder leicht; er musterte die schattenhaften Umrisse der Satyagrahis. Ganesh hatte nichts als Bewunderung für sie. Als ginge es um ihr eigenes Haus, setzten sie sich mit voller Kraft für seine Verteidigung ein. Der Mondschein fiel durch die Brüstung auf die Veranda und zeichnete ein Streifenmuster auf die Bodenbretter. Mondlicht. Wie oft hatte er im Licht des Mondes mit seinem Vater unter dem Pipul-Baum gesessen. Plötzlich erinnerte er sich, daß während Vaters Krankheit alle Nächte mondhell gewesen waren. Vater hatte ihm in diesen wenigen Nächten die Erfahrung eines ganzen Lebens mitgegeben, und Ganesh hatte zugehört und versucht, die Gedanken in sich aufzunehmen. Aber nie hatte Vater vom Wunder der Freundschaft gesprochen. Warum nicht, fragte Ganesh sich, warum? Vielleicht, weil Vater in seiner Wahlheimat ein Fremder geblieben war. In Wirklichkeit war er allein gewesen und mußte sein neues Leben und seinen neuen Glauben ohne Hilfe aus seiner Vergangenheit finden. Und als Mutter starb, blieb ihm auch niemand, um die Gegenwart mit ihm zu bewältigen. Der Swami war ihm nie ein wirklicher Freund gewesen. Sie hatten sich gemeinsam nach Gott gesehnt, aber ohne füreinander das zu fühlen, was Ganesh jetzt für seine amerikanischen Gefährten fühlte – und sie für ihn. Daß es Freundschaft gab, hatte Ganesh für sich allein entdecken müssen. Vater hatte diese Erfahrung nicht gemacht; Ganesh hatte hier seine eigene Wahrheit erfahren und schätzen gelernt.

Das Mondlicht fiel auf seine schlafenden Freunde, eine gespenstisch-silbrige Flut, ein schweigendes Meer, durch das sie – so hoffte er – in angenehmen Träumen trieben.

Ganesh schloß die Augen. Er konzentrierte sich nicht auf seine Atemzüge oder auf ein stetig wiederholtes Mantra, sondern ließ sein Bewußtsein frei dahinströmen und sich ungehindert zwischen all den Seelen bewegen – denen seiner Vorfahren, seiner Eltern, seiner treuen Freunde, seiner Tante. Vergangenheit und Gegenwart belebten das Haus.

Am folgenden Tag standen schon kurz nach Sonnenaufgang viele Zaungäste vor dem Gartentor. An ihren Overalls, billigen Baumwollkleidern und sonnengebräunten Gesichtern ließ sich unschwer erkennen, daß es Farmer waren. Eine stämmige Frau mit unförmigen Beinen kam zögernd mit einem riesigen Blumenstrauß den Weg herauf. Einige Satyagrahis liefen ins Haus, um Tante Betty auf die Veranda zu holen. Geduldig wartete die dicke Frau vor den Stufen, bis die Tante kam. »Guten Morgen!« sagte sie dann und hielt ihr die Blumen entgegen.

Lucy Smith lief die Stufen hinunter, nahm ihr lächelnd den Strauß ab und überreichte ihn Tante Betty, die sich in die Schaukel gesetzt hatte.

»Ich danke Ihnen«, flüsterte Tante Betty und roch an den Blumen. »Sie sind sehr freundlich.«

»Mein Mann und ich möchten Ihnen sagen, daß uns nicht gefällt, was der Staat Ihnen antut. Eigener Boden bleibt eigener Boden. Dem, der darauf lebt, gehört er, da kann ein Richter behaupten, was er will. Damit sind wir groß geworden, und danach leben wir. Und das wollten wir Ihnen sagen. Unsere guten Wünsche sind bei Ihnen. Gott segne Sie.« Ohne eine Antwort abzuwarten, wandte sich die Frau um und ging wieder.

»Das ist ein gutes Zeichen«, bemerkte Lucy Smith. »Es beweist, daß die Leute wissen, was wir tun – und warum wir es tun.«

»Du mußt nämlich bedenken, daß in unserem Bundesstaat die Landwirtschaft dominiert«, erklärte Tom Ganesh. »Die Politiker können nicht überhören, was die Farmer meinen.«

Ganesh kannte das Leben der Bauern aus eigener Erfahrung. Von frühester Kindheit an hatte er beobachtet, wie sie mit gebeugtem Rücken in den Feldern standen, hinter den Ochsen durch schlammige Furchen stapften, wie sie erschöpft in den Büffelkarren lagen und Jutesäcke mit Reis auf den Markt brachten. Er wußte, wie sehr ein Bauer sein Land liebt und achtet. »Ja«, sagte er zu Lucy und Tom, »es ist ein gutes Zeichen.«

Der Tag entwickelte sich aber nicht so gut, wie er begonnen hatte. Mit dem Hochgefühl meldete sich auch eine erneute Schwäche! Die Satyagrahis waren unruhig und lethargisch zugleich, sie langweilten sich, konnten sich aber aus Müdigkeit zu keiner Tätigkeit aufraffen. Zäh verrann Stunde um Stunde. In zunehmender Bedrückung rückten sie näher aneinander, um die bisher schlimmste Erfahrung zu teilen: dieses neue und schreckliche Gefühl der Leere. Einige versuchten zu meditieren, gaben aber bald auf. Selbst Ganeshs Versuche schlugen fehl. Das überraschte ihn nicht; Vater hatte oft vor den Tücken der Meditation gewarnt: Manchmal folgte auf einen guten Anfang ein plötzliches Scheitern, und dann fühlte man sich schlimmer als zuvor.

In der Nachmittagshitze kam es zu einem seltsamen und unerfreulichen Zwischenfall. Sie waren alle auf der Veranda (mit Ausnahme von Tante Betty, die kaum noch ihr Schlafzimmer verließ), als Helen Soderstrom plötzlich zu weinen begann. Alle standen um sie herum, um sie zu beruhigen, aber sie stieß sie von sich, als wären sie Feinde.

»Geht fort!« schluchzte sie und krümmte sich in einem Winkel der Veranda zusammen. »Ich liebe dieses Haus!« flüsterte sie heiser. Dann wiederholte sie, immer lauter werdend: »Ich liebe dieses Haus! Ich liebe dieses Haus!« Plötzlich verstummte sie, schluchzte noch einige Male und begann ausdruckslos die Wand anzustarren. Diesen Zeitpunkt wählte Ganesh, um Ramas immer noch ungelesenen Brief aus der Tasche zu ziehen. Er mußte etwas gegen Helens Verzweiflung unternehmen, eine Verzweiflung, die, wenn auch noch unbemerkt, die Herzen *aller* Satyagrahis erfüllte.

»Hört zu«, sagte er und riß den Umschlag auf. »Mein Freund aus dem Dorf hat mir geschrieben.« Er las den Brief langsam vor, während in den Bäumen ringsum vereinzelte Sperlinge tschilpten und geschäftige Fliegen durch die Veranda summten.

»Lieber Ganesh!« las er. »Ich war sehr froh, wieder von Dir zu hören und zu erfahren, daß es Dir gut geht. Meine Familie läßt dich grüßen. Die heiße Jahreszeit ist vorbei, und am Abend kommt jetzt ein wenig Wind auf. Letzte Woche sprang Subramanian von einem Heuhaufen und brach sich ein Bein. Er wußte nicht, daß unter dem Stapel ein großer, spitzer Stein lag. Vasu und ich waren gestern auf Schlangenjagd, aber wir haben nur eine einzige Viper gefangen. Er hat nicht so scharfe Augen wie Du. Erinnerst du Dich noch, wie wir durch die Felder schlichen? Plötzlich bist du stehengeblieben und hast geflüstert: Dort! Und ich konnte nichts entdecken, so sehr ich mich auch mühte – aber nur ein einziger Schritt, und schon schoß vor uns die Schlange aus dem Gras.

Du fehlst uns, uns allen. Wir hatten so viel Spaß miteinander, vor allem wir beide. Ja, ich werde dafür sorgen, daß Du uns und das Dorf nie vergißt. Aber ich kann Deinem Brief entnehmen, daß Du viele neue und gute Freunde gefunden hast, und darüber freue ich mich auch. Subish – der, der die Leichen verbrennt – hat mich vor einigen Tagen angesprochen und gebeten, Dich zu grüßen. Du siehst also, daß Du hier wie drüben Freunde hast. Gestern nacht hatte ich einen seltsamen Traum. Darin bist Du mitten in einer Schar mir Unbekannter auf mich zugekommen, und ihr alle habt mir entgegengelächelt. War das nicht ein schöner Traum? Schreib mir. Dein Freund Rama.«

»Der Junge ist in Ordnung«, brummte jemand.

Helen Soderstrom richtete sich wieder auf.

Bei Einbruch der Dunkelheit rückten sie noch enger zusammen. Einer von ihnen fragte in die Stille: »Wie lange sind wir eigentlich schon hier?«

Keiner konnte es auf Anhieb sagen.

»Hat denn keiner einen Kalender geführt?« Die Bemerkung provozierte vereinzeltes Kichern.

»Wir fasten nun den elften Tag«, informierte sie Ganesh. Das überraschte sie. Sie pfiffen anerkennend.

»Ganesh! Schnell!« Lucy Smith kam aus dem Haus gelaufen und hielt ihm die Türe auf. »Rasch!« sagte sie beunruhigt, »deiner Tante geht es schlecht.«

Sie stürmten nach oben. Tante Betty lag in ihrem Schlafzimmer; sie keuchte; ihre Lippen flatterten; ihr Gesicht war jetzt nicht mehr eingefallen und bleich, sondern seltsam aufgedunsen.

Ganesh setzte sich zu ihr ans Bett und nahm ihre Hand. Sie war fieberheiß. »Tante, wir müssen den Arzt rufen.«

»Versuche bloß nicht, mich zum Aufgeben zu überreden«, sagte sie schwach, aber mit brennenden Augen, und hob mühsam den Kopf vom Kissen.

»Du mußt einen Arzt kommen lassen – oder wir machen Schluß.«

Tante Betty starrte ihn an. »Ihr habt so lange durchgehalten, und jetzt wollt ihr plötzlich klein beigeben? Das nehme ich euch nicht ab. Ich weigere mich, euch das abzunehmen.« Entschlossen preßte sie die Lippen zu einem schmalen Schlitz zusammen. »Ihr dürft nie aufgeben. Nie!«

»Das werden wir auch nicht«, sagte Lucy Smith spontan und trat ans Bett. »Ganesh hat sich geirrt; keiner von uns wird aufgeben. Wenn Ganesh aufgibt, werden wir ohne ihn weitermachen.« Auch sie blickte ihn jetzt böse an.

Tante Betty lächelte schwach. »Ich glaube dir. Also gut, laß den Arzt kommen.«

Eine halbe Stunde später war der Doktor da und untersuchte sie, während Ganesh und die anderen Satyagrahis auf dem Flur warteten. Der Doktor war ein weißhaariger, alter Mann. Endlich kam er mit seiner Arzttasche aus dem Zimmer. »Du bist also der Neffe«, wandte er sich ernst an Ganesh. »Also, ich muß schon sagen, daß du und deine Freunde sie in eine ziemlich arge Lage gebracht habt.« Er hob abwehrend die Hände, um nicht unterbrochen zu werden. »Es ist nichts Ernstes – noch nicht. Die Nieren arbeiten nicht richtig. Manche Leute zeigen diese Symptome, wenn sie hungern. Noch kann ich die Entwicklung kontrollieren, aber wenn deine Tante nicht bald Vernunft annimmt...« Er zuckte die Schultern und schnaubte. »Die Lage könnte sich verschlimmern.«

»Wie sehr?« wollte Ganesh wissen.

»Sie könnte lebensgefährlich werden.«

Ganesh mußte schlucken. »Und – wie bald könnte dieser – Zustand eintreten?«

»Ja, wenn man das wüßte! In solchen Fällen kommt vieles zusammen. Jeder Körper reagiert anders auf ausgedehntes Fasten. Vielleicht in zwei Tagen, vielleicht in fünf – vielleicht schon morgen.« Mit Händen, die wie Klauen wirkten, packte der Arzt Ganesh an den Schultern. »Du mußt sie dazu überreden, aufzuhören.«

»Das tut sie nie.«

Seufzend gab sich der Doktor geschlagen. »Ich kann

bloß Ratschläge erteilen; befehlen kann ich nicht.« Mit diesen Worten ließ er die Satyagrahis auf dem Flur zurück.

»Wir müssen aufgeben«, sagte einer.

»Nein!« protestierten die anderen.

»Nie!« brummte Culver Williamson und knirschte mit den Zähnen.

Ganesh blickte seine Freunde kurz an und betrat dann das Schlafzimmer.

Tante Betty winkte ihm zu. »Mir geht es gut«, behauptete sie mit mattem Lächeln.

»Was haben wir schon von diesem Haus«, widersprach ihr Ganesh mit Tränen in den Augen, »wenn dir etwas zustößt?«

»Was ihr davon habt? Alles. Es geht doch nicht nur um das Haus, Jeffrey«, sagte sie und forderte ihn mit einer schwachen Gebärde auf, an ihrer Seite Platz zu nehmen. »Es geht um dich – und um sie alle.« Sie wies zur Tür, hinter der die Satyagrahis warteten. »Ihr müßt zu eurer Überzeugung stehen. Unsere Freunde da draußen stecken genauso tief in der Sache wie wir selbst. Und du kannst sie ebensowenig im Stich lassen wie ich.«

»Wenn dir etwas zustieße«, sagte Ganesh mit erstickter Stimme, »würde ich dieses Haus hassen.«

»Dann haßt du es eben. Trotzdem mußt du darum kämpfen.« Sie hat Mut und Kraft für zwei, dachte Ganesh.

»Hast du mich verstanden?« fragte sie scharf.

»Nein.«

»Wie hast du es genannt, als wir begannen? Du sprachst von der ›Kraft der Wahrheit‹. Glaubst du noch daran?«

»Ja, Tante.«

»Dann ist alles entschieden. Kein Wort mehr. Geh nur und laß mich ausruhen.« Sie nahm seine Hand und drückte sie. »Ihr dürft unter *keinen* Umständen aufgeben. Hast du gehört?«

Er nickte, zog seine Hand aus der ihren und kehrte auf den Flur zurück. Die anderen waren schon nach unten gegangen. Sie erwarteten ihn schweigend auf der Veranda. Ganesh setzte sich, lehnte sich gegen die Wand und starrte in den Mond. Keiner sagte ein Wort. Sie brauchten keine Worte mehr.

Wenige Minuten später läutete im Haus das Telefon. Lucy Smith kam zur Tür und rief in die Dunkelheit nach Ganesh, der aufstand und ins Haus ging.

Als er sich meldete, hörte er eine freundliche, vertraute Stimme. »Hier ist Sally Kane vom *Express*. Erinnerst du dich noch?«

»Sie haben uns mit Ihrem Artikel sehr geholfen«, sagte Ganesh. »Wir danken Ihnen.«

»Es sieht ganz so aus, als würdet ihr noch viel bessere Hilfe erhalten. Deshalb rufe ich auch an. Ein Freund hat mir verraten, daß morgen früh ein Fernsehteam zu euch ins Haus kommen wird, um ein Interview aufzuzeichnen. Verstehst du, was das bedeutet?«

Ganesh, noch immer verwirrt und bedrückt über die Krankheit seiner Tante, gab keine Antwort.

»Es bedeutet«, fuhr Sally Kane fort, »daß sich der Staat sehr bald mit eurem Problem auseinandersetzen muß. Ein Bericht im Fernsehen ist keineswegs nach dem Geschmack der Verantwortlichen. Die TV-Berichterstattung könnte ihre Haltung entscheidend beeinflussen.« Sie unterbrach sich. »Ist etwas nicht in Ordnung?«

»Ja. Meine Tante ist krank.«

»Ach. Das kommt vom Fasten. Was werdet ihr denn jetzt unternehmen?«

»Weitermachen.«

»Besteht sie darauf?«

»Nicht nur sie. Wir alle.«

»Du auch?«

Nach langem Schweigen sagte Ganesh leise: »Ja, ich auch.«

»Dann wünsche ich euch viel Glück. Ich weiß, daß ihr es nicht leicht habt . . .«

»Vielen Dank, Miß Kane. Nein, leicht haben wir es nicht.« Er legte den Hörer auf, ging auf die Veranda zurück und berichtete allen, daß das Fernsehen kommen werde. Keiner rief hurra; schweigend nahmen sie es hin. Wie Ganesh waren sie zu allem entschlossen. Nichts konnte sie jetzt noch umstimmen, keine gute Nachricht und keine schlimme. Sie würden ausharren, bis das Haus gerettet war.

Er erwachte plötzlich in der Dunkelheit. Der Mond war hinter der Veranda tiefer gesunken und hatte einen Himmel zurückgelassen, der mit strahlendhellen kleinen Sternpunkten vollgetupft war. Hatte Ganesh geträumt? War es ein Alptraum gewesen? Etwas hatte ihn erschüttert. Vielleicht war es die Angst, seine Tante könnte sterben. Es war nicht schwer, an etwas zu glauben, wenn man dabei alles andere ausschloß. Aber um welchen Preis – und auf wessen Kosten – verteidigte er das Haus? Er durfte seine Tante nicht so bald, nachdem er sie gefunden hatte, wieder verlieren.

Ganesh bewegte sich unruhig; es drängte ihn, aufzustehen und auf Zehenspitzen, über die Körper der schlafenden Freunde hinweg, zur Tür zu schleichen, die Treppe hinaufzugehen und sich in sein Zimmer zurückzuziehen.

Dort, an der anderen Hausfront schien jetzt der Mond durch die Scheiben und tauchte die Bronzeskulptur auf dem Schreibtisch in helles Licht.

Jetzt erst erkannte Ganesh, daß der elefantenköpfige Gott selbst ihn heraufgelockt hatte. Er bückte sich und griff nach ihm, wog die Figur in der Hand, als wolle er ihr Gewicht schätzen, und hielt sie vor sein Gesicht. Aus nächster Nähe betrachtete er die zierlichen Augen, den geschwungenen Rüssel, die riesigen Ohren, den aufgeblähten Bauch, die vier Arme. Hier in Amerika war ihm diese Gestalt manchmal seltsam, sogar lächerlich erschienen; sie war nicht mehr zu vergleichen mit dem Wesen, das man im Dorf angebetet hatte. Und doch hatte Ganesh in der Vergangenheit so oft bei ihm Trost gefunden. Auch jetzt wie damals, als sein Vater erkrankte, hatte er diesen Trost bitter nötig.

Er stellte die Bronzefigur wieder auf den Tisch und fiel vor ihr auf die Knie – ohne sich zu fragen, ob dieser Ganesh wirklich ein göttliches Symbol war, ob ihm irgendeine heimliche Kraft innewohnte und ob er von ihm jemals im Stich gelassen und verraten worden war. Der elefantenköpfige Gott war hier, er stand vor ihm; ein Bild, das jahrhundertelang in den Gedanken zahlloser Menschen geborgen war, das man in den großen Tempeln fand und in den Schreinen am Wegrand, im Puja-Winkel der kleinsten Hütte, auf Kalenderblättern und, an Festtagen, in den Souvenirläden. Die Menschen verehrten dieses Abbild, wie immer es auch beschaffen sein mochte und ohne zu fragen, ob ihm tatsächlich die Kraft innewohnte, den Bedrückten in ihrer Bedrängnis zu helfen. Es gab nichts, wirklich nichts, an diesem Glauben auszusetzen.

Ganesh hob die Hände zum Gebet vor die Stirn und sprach ein Mantra zur Ehre seines göttlichen Namensvetters. Er sprach aus vollem Herzen, ohne sich seiner Hingabe zu schämen; er wiederholte bloß die Gesten und Worte, die Männer, Frauen und Kinder seit urdenklichen Zeiten gefunden hatten. Dann richtete er sich, gestärkt und erleichtert, wieder auf, verließ den Raum und kehrte auf die Veranda zurück. Dort legte er sich auf die Seite und starrte auf die fahlen Umrisse des weißen Zaunes, bis er endlich einschlafen konnte . . .

Er hörte, wie sich jemand neben ihm bewegte, und öffnete die Augen. An seiner Seite lag Lucy Smith auf den

Bodenbrettern und begegnete seinem Blick. Sie lächelten beide und setzten sich auf. Auch die anderen erwachten allmählich.

Der Morgen war grau und dunstig; über dem Gras lag feiner Bodennebel und kräuselte sich in leichten Wellen. Die Luft war frisch und wirkte belebend auf die Satyagrahis, die sich streckten, gähnten und in den neuen Tag blinzelten.

Ganesh ging gleich nach oben, um nach seiner Tante zu sehen. Sie schlief ruhig, ihr Gesicht war entspannt, ihr Atem ging langsam und gleichmäßig. Er beschloß, sie möglichst lange schlafen zu lassen.

Als er nach unten zurückkehrte und die Tür zur Veranda öffnete, kam er gerade zur rechten Zeit, um zu sehen, wie eine schwarze Limousine am Straßenrand hielt.

Ihr entstieg der Mann im karierten Anzug, in der Hand die vertraute Aktenmappe: Kommissar Walton. Diesmal wurde er nicht von der Polizei begleitet, sondern kam allein den Weg herauf. Mit jedem Schritt scheuchte er kleine Nebelwölkchen auf, die um seine Knöchel und Knie wirbelten. Als er die unsichtbare Mauer erreicht hatte, blieb er stehen und betrachtete mit steinernem Gesicht die Versammlung auf der Veranda. Dann fragte er nach Mrs. Strepski.

Ganesh trat vor und sagte, seine Tante schlafe noch.

»Ich habe gehört, daß sie krank ist«, stellte Kommissar Walton fest. »Ihr Arzt hat mich verständigt.« Stirnrunzelnd musterte er Ganesh, als sei ihm der Gedanke an diesen sommersprossigen Jungen in den letzten Tagen oft durch den Kopf gegangen. »Du hast ihr – und allen deinen Freunden – viel Kummer bereitet«, sagte er.

»Ja, Sir«, räumte Ganesh leise ein. »Ich weiß das. Ich weiß.«

»Und trotzdem wollt ihr euren Hungerstreik fortsetzen?«

»Ja, Sir.«

Kommissar Walton räusperte sich und sagte trocken: »Das wird nicht mehr notwendig sein.« In knappen Worten, und als koste jedes einzelne ihn schmerzliche Überwindung, erläuterte er, die Planungskommission der Bundesstraßenverwaltung habe am Abend des Vortages in einer außerordentlichen Sitzung beschlossen, gewissen Änderungsvorschlägen zuzustimmen. Unter Berücksichtigung öffentlicher Interessen werde die Kommission die Trasse der künftigen Schnellstraße neu festlegen, das Gelände des Imbißladens enteignen und Mrs. Strepski wieder ihren Besitz zurückgeben. Ihr Haus entspräche nämlich den gesetzlichen Erfordernissen erhaltenswerter Gebäude, und folgerichtig seien die Bestimmungen des Denkmalschutzes zu berücksichtigen.

Kommissar Walton blickte die Satyagrahis düster an. »Ich wollte dir das so bald wie möglich mitteilen«, sagte er zu Ganesh, »damit deine Tante ihren Hungerstreik abbricht und der Verwaltung die Möglichkeit gibt, sich endlich wieder ihren eigentlichen Aufgaben zu widmen!«

Er machte auf dem Absatz kehrt und sicherte sich im wallenden Nebel einen dramatischen Abgang.

Die Satyagrahis blickten dem großen schwarzen Wagen nach, der sich in den hellen Wolken wie in Rauch auflöste.

»Sollten wir jetzt nicht eigentlich hurra schreien?« schlug Tom Carrington vor, aber statt selbst den Ruf anzustimmen, glitt er an der Hauswand zu Boden und stopfte die Hände in die Taschen. Alle folgten seinem Beispiel und setzten sich neben ihn.

»Jetzt gibt es zuerst einmal ein ordentliches Frühstück«, stellte Lucy Smith fest, aber seltsamerweise ohne jeden Enthusiasmus – als bedauere sie, daß ihre gemeinsame Prüfung ein Ende gefunden hatte. »Ganesh«, sagte sie, »hast du etwas dagegen, daß ich deiner Tante Bescheid sage?«

»Wem sonst stünde das zu?« erwiderte Ganesh, der sich erinnerte, wie sie sich am Abend zuvor gegen ihn, gegen die ganze Welt gestellt hatte, um das Haus zu retten.

Während Lucy die Gruppe verließ, ging er hinunter in den Garten und streifte durch das taufrische Gras, über dem ein Meer von Nebel lag.

Sie hatten gewonnen; aber noch stellte sich das Gefühl des Sieges nicht ein. Das würde wohl noch kommen. Für die wenigen Augenblicke, die ihm blieben, ehe die Satyagrahis ihren Triumph zu genießen begannen, gehörte die Stille des Morgens ausschließlich ihm. Er entfernte sich vom Haus, um es vom Garten aus besser betrachten zu können.

Auf halbem Weg zum Zaun drehte sich Ganesh um und blickte durch den Nebel zum Wetterhahn hinauf. Dort oben stand er, gußeisern, so wie ihn sein Urgroßvater vor vielen, vielen Jahren auf das Dach des Hauses gesetzt hatte: allen Menschen ein Zeichen, daß hier ein Ort der Geborgenheit lag, eine Heimat für immer.

Thema Afrika – auch bei dtv pocket

dtv pocket 7844

dtv pocket 78009

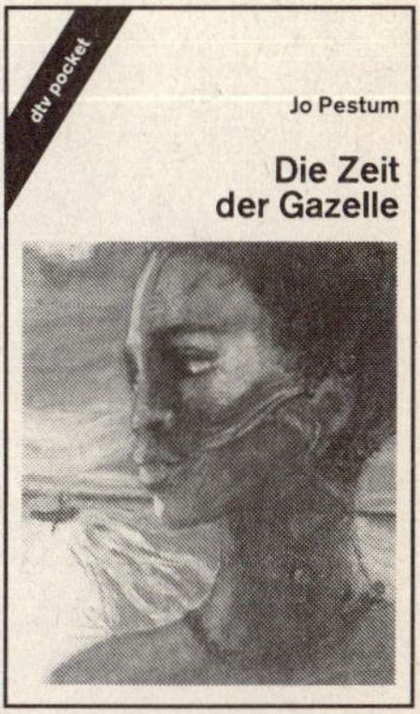

dtv pocket 7877

dtv pocket 7833

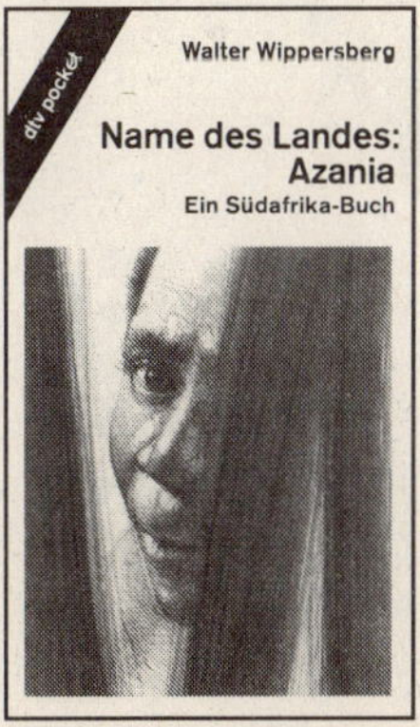

dtv pocket 7869

dtv pocket 7836

dtv pocket
lesen – nachdenken – mitreden

dtv pocket.
Die Reihe
mit dem
signalroten Streifen
für junge Menschen,
die mitdenken wollen.
Bei dtv junior.

dtv pocket 78020

dtv pocket 7895

dtv pocket 7896

dtv pocket 7897

dtv pocket 7898